巴恩

没什么好怕的

[英国] 朱利安·巴恩斯 著
郭国良 译

译林出版社

图书在版编目（CIP）数据
没什么好怕的/（英）朱利安·巴恩斯（Julian Barnes）著；郭国良译．—南京：译林出版社，2019.4
（巴恩斯作品）
书名原文：Nothing to be Frightened of
ISBN 978-7-5447-7638-7

Ⅰ.①没… Ⅱ.①朱… ②郭… Ⅲ.①随笔－作品集－英国－现代 Ⅳ.①I561.65

中国版本图书馆CIP数据核字（2018）第297844号

著作权合同登记号　图字：10-2016-327号

没什么好怕的　［英国］朱利安·巴恩斯／著　郭国良／译

责任编辑　李浩瑜
装帧设计　金　泉
校　　对　孙玉兰
责任印制　颜　亮

原文出版　Vintage, 2009
出版发行　译林出版社
地　　址　南京市湖南路 1 号 A 楼
邮　　箱　yilin@yilin.com
网　　址　www.yilin.com
市场热线　025-86633278
排　　版　南京展望文化发展有限公司
印　　刷　南京爱德印刷有限公司
开　　本　850 毫米 × 1168 毫米 1/32
印　　张　9.5
插　　页　4
版　　次　2019 年 4 月第 1 版　2019 年 4 月第 1 次印刷
书　　号　ISBN 978-7-5447-7638-7
定　　价　45.00 元

献给 P.

我不信上帝，但我想念他。有人问我时，我就这样说。我问我哥哥——他先后在牛津大学、日内瓦大学和巴黎大学教过哲学——他对这一表述有何想法，但没告诉他是我说的。他就回了一个词:“自作多情。”

这得从我外婆说起，她叫内莉·路易莎·斯科尔托克，娘家姓梅钦。在嫁给我外公伯特·斯科尔托克之前，她是什罗普郡的一名老师。外公的名字不是伯特伦，也不是艾伯特，而是伯特。他以此名接受洗礼，火化入殓。他是个中学校长，喜欢摆弄机械：一辆兰彻斯特挎斗摩托车；退休之后又有了一辆非常拉风、动感十足的凯旋跑车。跑车前排有三人长凳车座，不过把顶篷放下来，就变成两个单人座椅。等我跟他们混熟了，他俩为了和唯一的孩子住得近些，已经搬来了南方。外婆到妇女协会上班。她腌咸菜，然后装瓶；她把外公养的鸡和鹅去毛、烧烤。她身材娇小，看上去很圆通。和别的老人一样，她指关节粗大，需要用肥皂润滑一下才能把戒指摘下来。他们的衣柜里塞满了手织的开襟羊毛衫，外公的往往织着比较粗犷的缆绳状花样。他们定期约见足疗医生；他们那代人在牙医的建议下把牙齿一口气拔了个精光。这是常规人生必经的历程——从摇摇晃晃的吱吱磨牙，一下子就到了全副烤瓷牙，再到颊侧滑行治疗，到社交窘态和床头柜上泡沫四溅的酒杯。

这种从真牙到假牙的变化既沉重又粗俗，让我和哥哥感到震惊。不过我外婆的一生也蕴含另一巨大的变化，这个变化我们在她面前从未提起。内莉·路易莎·梅钦，一名化工厂工人的女儿，生于一个基督教循道宗家庭，而斯科尔托克家族信奉英国国教。在少女时代，我外婆有一天突然不再信仰基督教。根据家族传说的流畅故事，她找到一个新选择——社会主义。我不知道她当时的宗教信仰有多强烈，也不清楚她家的政治主张；我只知道她曾以社会党人身份竞选市政厅议员，以失败告终。等我在1950年代跟她熟了，她已进而成了共产主义者。可以肯定，她是白金汉郡郊区拿养老金的老人中少数几个订《工人日报》的人之一，而且——我和哥哥都坚持认为——把贴补家用的钱捐给了报纸的“斗争基金”。

20世纪50年代末，中苏关系微妙。对于大多数欧洲信徒而言，这不是一个艰难的决定；对接受莫斯科的资金和指令的《工人日报》来说，也是如此。而我那一辈子都没出过国、一直住在雅致小屋里的外婆，决定站在中国一边，与之共命运，个中缘由她从未透露。我坦陈自己支持她的决定是出于私利，因为此时她的《工人日报》已被《中国建设》——一份从遥远的大陆直邮过来的杂志——取代。外婆把那些颜色像饼干一样的信封上的邮票给我一张张攒下来，这些邮票经常是庆祝工业成就——大桥、水电大坝、刚下生产线的卡车——要么就是画着不同品种的白鸽在和平飞翔。

我哥哥并不争这些小恩小惠，因为几年前我们家发生了一场集邮大分裂。他决定专注于收集大英帝国邮票，而我为了标榜自己的与众不同，宣称要收集“世界其他地方”的邮票。这个范畴是我命名的，我自己觉得还挺有道理的。其实指的就是我哥不收集的东西。现在，我已经不记得这个举措到底是进攻，是防守，还是单单为了实用。只记得在学校集邮社里和一群刚换上长裤的集邮家交换邮票时，这时常造成困惑:“那么，巴恩西，你到底集什么？”“世界其他地方。”

外公对百利护发乳情有独钟，他的派克诺尔扶手椅——高靠背，带一对能让他靠着打盹儿的侧翼——的罩子可不单单是为了装饰。他的头发比外婆的白得早；他蓄了一副修剪过的威武神气的八字须；拿着铁杆烟斗，烟袋总是把开衫口袋塞得鼓鼓囊囊的。他还戴了个笨重的助听器，这是成人世界——或者，确切地说，是成人时代更遥远的那一边的世界——的另一面，我和哥哥很喜欢嘲笑这个。“你说什么？”我们把手拢在耳朵边，讥讽地彼此大喊。我们俩都期待外婆的肚子咕隆隆地响起，声音大得连耳聋的外公都听见了，他问:“孩子他妈，电话响了吗?”一阵尴尬的嘟哝之后，他们又继续闷头看报纸。助听器偶尔发出啸叫，烟斗被吸得噗噗直响，外公就这样坐在威武的扶手椅里，边摇头边看《每日快报》。在那红色一角，外婆坐在柔软的女式扶手椅上，对着《工人日报》啧啧不已，此报向她描述了一个真理和正义时刻遭受资本主义和帝国主义威胁而危在旦夕的世界。

到了这个时候，外公恪守的宗教仪式不过是看看电视节目“赞歌”。他干木工活，在花园里忙碌，自己种烟草，然后放在车库顶上晾干。那上面还储存着他的大丽花块茎，以及用毛绳捆起来的一份份旧《每日快报》。他宠爱哥哥，教他如何磨尖凿子，还把自己的木工箱留给他。我不记得他教过我(或者留给我)任何东西，不过有一次他允许我看他在花园木棚里杀鸡。他把鸡夹在手臂下，轻抚着它，让它平静下来，然后把鸡脖子搁在一个用螺丝固定在门柱上的绿色的金属压榨机里。当他按下刀柄时，手更是紧紧地抓住那只鸡，以防它垂死挣扎。

哥哥不仅可以在一旁观看，而且可以参与。很多次都是由他按下刀柄，外公只是摁着鸡而已。不过我们哥俩在杀鸡的记忆上出现了分歧。我觉得那不过是一台把鸡脖子拧折的机器，而他觉得那是个小型断头台。“我记得很清楚，铡刀下面有个小篮子。我还记得(不过画面有点模糊)鸡头掉在地上，有些血(不是很多)，外公把断了头的鸡放在地上，它还挣扎着转了好一会儿……”是我的记忆自动净化了，还是他看多了法国大革命的电影，所以记忆变得更加残暴血腥了？无论是哪种情形，在指引我们认识死亡——及其纷乱——的道路上，外公为哥哥所花的工夫，远甚于为我做的。“你记不记得外公在圣诞节前是怎么杀鹅的？”（我不记得了。）“他在鹅圈里一圈圈地追那只在劫难逃的鹅，用铁锹打它。总算抓住了，他还会把它摁在地上，用铁锹抵住脖子，然后用力拽它的脑袋。”

哥哥记得一个特别的场景（但我从未亲眼见过），他称之为“互读日记”。外公外婆都有记日记的习惯。有时，在某个晚上，他们会朗读几年前某个星期的日记，以此消遣。他们俩记的东西显然都相当琐碎，却常常相互抵牾。外公：“周五。在花园里忙活。种土豆。”外婆：“瞎扯。‘一整天都在下雨。太湿了，花园里干不了活。’”

哥哥还记得，他小时候有一次进了外公的花园，拔光了所有的洋葱。外公把他打得嗷嗷叫。过后，外公的脸变得煞白，向我妈坦白了一切，并发誓今后再也不会对孩子动手。其实，我哥压根就不记得这事儿了，什么洋葱啊，挨揍啊，全忘了。他只是从母亲那里把这个故事听了一遍又一遍。当然，即使他记得这事儿，也许还会大表疑惑。作为一位哲学家，他坚信记忆是会出岔子的。“甚至，按照笛卡尔的烂苹果原理，除非有什么外界的东西支撑记忆，否则谁都不可信。”而我比较轻信人事，或者自欺欺人，好吧，那就继续下去吧，权当我的记忆完全正确。

我母亲洗礼时取名凯瑟琳·梅布尔，但她讨厌梅布尔这个名字。不过她向外公抱怨的时候，外公解释说，自己“曾经认识一个特别好的姑娘，叫梅布尔”。尽管我拥有她的祷告书，但对她在宗教信仰上的进退一无所知。她的祷告书和《古今赞美诗》用柔软的棕色山羊皮装订在一起，每卷上面她都用奇特的绿墨水写上自己的名字和日期：“Dec: 25.th 1932.①”。我赞赏她加标点的方式：两个句号和一个冒号，其中一个句号恰好在“th”的正下方。如今可没人这样点标点了。

我小时候，三个不能谈论的话题都是传统话题：宗教、政治和性。后来，我和母亲开始讨论这些问题时——当然只有前两个，第三个是永远不会列入议事日程的——她是政治上的“正宗保守派”，我猜她一辈子都这样。至于宗教，她坚定地告诉我，在她的葬礼上她不要“任何繁文缛节”。所以，当殡仪员问我要不要把火葬场墙上的“宗教标志”拿下来的时候，我告诉他这八成就是母亲的心愿。

顺便一提，条件式过去时是我哥严重怀疑的一种时态。在等待葬礼开始时，我们并没有争论——这是有违一切家庭传统的——而是交流了一下，交流的内容是：如果按照我自己的标准，我算是个理性主义者，而如果按照他的标准，就很勉强了。母亲第一次因中风而卧床不起时，她欣然答应孙女C可以开她的车。这辆车是她众多雷诺车里的最后一辆，四

① 1932年12月25日。

十多年来，她一直偏爱雷诺这个法国牌子。和哥哥站在火葬场的停车场里，我寻找着那辆熟悉的法国车身影，侄女却开着男朋友 R 的车来了。我说：——可以肯定，语气很温和——“我觉得妈倒希望C开着*她的*那辆车来。”而哥哥——他的语气也很温和——则不以为然。他指出，共有两种愿望，一种是死者的愿望，即死去的人们曾经的念想；另一种是假想的愿望，即猜测人们会有、也许有的愿望。“妈倒希望”是两者的结合：是对死者愿望的猜想，因而需倍加质疑。他解释道：“我们只能做*我们*想做的事。”去满足母亲可能有的愿望，就像他现在开始回顾自己过去的愿望一样，是很不合情理的。但我回答说，我们应该尽量满足母亲会有的愿望。因为：一、除非我们想让母亲的身子烂在后花园里，否则我们必须做点什么，而其中绝对会面临抉择；二、我们希望自己死后有人也会为我们实现那些我们会有的愿望。

我跟哥哥不常见面，所以我总是惊讶于他的思维方式；不过他说得蛮诚恳的。葬礼后，我开车送他回伦敦，我们两人谈了谈我侄女C和她男朋友，我觉得这场对话更是古怪。两人在一起很久了，然而有一段时间闹别扭，C开始和另外一个男人交往。我哥和他妻子一见面就不喜欢这个第三者，显然我那嫂子只花了十分钟就“把他扫地出门”了。我没问到底是怎么把他扫地出门的。我只是问了句：“那你认可R吗？”

“我认不认可他，”我哥答道，“这无关紧要啊。”

“不，怎么会呢？C也许希望你认可他呢。”

“恰恰相反，也许她不希望我认可他。”

“但不管怎么说，你认不认可他，对她而言并不是无关紧要的吧。”

他想了一会儿，说：“你说得也对。”

从这一场对话中，也许你可以看出他是哥哥。

* * *

我母亲从未对她想在葬礼上放什么音乐发表过意见。我选了莫扎特降E大调钢琴奏鸣曲的第一乐章，K.282，那种悠长的庄严的展开和再现，活泼段落依然肃穆严正的音乐。全长好像十五分钟左右，而不是唱片套上说的七分钟，以至于我发现自己不时地疑惑，这是不是另一曲莫扎特，或者是火葬场的CD机在跳碟。前一年上过《荒岛唱片》节目，那时我选了莫扎特的《安魂曲》。后来，我妈打电话来，说我把自己描绘成了不可知论者。她说我父亲也曾这样描述他自己——而她自己却是无神论者。在她看来，信奉不可知论仿佛是一种犹疑不定的自由主义姿态，与无神论的真理和市场力量的现实背道而驰。“对了，这些和死有什么关系？”她接着说。我解释说自己并不喜欢这个说法。“你就像你爸，”她说，“也许是因为你还小吧。等你到了我这把年纪，就不会这么介意了。无论如何，生命中最好的时光我都见过了。想想中世纪——那时，人们的寿命可真短哪。现如今，我们活到七

十、八十、九十岁……人们信教，只是因为他们怕死。”我母亲表述观点就是这样——清晰、坚持己见、明显听不得反对意见。她主导家庭，对世界有把握，童年时清晰明朗，青年时自我约束，成年时苛责唠叨。

母亲火化后，我从那个“风琴手”那儿取回了我的莫扎特CD。回想起来，我觉得这位风琴手如今定是靠把一张CD放进和拿出CD机来赚取他全部的弹奏费。我父亲是五年前在另一个火葬场火化的，那个风琴手兢兢业业地为他弹奏巴赫。这是“他会想要的”吗？我觉得他是不会反对的。他是一个平和、开朗的人，对音乐并不太感兴趣。他在这一点上，跟在大多数事情上一样，对老婆是言听计从的，尽管在私底下也会挖苦几句。他穿的衣服，他们住的房子，他们开的车子：这一切的决定权都在老婆手上。我年少轻狂时，一度觉得他太窝囊了。后来觉得那叫顺从。再后来，觉得他其实是有主见的，只是不愿争辩罢了。

我第一次随家人去教堂，是为了参加一个表兄的婚礼。那次我惊讶地看着父亲跪在长椅上，一只手捂住额头和眼睛。为什么要这样？我问自己，然后假模假样地摆出虔诚的姿势，底下却透过指缝窥探起来。这就是父母让你惊讶的场景之一。你惊讶，不是因为你在他们身上新发现了什么，而是你发现了一个新的未知领域。我父亲这么做只是因为礼节吗？他是不是觉得如果扑通一声跪下了，他就会被看作一个雪莱式的无神论者？我不知道。

他死得很现代，死在医院里，身边没有家人。在他生命的最后几分钟，只有一个护工陪伴。几个月来，应该说是几年来，医学延长了他的生命，但到这份上已经难以称得上生命了。在他去世前几天，我妈还去看过他，然后就出了疹子。最后一次见面，他脑子已很糊涂。母亲用她特有的腔调问他："你知道我是谁吗？上次我来这儿，你都不知道我是干什么的。"我父亲也用自己特有的腔调回答说："我想你是我的妻子。"

我开车载母亲到医院，拿到了一个黑色塑料袋和一只奶油色手提箱。她很快把两样检查了一遍，决定了哪个她想要，哪个就留给——或者至少——就留在医院里。太可惜了，她说，父亲根本没有穿几个星期前她买的那双有方便魔术贴的大号棕色便鞋。她把这些都带回了家，在我看来，这太莫名其妙了。她说，她怕人家问她想不想看看父亲的遗体。她告诉我，外公去世时，外婆"很没用"，只好让她料理所有的事情。除非在医院里，有些事情非得由妻子或隔代的人才能办，而且外婆坚持要看外公的遗体不可。我母亲极力劝阻她，但是她太执拗了。她们被带到太平间的观察区，外公的遗体在她们面前展露无遗。外婆转身面对女儿，说："他样子是不是很难看？"

母亲死后，邻村的殡仪员问我们家人想不想看看遗体。我说好，我哥说不。事实上，当我打电话问他的时候，他的回答是："老天爷，别！这点我很赞成柏拉图。"当时，我脑子不能立刻反应过来他在指什么。我问他:“柏拉图是怎么说的?”“他觉得不该见死人。”我孤身一人来到殡仪馆——那其实只是一家本地运输公司的扩建房——殡仪员满怀歉意地说:“恐怕现在她在后房里。”我疑惑地看着他,于是他补充道:“她在一辆推车上。”虽然我并不能猜出在这种场景下母亲想要什么,不想要什么,我还是回答说:“哦,她不拘礼法。”

母亲躺在一间狭小、干净的房间里,墙上挂着十字架。她的确是在一辆推车上,我进去时,她的后脑勺朝着我,这样也就不用立马面对面了。唉,她好像真的死了:双眼紧闭,嘴巴微张,而且嘴巴就像以前那样,左半边比右半边张得更开些,这是因为她过去总是用右嘴角叼着香烟,用嘴巴另一边说话,直到烟灰快要掉落下来。从医院搬到安老院几个星期后,她开始意识不清,我试图想象她在临终时刻可能清醒的样子。这一次她痴呆得很严重,而且是间发性痴呆:一会儿觉得自己还在管事,为了她臆想的过错斥责护工;一会儿又明白自己管不了了,这时她变得像个孩子,而她那些死去的亲人都回来了,她的母亲或者外婆刚刚说了很重要的事。在她痴呆以前,我发现自己经常在她极度自我的自说自话中走神;突然间,她又会变得极有意思。我忍不住想,这些东西都是哪儿来的,而大脑是怎样产生这些虚假的现实的呢?如今我也不会恼她了,她不过是想谈谈自己而已。

据说母亲死的时候,身边有两个护士,正忙着给她翻身，而她就在那个时候“悄悄走了”。我喜欢想象——因为那场景肯定很典型，而且，人们如何活着就该如何死去——母亲生前的最后念想是讲给自己听的，就像：哦，那就这样呗。这未免是有点多愁善感了——她当时究竟想要什么(或者说，我应该想让她怎样)——而且，如果她真在想什么的话，也许她想象自己又变成了孩子，发着讨厌的烧，两个早已过世的亲戚正给她翻身。

在殡仪馆，我数次轻抚她的面颊，还吻了她的发际线。她冰冷冷的，是因为停在冷藏间的缘故呢，还是死人本来就这么冰冷？而且，她那时的模样并不难看。妆化得并不过分，她一定很高兴她的头发被梳理得很齐整。(“我可真是从来没染过，”她曾这样向我嫂子炫耀，“纯天然的。”)我承认，我想看看她的遗容是出于作家的好奇心，而非孝心。不过，虽然我长期生她的气，但总得与她告个别。“干得好，妈。”我轻轻地告诉她。的确，她死得比我父亲“更优雅”一些。父亲数次中风，身体的衰竭经历了好多年；而母亲从第一次发病到死亡则更高效迅速。我从安老院(这个名字老让我想：不安老院会是什么样的呢？)取了她那袋衣服，感觉它比我想象的重多了。我先是发现了满满一瓶哈维斯芳醇雪利酒，然后，在一个方形纸板盒里，发现了一块没动过的生日蛋糕，那是在她最后一个，第八十二个生日那天，村里的朋友来看她时从商店里买来的。

父亲也是以同龄去世的。我一度以为，他的死对我而言会更加痛苦，因为我更爱他一些，而至于我妈，充其量只能说，我对她既爱又怨。然而，情形却截然相反：我以为不太会痛苦的那一场死亡，却更加复杂，危害更大。他的死只不过是他个人的死，而她的死却意味着他们俩的死去。而随后的房间清理成了对我们这家人的往事的发掘，我过了十三四岁后，我们这个家其实就不是个家了。现在，我第一次翻看了母亲的手提包。除了日常用品，里面有一张《卫报》的剪报，上面罗列了战后英国二十五名最佳击球手（不过她从不读《卫报》），还有一张狗的照片，那是一条金黄色寻回犬，名叫马克斯，是我们小时候养的。这张照片背面写着“马克西姆：狗[①]”这几个字，笔迹很陌生，一定是1950年代初我父亲的一个法国助手[②]P拍的，至少字是他写的。

P是科西嘉人，为人随和，我父母觉得他是典型的高卢人性格，因为他总是一拿到月薪就立刻挥霍一空。在找到地方住之前，他先来我们家住几晚，结果一住就是一整年。有一天早上，我哥进卫生间时撞见了这个陌生男人站在剃须镜前。“如果你走开，”这个满脸泡沫的小伙子告诉他，“我就给你讲个有关毕兹-威兹先生的故事。”我哥便离开了，后来发现P会讲一系列发生在毕兹-威兹先生身上的冒险故事，现在我一个也想不起来了。P还有点艺术天赋：他曾用几包脆玉米片造出了火车站；还有一次，他送了我父母两幅自己画的风

①② 原文为法语。

景小画，也许是为了抵偿房租吧。我小时候，这两幅画一直被父母挂在墙上，它们让我很惊讶，技巧娴熟，简直难以想象；可是，话说回来，稍微有点表现力的东西都可以达到这个程度。

至于马克斯，在照片拍摄之后不久，它要么逃走了，要么——因为我们完全不能想象它想要背弃我们——被人偷走了。不过，无论它去了哪里，肯定在四十多年前就死了。虽然我爸或许会喜欢养狗，我妈估计是不会再养一只了。

* * *

既然出生在一个信仰淡薄，而且断然反对宗教的家庭，作为青春期叛逆的一种表现，我本该是个虔诚的教徒。然而，无论是父亲的不可知论，还是母亲的无神论，都从未得以充分表达，更别说成为模范态度了，所以我就没有理由对他们叛逆。如有可能的话，我想我也许会信仰犹太教。在我们学校的九百号男生中，大约有一百五十个是犹太人。总的来说，他们似乎在社交和着装上都比我们高级；他们穿的鞋比我们的好——一个跟我年龄相仿的男生穿了一双鞋帮有松紧带的切尔西靴——他们对女生也很有一套；他们还有额外的假期，多么明显的优势啊。并且这有效地震撼了我的父母，他们有着属于他们年龄和阶层的轻微反犹情结。（当一部电视剧末尾的演职员名单中出现了类似阿伦森这样的名字，他们两人中的一个看到后会苦笑道："又一个威尔士佬。"）这倒不是说他们对我的犹太朋友们另眼相看。其中一位朋友，人如其名，叫亚历克斯·布里连特[①]，烟草商的儿子。他十六岁就开始读维特根斯坦，而且写起了诗，那诗就像心脏血管一般跃动着含糊的歧义——模棱两可，模棱三可，模棱四可。他英文比我好，拿到了剑桥的奖学金，后来我们失去了联系。之后的数年间，偶尔我会想象他在某个文科领域功成名就。直到我五十多岁了才发现，我为他编撰的传记不过是无聊的幻想。亚历克斯，在他快三十岁的时候，因为一个女人服药自杀了，那时我还很年轻。

所以，对于信仰这个东西，我已经失无所失，那只是对英式教育所需的仰仗上帝的温和局面的抵抗而已，感觉上这一抵抗比实际情况更为豪迈：《圣经》选读、晨祷与赞美诗、圣保罗大教堂一年一度的感恩礼拜。除了我上小学时在耶稣诞生剧里面扮演第二个牧羊人之外。仅此而已。我从没有受过洗礼，也没有被送到主日学校。在我有生之年，我从来没有做过正规的教堂礼拜。我是为别人主持洗礼、婚礼、葬礼。我经常去教堂，但目的是观赏建筑；说得更宽泛一点，是去感受英国曾经的风范。

哥哥比我多了一点点礼拜的经验。作为一名幼童军，他参加过几场正规的教堂礼拜。“我依稀记得我很困惑，好像一个小人类学家夹在一群食人族中。”当我问他是如何失去信

---

① 布里连特原文为 Brilliant，是聪明、辉煌的意思。

仰的，他答道："我没有失去过信仰，因为我从未有过信仰。但是，我真正意识到那些不过是一派胡言还是在1952年2月7日早上九点。当时，德文特湖小学校长埃贝茨先生宣布，国王去世了，他去往天堂与上帝共享永恒的荣耀与幸福了。我们则为此戴了一个月的黑臂章。我想里面有些东西不大对头，而我是多么正确啊。我不是恍然大悟，也没有失落感，更不觉得生命里有了落差，等等等等。我希望，"他补充说，"这是个真实的故事。这的确是一段清晰持久的记忆；但是你懂的，记忆这个东西嘛，呵呵。"

乔治六世去世的时候哥哥才九岁(我六岁，和他在同一所学校，但是我对埃贝茨先生的讲话和佩戴黑色臂章完全没有印象)。我最终完全放弃宗教信仰是在我又长大一些之后。正当青春期的我，在家里卫生间里弓身俯在一本书或杂志上，我常对自己说，上帝不可能存在，因为如果说他是眼睁睁看着我自慰，这就太荒谬了；更荒谬的是我死去的祖先们也会排成一溜儿这样看着我。我有其他一些更合乎情理的论证，不过，最适合他的是这一具有强烈说服力的情感——当然，也是一种蛮自私的情感。一想到外公和外婆在观察我干的勾当，我就会心绪不宁。

然而，此时此刻，在记录这番话的时候，我很纳闷为何当初自己没有想出更多的可能性。为何我认为上帝——如果他的确在看着我——一定不赞成我如此泼洒我的种子呢？为什么我没有想到，上天看到我乐此不疲地自渎却没有塌下来，这兴许是因为上天并没有判定它是罪孽？我也未曾想象，我已逝的祖先们同样也在微笑地看着我的所作所为：继续呀，孩子，你拥有的时候就尽情享受吧，一旦变成空洞的灵魂就无福消受了，所以，为了我们你再来一次吧。也许外公会把他在天国的烟斗从嘴边拿开，惺惺相惜地悄声说："我曾经认识一个非常漂亮的妞儿，叫梅布尔。"

* * *

上小学的时候，我们做声音测试。一个接一个走上讲台，在全班同学面前，按照老师的伴奏唱一个简单的调子。然后我们被分为两组：高声部和低声部（音乐中的"世界其他地方"）。因为我们离变声还早，这些标签就成了亲切的委婉语；我记得，当我报告父母我被分到哪个小组时——仿佛这是一项伟大成就——他们都很宽宏大量。哥哥也分到了低声部；不过他不久后要面临一场更大的屈辱。到了下一个学校，我们又被测试了一次，并且——哥哥提醒的我——被"一个叫华莱士或威尔士的讨厌家伙"分成了A、B、C三个声部。"他专门为我开设了D声部。过了许多年我才不讨厌音乐。"难道这就是哥哥持续半个多世纪对他充满敌意的原因？

每天早上，伴随着雷鸣般的管风琴和荒唐的赞美诗，阵阵音乐从这所学校传了出来。"远方有座青山/没有城墙/上帝被钉在了那里的十字架上/他为拯救我们而亡。"调子不像往常那样沉闷；不过，谁会在青山周围筑城墙呢？后来，当我明白了“没有”[①]是“远离”的意思，我就把困惑的矛头转向了“青”字。有座青山？在巴勒斯坦？既然现在穿了长裤（如果你聪明的话，你就放弃了），我们不再学那么多地理了，但是连我都知道那里全是沙石。我并不觉得自己是一个夹在食人族之中的人类学家——我现在是个坚定的怀疑论者——但我明显感觉到我所熟悉的词语与其含义之间有一定的差距。

在一年一度的市长奖颁奖日，我们都要唱《耶路撒冷》改编的校歌。在调皮的男孩儿中有个传统，一群未经改良的低声部在特定时刻发出毫无特色、惹人厌恶的极强音：“把我的[稍作停顿]欲望之箭拿来！”我知道歌词出自威廉·布莱克吗？我深表怀疑。我也无意通过语言之美来宣扬宗教（或许，这被视为不言而喻）。我们有一位年长的拉丁语老师，他喜欢走神，抛开脚本，一下子独自沉思起来，不过现在我意识到，这是个精心策划的伎俩。刚开始他像个严肃持重的牧师，可后来他会小声嘀咕一些类似于“她只是一个阿拉伯人的女儿，但你本应该去看加沙地带”之类的话，就好像他刚想起来似的，这样的玩笑有伤风化，我都不好意思讲给同在学校教书的父母听。还有一次，他极尽讽刺之能事，对一本名为《作为文学而阅读的圣经》的荒谬书名大加鞭挞。我们和他一起哧哧窃笑，不过角度完全相反：《圣经》（枯燥乏味）

① 原文为 without。

显然不是当作文学(激动人心)来读的。

在我们这些名义上的基督徒中，有几个男孩很虔诚，但在人们的心目中他们稍稍有点怪异，罕见和怪异的程度堪比我们这位拉丁语老师，他戴着结婚戒指，却可以被弄到脸红(他也很虔诚)。在青春期后期，我曾有过一次灵魂出窍的经历，也许是两次：感觉在快到天花板的高处俯视自己没有灵魂的肉身。我没有把这件事告诉我的家人，而是告诉了那个穿鞋帮有松紧带的切尔西靴的同学；虽然我发现这是一件略值得骄傲的事情(奇迹发生了！)，但我并没有推断出什么重大意义，更不要说笃信宗教了。

兴许是亚历克斯·布里连特传达了尼采的论断，即上帝已正式死亡，这意味着我们可以更纵情地手淫了。你创造你自己的生活，不是吗？——这就是存在主义的本质。而我们那位年轻风趣的英文老师绝对是反宗教的。至少，他引用像是与《耶路撒冷》对立的布莱克的诗句："天上的老家伙/放屁，打嗝，咳嗽。"上帝放屁！上帝打嗝！那就证明他不存在！(同样，我从来没想过拿这些人类特性作为上帝存在——事实上，是上帝同情性——的论据。)他也向我们转引了艾略特关于人生的惨淡总结：出生，交配，死亡。当这位英语老师自身的生命进行到一半的时候，像亚历克斯·布里连特那样，他和妻子用酒吞下药片，结伴自杀了。

我去了牛津。有人要我去拜访学校的牧师，他向我说明，我作为一位学者，是有权在小教堂阅读经文的。由于刚从虚伪的强制性礼拜仪式中解放出来，我断然回答道：“十分抱歉，我是个快乐的无神论者。”之后什么也没发生——没有雷鸣声，没有失去学者礼袍，也没有龇牙咧嘴的异议；我喝完雪利酒就离开了。过了一两天，船队队长来敲我家的门，问我想不想到河上一试身手。刚刚挫败了牧师，兴许我这次胆量更足了，我回答：“恐怕我是个美学家。”现在想想我的回答都后怕(当初去划船多好啊)；但是又一次，平安无事。没有彪形大汉闯入我的房间，把并不属于我的青花瓷瓶摔个粉碎，也没人把我学究气十足的脑袋戳进马桶。

我能够阐明立场，只是太害羞不愿去争辩。我要是表达能力够强或者足够粗鄙，我本可以向牧师和船长解释无神论者和美学家是很相配的：就像基督教徒和体格健壮之于他们两人。(尽管体育运动也可以提供一个有用的类比：加缪不是说过吗，对无聊人生的恰当回应是创造游戏规则，正如我们的足球比赛那样？)我还可以继续在我的幻想中引用戈蒂埃的诗来反驳他们：“诸神已死/但是诗歌/比青铜更坚固/挺过了一切。”我可以解释宗教狂热何以早就让位给了审美狂热，而且，也许以对圣女特蕾莎嗤之以鼻而告终，嘲笑她显然没有在那尊著名的狂喜雕塑中窥见上帝，而是完全陶醉于某种更加有形的东西。

当我说自己是个快乐的无神论者时，这里的形容词仅用于修饰其后面的名词。我很高兴自己没有信仰上帝；我很高兴到目前为止已经学业有成；这就是全部的意义。我试图隐瞒自己的忧虑，却被其深深折磨。如果我智商达标(我怀疑自己不过是个考试机器)，那么我的人际关系、情商和性事都还未成熟。同样，如果我为没有信仰“不存在的老爹爹”[①]而高兴，那么我对其后果也毫无忧虑。没有上帝，没有天堂，没有来世；故而死亡，不论多么遥远，以一种完全不同的方式被提上了议事日程。

* * *

我上大学时，花了一年时间在法国布里特尼的一所天主教学校教书。和我住在一起的牧师像普通人一样个性鲜明，这使我大为惊异。一个养蜜蜂，另一个是德鲁伊教士；一个喜欢赌马，另一个是反犹分子；年轻的这个牧师跟学生谈论手淫，年长的那个沉迷于电视中播放的电影，尽管看完之后他喜欢高傲地来上一句“低俗乏味”。有些牧师聪明世故，另一些则愚蠢幼稚；有些看起来很虔诚，另一些持怀疑态度，几近亵渎。有一次在食堂饭桌上，当喜欢搞破坏的马莱神父开始嘲弄德鲁伊教士加尔福德，跟他聊谁的家乡更适合圣灵在五旬节降临，我记得自己吓坏了。也是在这里，我平生第一次看到尸体：卢梭神父——一位年轻的教导牧师——的尸体。他的尸体被放置在学校正门旁边的接待室里；校方希望孩子们和老师们去瞻仰他。我只是透过双门玻璃打量，告诉

① 布莱克对上帝的戏称。

自己这样更得体；其实多半只是恐惧罢了。

牧师们对我挺和气的，带一点戏弄和难以理解的神情。“啊，”他们在走廊上拦住我，碰碰我的手臂并露出羞涩的微笑，“背信弃义的阿尔比恩。[①]”他们中有个叫休伯特·格斯白里安的神父，一个好心得有点笨的家伙，他那显赫的布列塔尼贵族头衔兴许是抽奖抽到的吧，在他身上那么不合适。他五十出头，肥胖，迟钝，又秃又聋。他人生的主要乐趣就是在吃饭时对学校干事——胆小怕事的娄玛先生——搞些恶作剧：暗中把餐具塞进他的口袋里，往他的脸上喷一口烟，挠他的脖子，把芥末瓶出其不意地放在他的鼻子下面。学校干事面对这些无聊的日常挑衅，表现出了一个真正的基督徒的忍耐。起初，休伯特神父常常戳我的肋骨，或者，每次从我身旁经过时扯一下我的头发，直到我开心地叫他坏蛋他才罢手。战争中，他的左屁股受了伤（“休伯特，快跑！”“不行啊，我们被包围了。”），于是出行买票能有优惠，人家还给订了一份《退伍军人》杂志。其他牧师无可奈何地纵容他。“穷鬼休伯特”是吃饭的时候最常听到的对他的称呼，无论是在旁边小声嘀咕还是当面对他喊。

格斯白里安刚刚庆祝了当牧师二十五周年，他的信仰很坦诚。当听到我和马莱神父的对话，发现我还没有接受洗礼时，他很震惊。这位“穷鬼休伯特”立即担心起我来，他向我

---

① 原文为法语。这是法国人对英国的戏称。

详述严重的神学后果：不接受洗礼就无法升入天堂。也许，由于我是个弃儿，他有时会向我坦白牧师生活中遇到的种种挫败和限制。有一天，他小心翼翼地问我："你不会认为如果最终没有天堂我就不会选择过这样的生活，是不是？"

当时，一方面，我被他的这种实际的想法所打动；另一方面，一个生命竟浪费在了这样的妄想上，这使我大为诧异。不过，格斯白里安神父的想法倒是有很深的渊源，我兴许会把它看作著名的帕斯卡尔之赌的一大翻版。帕斯卡尔之赌说起来十分简单。假定你相信上帝，而上帝最终是存在的，那你赢了；假定你相信上帝，而上帝最终并不存在，那你输了；但是，若你选择不信上帝，而死后却发现上帝确实存在，那你就输得更惨了。也许，这与其说是个论证，不如说是法国外交使团惯用的自利的外交姿态；尽管赌上帝存在同时还要依赖于另一种赌博，赌上帝的本性。要是上帝与人们想象的不一样怎么办？譬如，倘若他讨厌赌徒，尤其是那些抱着稳赚不赔的心态号称信仰他的赌徒，那可咋办呢？谁来定输赢？反正不是我们：或许，上帝也许宁可选择诚实的怀疑者而非拍马屁的投机分子。

帕斯卡尔之赌的回响绵延数个世纪，一向不乏下注者。这里有一个极端的实干家的例子。2006 年 6 月，在基辅动物园，有个人借助绳索下到饲养狮子和老虎的岛上。他一边下降，一边向张嘴呆看他的人群大喊。一位目击者说他喊的是"狮子不会伤害相信上帝的人"；另一人说，他喊了句更具挑战性的话:“如果上帝存在，他会救我的。”这位形而上的挑战者[①]降落到地上，脱掉鞋子，向动物们走去；被激怒的母狮将他扑在地，咬断了他的颈动脉。这是不是证明：A. 此人疯了；B. 上帝不存在；C. 上帝确然存在，但他绝不会被这种卑鄙伎俩所惑而公开现身；D. 上帝确然存在，并且表明他是个讽刺家；E. 以上皆非？

还有个赌博听起来倒不像在赌:“来吧，信仰吧！也没什么危害。”淡茶版，一个患形而上头痛病的人的烦人的絮叨，出自维特根斯坦的笔记。如果你是神，你可能会对这种不冷不热的说法无动于衷。然而有时候，有可能，当说到“也没什么危害”——除了不是真的——有人或许会觉得那是不可削减、难以接受的危害。

以例为证：维特根斯坦在写下这份笔记的二十多年前，曾在下奥地利州[②]的几个偏僻村庄里教书。当地人发现他是个刻板严肃的怪人，但对学生尽心尽责；尽管他对宗教持怀疑态度，但仍乐于以主祷文开始和结束每一天。在特拉滕巴哈教学期间，维特根斯坦带着小学生们到维也纳游学。最近的火车站是克罗格尼茨，离特拉滕巴哈十二英里远，于是，旅途以充满教益的徒步穿越森林作为开端，途中要求学生识别他们在课堂上学到的各种植物和石头。在维也纳，他们花了两天时间用同样的方法学习建筑和技术。之后他们坐火车返

① 原文为法语。
② 奥地利东北部的一个州。

回克罗格尼茨。到达那里时已是夜幕低垂。他们开始了十二英里的徒步返程。维特根斯坦发现许多孩子畏葸不前，便走了过去，逐个问他们道："害怕了？好，这样，心里只能想着上帝。"没错，他们确实身处漆黑的丛林。继续吧，请相信！绝没任何危害。大体上说，确实没有任何危害。一个并不存在的上帝，即使不能使你免受真实存在的野兽，比如狼、熊（还有母狮）的袭击，至少可以保护你摆脱小精灵、妖精和森林恶魔的骚扰。

一位研究维特根斯坦的学者提出，尽管哲学家维特根斯坦不是"一个信仰宗教的人"，但是他身上"在某种意义上存在宗教的*可能性*"；不过他的宗教观关涉的是罪恶感和对上帝最后审判的渴求而非对造物者的信仰。他认为"生活可以教人信仰上帝"——这是他最后的笔记中的一句话。他还想象自己被问到能否免于一死，他的回答是这可不好说：这倒不是出于你我可能给出的理由，而是因为"当我在说'我没有停止存在'的时候，我可不清楚我到底在说什么"。除了基要派以自我牺牲期待十分具体的恩典之外，我想我们中的大多数人都不是很清楚。不过，它的本意而非它的言外之意，确定在我们掌握之中。

* * *

如果我称二十岁的自己为无神论者，而称五六十岁的自己为不可知论者，这并不是因为我在这期间已经获得更多知识：仅是更多地意识到自己的无知。我们要有怎样足够的知识才能确认自己有知识呢？作为 21 世纪新达尔文唯物主义者，我们坚信生命的意义和机理自从 1859 年起就被充分揭示了，我们认为自己绝对比那些轻信的屈膝朝拜者聪明。就在不远的过去，他们相信神圣使命、有序世界、复活和末日审判。然而，虽然我们更有知识，我们未必更加进化，而且，显然不比他们高明。究竟是什么让我们确信我们的知识如此有决定性意义呢？

我母亲可能会说，而且的确说过，这是"我的年龄"在作祟——现在离尽头更近了，仿佛形而上的谨慎和惶恐正在削弱我的决心。不过她也许错了。早在十三四岁的时候，我就有了死亡意识。法国批评家夏尔·杜博斯，即伊迪丝·华顿的好友兼其作品译者，对眼下这种情况造出了一个很有用的词：le réveil mortel[①]。应该怎样翻译呢？"死亡闹铃"听起来有点像酒店叫醒服务。"死亡知识""死亡觉醒"——太德国了。"意识到死亡"——但这表达的是一种状态而不是一记重击。在某种程度上，对杜博斯那个词的(第一个)糟糕译文却是好译文：*确实*像在一个陌生的酒店房间里，闹钟时间还是前一位房客设定的，在某个恼人的时刻，你突然从睡梦中惊醒，被重重地抛入黑暗、恐慌之中，残酷地意识到这是一个租住的世界。

---

① 法语，直译为：死亡的闹钟。

我的朋友R最近问我，我多久一次想到死，在什么情况下想到的。每天醒来后至少一次，我回答，而且，到了夜间，死的念头也会间歇地袭来。当外部世界展现出明显的平行性时，“终有一死”就会常常闯入我的脑海：当夜幕降临，当白昼缩短，或者漫长一天的远足接近尾声时。也许更独特的是，我的这种叫醒电话经常在电视里体育比赛开始的时候尖叫，不知为什么，尤其在五国（现在是六国）橄榄球对抗赛时会这样。我将这些都告诉了R，并抱歉道，对这个话题啰唆这么多，是不是有点太自我了。他回答道：“你对死的想法看起来蛮**健康**。你可不像G[我们的共同朋友]那样病态。反过来讲，我的死亡观很病态。我一向是个**行动派**。霰弹枪搁嘴里。自从泰晤士谷警方从《荒岛唱片》中听说了我，把我那支十二口径的枪拿走之后，情况大为改善了。现在只有[他儿子的]气枪。这枪没用。没子弹。所以我们**会一起度过晚年**。”

过去的人更乐意谈论死亡：不是死亡和来世，而是死亡和灭绝。20世纪20年代，西贝柳斯喜欢去赫尔辛基的坎贝餐馆，加入所谓的“柠檬桌子”：在中国人心目中，柠檬象征死亡。他和他的同桌——画家、实业家、医生和律师——不仅被允许，而且被要求谈论死亡。数十年前，在巴黎马尼的晚宴上，一个松散的作家团体——福楼拜、屠格涅夫、埃德蒙·德·龚古尔、都德和左拉——友好而不失条理地谈论这一话题。他们全是无神论者或者坚定的不可知论者；畏惧死亡但不逃避死亡。“像我们这样的人，”福楼拜写道，“应该有一种绝望的宗教。一个人和他的命运必须是平等的，也就是说，像命运一样漠然。‘就是这样！就是这样！’你口中念念有词，俯视着脚下幽幽的墓穴，以此保持镇静。”

我从未想要尝一尝把霰弹枪放进嘴巴的滋味。较之这个，我对死亡的恐惧是低强度、理性而现实的。此外，搞个新柠檬桌子或马尼晚宴来谈论这一话题，会遇到一个问题，即有些与会者可能会争论起来。为什么死亡就不能像车子、收入、女人、鸡巴大小一样，成为男人们吹牛的谈资呢？“半夜惊出一身汗，尖叫——哈！——这是上小学时候的事了。你等待着，直到你……”于是，我们内心的痛苦就会显得平庸而且乏力。**我对死亡的恐惧比你的更厉害而且更频繁。**

不过，从另一方面来说，也有这样的情形，你会很高兴在这场男人的吹牛大会中输掉。死亡意识仅有的几种慰藉之一便是，总是——几乎总是——有人比你更倒霉。不仅仅是R，还有我们共同的朋友G。长期以来，他是死亡恐惧项目的金牌持有者，因为他四岁就已经被*死亡闹铃*[①]唤醒（*四岁！你这个混蛋！*）。这件事情对他影响至深，以至于他的童年一直在永恒的虚无和可怖的无限中度过。长大后，他依旧比我更惧死亡，因而也容易陷入更深的抑郁。判定重度抑郁症发作有九大基本标准（从一天大部分时间都处于消极情绪到周期性

① 原文为法语。

想到死亡和周期性的自杀意志，并伴有失眠、觉得生活无意义等症状)。两个星期内满足五条就可以确诊为抑郁。而早在十年前，G就在九条都满足后不得不去住院了。他告诉我这件事时没有任何竞争的锋芒(我早就不和他竞争了)，不过话音里带着一丝讨厌的扬扬得意。

每个恐惧死亡的人都需要有个倒霉鬼榜样，以求暂时的安慰。我有G，G有拉赫玛尼诺夫——一个既恐惧死亡，又恐惧死后复活的人，一个比其他任何人更多地将*末日审判*[1]渗入音乐的作曲家，一个会在放映《弗兰肯斯坦》开场的墓地一幕时语无伦次地逃出电影院的观众。拉赫玛尼诺夫*不愿意*谈论死亡才会让他的朋友感到吃惊。其中，一件代表性的事情是：1915年，他去拜访诗人玛丽埃塔·沙吉娘和她母亲。起初，他请她母亲用纸牌给他算命，(当然)希望能知道他还能活多久。之后他坐了下来，和诗人开始谈论死亡：那天他选了阿尔志跋绥夫的一篇短篇小说。在他手边有一碗咸开心果。拉赫玛尼诺夫吃了一口，谈论死亡，然后挪动椅子好离碗更近些，然后又吃了一口，接着再谈论死亡。突然，他停了下来，大笑道："吃了开心果，让我的恐惧都消失了。你们知道它上哪儿去了？"诗人和她母亲都无法回答这个问题。可是，当拉赫玛尼诺夫要去莫斯科时，她们给他一整袋开心果让他路上吃，"好治愈他对死亡的恐惧"。

---

① 原文为拉丁语。

如果让我和G扮演俄罗斯作曲家，我会让他与肖斯塔科维奇——一位更伟大的作曲家，一位同样伟大的沉思死亡的人——匹配。“我们应该更多地思考死亡，”他说，“更习惯于考虑死亡。我们不能让对死亡的恐惧出其不意地冒出来。我们必须让自己熟悉这种恐惧，一个办法就是将它写下来。我并不认为思考和书写死亡只是老人的特征。我认为，如果一个人越早思考死亡，他就会越少犯愚蠢的错误。”

他还说：“恐惧死亡，也许是最强烈的一种情感。我有时候想，没有比这更深沉的情感了。”这些观点并没有公开表达过。肖斯塔科维奇知道，死亡——除非是英雄般的殉道——并不合乎苏维埃艺术的主题，这种主题“和在客人面前用袖子擦鼻子差不多”。他不能让末日审判在乐谱中发光。他得让音乐藏而不露。但是渐渐地，这位谨慎的作曲家鼓足勇气，拿衣袖擦了擦鼻孔，尤其在他的室内乐中。他最后一批作品往往包含对死亡的悠长、缓慢而沉思的祈祷。有一次，他给贝多芬四重奏组的小提琴家这样一个建议：在演奏《第十五弦乐四重奏》第一乐章时，“要让苍蝇倒毙在半空中”。

当朋友R在《荒岛唱片》中谈到死亡时，警察缴了他的霰弹枪。当我这么做了，我则收到了一堆形形色色的信，信中说，假如我懂得内省、诚心笃信宗教、上教堂祷告，等等等等，我的恐惧症便可不治而愈。这是一碗神学的咸开心果。这些给我写信的人并非全然以恩人自居——有的善感，有的严厉——但看他们的意思，似乎这一解决方法对我来说很新鲜。好像我是某个丛林部落的成员(就算是，我也不能没有自己的一套宗教仪式和信仰啊)，而不是一个在基督教即将从我们国家消亡的时刻出来说这些话的人，部分原因在于众多像我们这样的家庭已有一个多世纪不信教了。

* * *

这一世纪几乎与我能追溯的我们的家族史一样久远。我默认成了我们家的档案管理员。在离我此刻写作的地方几码远的一只浅斗抽屉里装着全部文件资料：出生、结婚、死亡证明，遗嘱和遗嘱认证，专业证书、介绍信和推荐书，护照、配给卡、身份证(还有法国身份证)；剪贴簿、笔记本和纪念品。这里有我父亲写的诙谐歌曲的原稿(唱这些歌要身着晚礼服，倚在钢琴旁，他在学校的同事或战友为他作慵懒的夜总会式的伴奏)、他签过字的账单、剧院节目单以及填了一半的板球得分卡。这里有我母亲的主妇笔记本、她的圣诞卡清单以及股票债券表。这里有他们之间来往的电报和战时无线电报(但是没有信函)。这里有他们两个儿子的学校成绩单和发育记录卡、他们颁奖日的活动安排表、游泳和运动证书——我看到自己1955年的跳远冠军和足球赛季军的证书，还有我哥哥和迪翁·夏勒搭档获得的手推车比赛亚军证书——以及我早已忘记的成绩证明，譬如，我小学某个学期的全勤证明。这里还有我外公的几枚一战勋章——充分证明他于1916年至1917年在法国服役，那是一段他从不愿提起的时光。

这个浅斗抽屉大得足够装下整个家庭的相册。盒子上有父亲手写的“我们”“两个儿子”和“古董”的标签。照片中，爸爸穿着教师长袍，或皇家空军制服，或戴着褐色领带，或者穿着远足短裤和白色板球服，总是手拿香烟或嘴叼烟斗。在这些照片中，妈妈穿着自家做的时尚衣服，或者身着不甚暴露的两件式泳衣，或穿着共济会晚宴用的豪华套装。这里面有那位法国助手，大概是他拍摄了马克西姆：狗，也就是后来帮忙将我父母的骨灰撒在法国西海岸的那位助手。在这些照片里，我和哥哥还处于尚有一头金发的年轻时光，在为一系列自家做的针织衫做模特，旁边是狗、沙滩球和儿童三轮车；这是我们在同一辆三轮车两旁的照片；这是我们随意拍的拼贴照，后来我们将它们装上硬纸框，取名为“雀巢儿童乐园纪念，1950 年于奥林匹亚”。

这里也有外公的照片记录，一本红色的布面相册，名为“沿途风景”，这本相册是他 1913 年 8 月在科尔温湾买的。它记载了 1912 年到 1917 年的时光，此后，他似乎放下了相机。这是伯特和他的兄弟珀西，这是伯特和他的未婚妻内尔，然后这是他们婚礼上的照片：1914 年 8 月 4 日，一战爆发的那天。这张，在那些褪成棕黑色的无法辨认的亲戚和老友照片中，居然被损坏了：照片上是一位穿着白衬衫的女人，她坐在折叠帆布躺椅上，下面标着日期 1915 年 9 月。日期旁的铅笔字迹——是名字？还是地点？——基本被擦除了。这个女人的脸被恶毒地连撕带抠，直到只能看到下巴和粗硬的像维他麦一样的头发。我很纳闷这是谁干的，为什么，对谁？

少年时代，我也有过一段时间爱摄影，有过一个简单的暗房：塑料显影池、橘黄色暗房灯和接触式晒印框。这段狂热期的某一天，我对一份杂志上的一则广告深感兴趣，那是一款廉价而神奇的产品，广告里保证它能把我那简陋的黑白照转换成色彩丰富、栩栩如生的彩照。我不记得我在邮购之前是否问过父母，也记不清当打了保票的一套工具原来只是一把小刷子和一些能粘在相纸上的彩色长条状颜料时，我有没有感到失望。但当时我立马干了起来，把我们家这些图像记录变得更生动，假如不是更真实的话。这张是爸爸穿着亮黄色灯芯绒裤子和绿毛衣，背景是黑白色的庭院；外公穿着同一种绿色的裤子，外婆穿着淡一点的绿色的衬衫。他们三人的手和脸都诡异地泛着潮红。

我哥哥质疑记忆的根本真实性，而我质疑我们渲染记忆的方式。我们都有自己的廉价邮购颜料盒以及喜欢的色调。因此，在前面几页我说我记得外婆“娇小而圆通”，而当我问起我哥，他拿出他的画刷，提出相反的意见，说她是“矮小而专横”。他的心灵相册里比我的装着更多1950年代早期祖孙三代赴伦迪岛出游的珍贵照片。对外婆来说，那基本上是她唯一一次离开不列颠陆块；对外公而言，这是他自1917年从法国回来后的第一次出行。那天，大海波涛汹涌，外婆不幸晕船。当我们到达伦迪岛时，却被告知因风浪太大不能下船。对此，我的记忆已经褪成棕黑色了，而我哥哥的却仍旧色彩鲜艳。他描绘外婆如何在甲板下度过整段旅程，如何呕吐到一个又一个塑料杯中。当时，外公拉下他的鸭舌帽，盖住眉毛，不厌其烦地接着每个吐得满满的杯子。他并没有把这些杯子扔掉，而是把它们放到架子上排成一列，好像故意要让她难堪。我认为，这一段是哥哥最中意的童年记忆。

是娇小还是矮小，是圆通还是专横？我们使用的不同形容词反映了对几近忘却的情感的零碎记忆。我不明白为什么我更喜欢外婆，或者为什么她更喜欢我。难道是我惧怕外公的专制（虽然他从未打过我），并且觉得他男性榜样比父亲的更粗粝？我喜欢外婆仅仅是因为她是女性？我们家族女性可真少见啊。虽然我和哥哥与外婆相处了二十年，我们却很难忆起她说过的话。我哥哥唯一能提供的两个例子，都发生在她激怒母亲的情况下，所以此时她说的话也许更多的是提供一种愉快的感觉而非内在的含义。第一个例子发生在冬夜，当时母亲坐在火炉旁取暖。外婆提醒道："别坐得太近了，小心毁了你的腿。"第二个例子发生在几乎整整一代人之后。我哥哥的女儿C，当年大概才两岁，接过一块蛋糕但没有道谢。"说ta[①]，亲爱的。"她的曾外祖母提醒道——闻此，"我们母亲对这种粗俗用词怒不可遏"。

这样的记忆碎片能更多地展现外婆、母亲或者我哥哥的

① 意为"谢谢"，英语中的非正式表达，一说为儿童用语，一说系丹麦语混入。

性情吗？它们是否表明了某人的专断？我意识到，我自己关于外婆“圆通”的证据其实并不存在；但是，就这本身而言，也许是存在的。我搜肠刮肚，但怎么也想不起自己小时候喜爱的这个女人的只言片语；能记起的也许只有一句间接的话。外婆去世很久以后，妈妈跟我讲了一句外婆的格言。“她常说：‘世上如果没有坏女人，就不会有坏男人。’”外婆对夏娃之罪的确认就这样被不无鄙夷地转述给了我。

* * *

我在清理父母亲住的小屋时，发现了一小堆1930年代至1980年代的明信片。它们都是从国外寄来的；英国国内寄来的那些明信片，无论赠言多么风趣，在过去某个时候都已被扔掉了。这是我父亲1930年代写给他母亲的明信片（在寒冷的布鲁塞尔给您温暖的问候；到奥地利给您打电话！）；我父亲从德国寄给在法国的母亲——那时只是他的女朋友？还是未婚妻？——（不知我从英格兰写给你的信你是不是都收到了。收到了吗？）父亲写给家中两个小儿子的（希望你们能听话，收听板球锦标赛广播），宣布他给我搞了些邮票，给哥哥弄了些火柴盒。（火柴盒我倒忘了，只记得哥哥收集橘皮书。）然后是我和哥哥充满少年戏谑意味的明信片。这是我从法国写给他的：“假期以五大教堂完美爆炸开始。明天打算一把火烧掉卢瓦尔城堡。”他在尚佩里给我写的，当时父亲带着他在那儿作学期旅行：“我们安全抵达。除了那些火腿三明治，我们对这趟旅程还算满意。”

我无法确定最早的那几张明信片是什么时候写的，邮票——连同邮戳——已用蒸气取了下来，无疑是给我收集的。不过我发现父亲在写给他母亲的明信片中用了不同的落款：从“伦纳德”，“你永远的，伦纳德”，直至“爱你的，伦纳德”，甚至“爱你吻你，伦纳德”。在给我母亲的明信片中，他用了“皮普”，“你的皮普”，“永远的，皮普”，“爱意浓浓，皮普”和“我的至爱，皮普”：从遥不可及的求爱期开始，直至我来到这世上，情爱日渐炽热，称呼在渐渐变化。我持续关注父亲更换名字的过程。他的教名是阿尔伯特·伦纳德，父母亲和兄弟姐妹称他为伦纳德。等他做了校长之后，阿尔伯特取代了伦纳德，在师生公共休息室他一直被称为“阿尔比”或“阿尔比老弟”，长达四十年之久——不过这可能是源于他名字的首字母缩写，A. L. B.——偶尔又以阿森纳防守后卫沃利·巴恩斯之名被戏称为“沃利”。我母亲并不喜欢这些教名(毫无疑问也不喜欢“沃利”)，于是决定叫他“皮普”。此名取自《远大前程》？但他不是菲利普·皮利普，当然她也不是埃斯特拉。在战时，父亲所属的皇家空军驻扎在印度，此时他名字又变了。我有他的两支蘸水笔，当地一名工匠在笔杆上手绘了一幅图像。一轮血红色的太阳悬在光塔清真寺的上方，正缓缓下落，我父亲的名字也在太阳下方:“里奇·巴恩斯，1944 年，阿拉哈巴德。”那里奇是从哪儿冒出来的，又去往了何方？翌年，父亲回到英国，也变回了皮普。他身上的确有一丝孩子气，但是，随着他年龄增至六十、七十、八十，这个名字就越来越不合适了。

他从印度带回了各种各样的制品：黄铜盘、嵌饰烟盒、顶端雕着大象的象牙拆信刀，还有一对经常散架的折叠式墙边桌。然后就是一件我小时候非常想要的洋货：一个圆圆的皮坐垫。在阿克顿，还有谁能有这样一个印度皮坐垫呢？我那时常常跑着扑到垫子上；后来，当我们从近郊搬至远郊后，我就不再做这样孩子气的姿势了，而是把我血气方刚的体重压在坐垫上，带着一种霸道的爱意。气垫里面的空气从皮革接缝里挤了出来，发出隐约像放屁的声响。最后，接缝在我的虐待下渐渐裂开，我发现了精神分析学家兴许会感兴趣的东西。因为里奇·巴恩斯从阿拉哈巴德或者马德拉斯带回来的垫子当然并不是饱满的，而只是一个带装饰的皮套，他——现在又是皮普了——和妻子得填充它。

他们用求爱期和新婚时往来的书信填充它。那时我还是个充满理想的少年，在面对人生现实时很容易玩世不恭。我正处于那样的时刻。他们怎么能取出自己的情书(无疑由缎带束成一捆捆保存着)，将它们撕成碎片，并且眼睁睁看着它们被坐在别人的肥屁股下呢？“他们”：我指的当然是我母亲，因为这样实用性的再利用符合我对她的解读，而不符合我判定的父亲那种多愁善感的性格。如何做的决策，场景是怎样的呢？他们是一起撕，还是她趁他上班的时候撕的？他们为这事争论过，意见一致，还是有一方暗自愤懑？假使他们一致同意，又是怎么实施的呢？真是一道纠结的选择题啊。你是想撕掉自己的爱情表白，还是你收到的表白？

如今，旁边有人时，我就轻轻地坐在垫子上；没有人时，就重重地坐下，于是垫子中排出的气体呼地喷出一小片蓝色航空信笺，那上面有我父母朝气蓬勃的手迹。如果这是一部小说，我也许会发现某个家族秘密——*但没人知道这孩子不是你的，或者他们现在永远也找不到那把刀了，或者我一直希望朱是个女孩*——然后我的整个人生就会迥然不同了。（实际上，我母亲的确希望我是个女孩，而且已经取好了约瑟芬这个名字，所以这也不是什么秘密。）。或者——从另一方面来说——我也许只会发现父母的心中能找到的最美好的给对方的话，他们对忠诚和真情的最温柔的表达。根本就没有什么秘密。

这块破旧的垫子在某个时候终于被淘汰了。但它并没有被扔到垃圾箱，而是被抛在了花园外侧，它在那里经受风吹雨淋，渐渐失去了光泽。我偶尔经过时就会踢它一下，我那惠灵顿长靴会弹出更多的蓝色碎片。纸上的墨水已经洇开，蓝纸黑字的秘密泄露的可能性越来越渺茫。我这一脚来自一个伤心的浪漫主义者。这就是最终的结果吗？

* * *

三十五年后，我面对着父母最后的遗物。我和哥哥各自要了几样东西；侄女们也挑选了几件；随后，清理房子的人进来了。他是个体面而博学的人，一边拿着东西一边对着它们说话。我觉得，这一习惯最初肯定是想温和地让客户做好失望的准备，但慢慢地就变成了他和手中物品之间的交谈。他也明白，即将在他的店里被冷冷地讨价还价的东西，此时此地，最后一次，是曾被选中，之后一起生活，被擦拭、被掸刷、被磨光、被修复、被珍爱的东西。于是他得夸就夸："这很漂亮——不值钱，但很漂亮"；或者"维多利亚风格的玻璃杯——这个越来越稀罕了——不值钱，但的确越来越稀罕了"。他小心而礼貌地对待现在已没有主人的物品，尽量避免批评或表现出不喜欢，更多的是惋惜或者长远的希望。对几只1920年代的梅尔巴玻璃杯（我觉得*很丑*），他说："十年前还很流行呢，可现在已经没人要了。"对一个希尔牌绿白相间的棋盘式植物架，他说："这个可能还要再等上四十年吧。"

他拿走几件还能卖的东西，留下一张五十镑的钞票就走了。接下来就是将物品装进后备箱，往本地回收站跑了几趟。作为我母亲的儿子，我买了几只厚重的绿色塑料口袋。当我拎着第一只袋子来到那个黄色废料桶旁边时，我突然意识到——现在更像我母亲的儿子了——这些袋子太有用了，可不能这么扔掉。于是，我没有把父母的遗物秘密地装袋，而是把连清理房子的人都不要的东西倒入废料桶中，留下了袋子。（这会是我母亲的意愿吗？）最后一批东西中有个傻里傻气的金属铃铛，那是父亲在尚佩里买的，在那次旅行中我哥哥抱怨火腿三明治很难吃。它叮叮当当地滑进废料桶。我看着那些东西堆在下面，心想这并没有什么冒犯甚至轻率的，只是稍稍觉得有点卑劣：仿佛我把父母葬在了一个纸袋子里，而不是一具像样的棺材里。

* * *

顺带一提，这并不是“我的自传”，我也不是在“追忆父母”。我知道，为人子女既意味着让人生厌的熟悉感，又表明存在大片无知的禁区——至少从我家来判断是这样。虽然我依然不关心那坐垫里的文字内容，但我并不认为我父母有什么不寻常的秘密。我现在正在做的一部分事情——似乎毫无必要——就是弄清他们已消逝到何种程度。我父亲于 1992 年去世，母亲于 1997 年去世。就传宗接代而言，他们有了两个儿子、两个孙女以及两个曾孙女：这人口统计在条理上似乎有失体统。就故事而言，他们存活于我们的记忆中，某些人相信记忆，另一些人不太相信。我问哥哥我们家当时吃什么时，他首先表示了对这一机能的怀疑。他说吃的是粥、腊肉之类的，然后又说：

至少，在我记忆中是这么回事。但是，毫无疑问，你对它们的记忆是不同的，所以我并不怎么觉得记忆是追溯往事的向导。我第一次见到我的同事及好友雅克·布伦史维克是在 1977 年。那是在尚蒂伊的一个会议上。我坐过了站，到克雷泰伊才下车，从那里要了个出租车（很贵），很晚才到达会议地点，在那里雅克跟我打招呼。这一切我记忆犹新，历历在目。在一次采访中（此采访收录在他的纪念文集中），雅克谈到了他的几位朋友。他描述他在 1977 年与我初遇于尚蒂伊的一个会议上：他到车站接我，我一下火车他就认出了我。这一切他记忆犹新，历历在目。

好吧，你也许会觉得这是专业哲学家们做的事：太专注于抽象推理而忽视了他们身处哪个车站，更不用说我们其他人生活的非抽象世界中发生的事情。法国作家儒勒·雷纳尔曾说："也许，记忆力特好的人抽象不出一般概念。"倘若如此，我的哥哥记忆力不行，但概括力很强；而我呢，记性很好，长于具体叙述。

在浅斗抽屉里，我也有家族档案为我佐证。比如说，有我十五岁时参加 O 级考试的成绩单。我的记忆绝不会告诉我数学成绩最好，我考得最差的竟然是英语，太尴尬了：语言卷一百分得了七十七分，作文五十分得了丢脸的二十五分。

我考得第二差的是科学常识，这不奇怪。那份试卷的生物部分包括画出番茄的横截面和描述雄蕊和雌蕊接触时的受精过程。这几乎也与我们家中的情形一样：父母的羞于启齿[①]一如教学大纲的沉默。因此，在我的成长过程中，我对身体的机能一无所知；我对性事的了解明显带着就读于男校没有姐妹的自学者的失衡；虽然中小学和大学我都靠自己的脑子取得了学业的不断进步，但我对这一器官是如何运作的却浑然不知。我想当然地以为，我们根本不必了解人的生理才能生活，就如同我们不必了解汽车的构造才可以驾驶一样。反正出了故障或毛病，总是可以上医院和修理厂的吧。就这样，在不知不觉中我步入了成年。

我记得，当我获知我身体的细胞并不是终生保用，而是每隔一段时间就会自我更新(不过，你可以用备用零件重新组装一辆汽车，不是吗？)的时候，我很吃惊。我不清楚这种翻新的频率多高，但明白了细胞更新后主要也是开一下“她不再是他坠入爱河时认识的那个女人了”这样的玩笑而已。我倒没觉得这有什么可恐慌的：毕竟，我父母和外公外婆经历了至少一次(如果不是两次)这样的自我更新，也没见他们有什么严重分裂；事实上，他们依然坚定地保持了自我。我不记得自己将大脑当成身体的一部分，因此同样的准则也一定适用于此。假如我发现大脑的分子构造在必要情况下根本没有作细致的自我更新，而实际上是难以置信地动荡不定；脂肪和蛋白质在合成的同时也在不断分解；环绕在突触周围的每一个分子每小时都在更新，某些分子甚至每分钟都在更

① 原文为法语。

新，那我倒可能会有点惊慌。事实上，去年形成的大脑迄今已重塑了多次。

童年时代的记忆——至少，就我的记忆而言——一般不成问题。这不光是因为事件及其回忆之间的时间较为短暂，也是记忆的本性使然：对年轻大脑来说，这些记忆仿佛是对所发生的事情的精准影像，而不是经过加工和渲染的摹本。成年后就多了估测、善变和怀疑；为了驱逐怀疑，我们不断复述那熟悉的故事，以顿挫营造刻意的效果，假装叙述的可靠性能成为真相的证据。但是，孩童或者少年却很少质疑过去所拥有和赞颂的记忆那明亮而清晰的真实性和精确性。因此，在那一年龄段，认为我们的记忆就像储存于某一行李寄存处一般是合乎情理的，只要拿出票据，我们就能取回自己的行李；或者(也许这个比喻有点过时，让人想起蒸汽火车和女性专用车厢)，就像放在自助寄存处的货物一样，如今却变成了纵横交错的道路。我们都知道人老了就会有些看似矛盾的东西，届时我们会开始回忆失落的少年时代的碎片，它们变得比中年时代的都更生动。然而，这似乎只是让我们确信一切真的在那儿，在某个有条不紊的大脑储物间中，无论我们能否取用。

我哥哥已经不记得半个多世纪前他与迪翁·夏勒在手推车比赛中名列第二，因此无法确定他们当中是谁当车子谁来推。他也不记得在去瑞士途中那难以下咽的火腿三明治。相反，他却记得那些在他明信片中没有提及的事：那是他第一次看见洋蓟，也是他第一次被“另一个小伙子追求”。他同时承认，在很长一段时间里，他把这整趟旅程都张冠李戴到了法国；也许，我把不太为人知的瑞士尚佩里（牛颈铃的产地）与较为知名的法国尚佩里（餐前酒的产地）混淆了。我们谈论自己的记忆，但或许更应该谈论我们的遗忘，哪怕这是一项更高难度——或者在逻辑上不可能——的技能。

我或许应该告诫你（尤其假如你是哲学家、神学家或生物学家），本书中某些内容在你看来纯粹是外行写的 DIY 性质的东西。不过，在生活中，而且就生活本身而论，我们都是外行啊。当我们转入他人的专业领域，希望自己的一知半解能够大致投影于他们的知识图表；但我们可不能指望它。我也应该提醒你，接下来会有大量作家的名字出现在本书中。他们中的大部分都已故，而且有好几位是法国人。其中之一是儒勒·雷纳尔，他说："只有在面对死亡时我们才会变得很迂腐。"我也会提及一些作曲家，其中一位是斯特拉文斯基，他曾说："音乐是我们消化时间的最佳途径。"这样的艺术家——这样已故的艺术家——每天与我同伴相随，他们也是我的祖先。他们是我名副其实的血统（我相信我哥哥对柏拉图和亚里士多德也有同感）。这一血统并非直接的或是可以证明的——类似私生子之类的吧——尽管如此，我还是要攀亲。

我哥哥忘了火腿三明治，记得洋蓟和性骚扰，而且隐瞒了瑞士。你能感觉到某个理论呼之欲出了吗？也许，洋蓟那讨厌的刺与性骚扰的记忆相关。如此说来，这两者的联系或许在此后让他反感洋蓟（以及瑞士）。不过我哥哥倒是经常吃洋蓟，而且曾在日内瓦工作数年。啊哈——也许他欢迎这种骚扰？既无聊又有趣的问题，点开一封电子邮件便可得到答案。“根据我的记忆，我既不欢迎也不讨厌——只觉得有些怪异。从那之后，我在坐大都会（地铁）时经常采取几何家庭作业的策略。”

毫无疑问，他听上去比我要乐观和务实，想当初，在清晨拥挤不堪的地铁里，一位衣冠禽兽把他的大腿插在我两腿之间，仿佛那大腿真的没有其他地方可放似的。或者，当我坐在一节南区车厢里从橄榄球场回来时，爱德华（当然他并不叫爱德华），一个脸上长满脓包的老家伙，企图对我上下其手而不只是诱惑勾引。我觉得这样做很不讨喜，就算不是令人厌恶，也肯定引起警觉，我一直清楚记得自己在严拒他时所说的话。“能不能不这么性感，爱德华？”我说（虽然他并不叫爱德华）。这句话很管用，但是，我依然记得这句话倒并不是因为它很管用，而是因为即使很管用也让人觉得不大对头。他干的勾当——用手指快速戳了一下我裤裆内的睾丸——在我看来一点都不性感（性感首先得跟乳房有关吧），而且我觉得我的回应表明其实并不是这么回事。

* * *

在牛津，我初读了蒙田。蒙田是我们现代人思考死亡的起点，是他将远古世界的睿智哲人与我们的企图——对那无可逃避的归宿找到现代的、成熟的、非宗教的认可——架起了一座桥梁。Philosopher，c'est apprendre à mourir. 思考哲学，就是学习死亡。蒙田是在引用西塞罗，西塞罗则借鉴了苏格拉底。他博学而著名的关于死亡的论著淡泊，书生气，多典故，善格言，慰藉人心(当然，是有意为之)；它们也隐含紧迫。正如我母亲所言，从前的人还活不到现在的人一半的岁数。瘟疫肆虐，战争连连，医生也可能治死人，一个人能活到四十岁已经相当不错了。在蒙田那个时代，“年老力竭”而死是“罕见，特殊，不寻常的死亡”。如今，我们认为这是我们理所当然的权利。

菲利普·阿里耶斯认为，当死亡真正被人们畏惧之时，大家便不再谈论它了。人的寿命的延长也强化了这一点：既然此事似乎没那么迫在眉睫，再挑起这个话题已经成为病态的失礼了。我们极力拖延对死亡的思考的这种方式，倒让我想起珍珠保险的一则长广告，我和哥哥蛮喜欢相互引用这则广告的。养老保险，就像假牙和足病治疗师一样，离我们太遥远，遥远得都很滑稽了。对一个表情越来越焦虑的人的几幅蹩脚素描便可印证这一点。二十五岁时，这张脸春风得意：“他们告诉我这份工作没有养老保险。”到了三十五岁，脸上渐渐有了些许疑惑迷惘：“可惜，我的工作没有养老保险。”以此类推——每一次“养老保险”这一字眼均出现在充满警示意味的灰色长条形方格中——直至六十五岁：“没有养老保险，我真的不知道该怎么办。”是的，蒙田会说，你就该早点开始考虑死亡。

在他那个时代，这一问题一直摆在你面前——除非，如蒙田所说，你采用普通人的办法，即假装这一问题根本就不存在。但是，哲学家，以及在精神上好奇的人，则面向历史，回望古人，去寻求最佳死法。如今，我们的志向已变得愈发渺小。“勇气，”拉金在他那伟大的死亡之诗《晨歌》中写道，“本意是不吓唬别人。”[①]不，它没有回到过去。它更加意味深长：告诉别人怎样才能死得光荣、明智、坚贞。

蒙田举的一个关键例子便是西塞罗的一位长期通信者庞波尼乌斯·阿提库斯的故事。当阿提库斯病入膏肓，而试图延长他性命的医疗手段恰恰只能延长他的痛苦时，他当机立断，认定最好的办法莫过于饿死自己。在那一年代，人们无须请求法院宣判，举证不治之症已使你的“生活品质”每况愈下：阿提库斯这位古代自由之士，只是将他的意图通告了朋友和家人，然后便开始绝食，等待生命的终结。然而，他的希望落空了。不可思议的是，绝食竟然成了治疗他那(不知其名的)疾病的良方；不久，这位病人便逐渐痊愈了。人们欢天喜地，大摆宴席；也许医生们甚至撤回了账单。但阿提库斯打断了这场欢庆。他宣称，既然我们大家都有必死的一天，既然我已在这条路上迈出了稳健的步伐，我现在就不想

---

① 拉金此诗节译如下：

勇气没有用：
它的本意只是不吓唬别人。勇敢
不能让任何人免于墓园。
抗争抑或哀怨，死亡均无不同。

转身了，只想再度重新启程。于是，在众人的惊愕和仰慕中，他继续绝食，走向他堪称楷模的死亡。

蒙田认为，既然我们不能击败死亡，那么，反击的最好形式莫过于时刻记挂它：无论是你的马被绊倒了，还是瓦片从屋顶上掉了下来，你都要想到死亡。你得品尝一下死亡的味道，让死亡这个名字时常挂在你的嘴上。如此提防死亡，你就可以脱离它的奴役：进而言之，如果你教导人们怎样死，那就等于在教导他们如何生。这样持续的死亡意识并没有让蒙田郁郁寡欢；恰恰相反，这使得他异想天开，耽于做梦和遐想。他希望，死亡，即他的同伴，他的老熟人，能在他做寻常事的时候来一次最后的拜访，比如说，在他种卷心菜的时候。

蒙田讲了一个富有教益的故事，说的是一个垂垂老矣的士兵去找罗马的恺撒。这位士兵曾在恺撒麾下服役，如今想请求恺撒恩准，让他结束自己不堪重负的生命。恺撒把这老哥上下打量了一番，然后以将军的特有的那种粗鲁的机智问道："是什么让你觉得你当下拥有的东西是生命呢？"在蒙田看来，英年早逝（常常是不经意间发生的）才是更痛苦的死亡；而我们习惯性称为"死亡"的不过是老年的死亡（在他那个时代四十岁左右，在我们这个时代七十岁以上）。从每况愈下的风烛残年一下跳到湮没无存，比从冒冒失失的青春悄然过渡到易怒又悔恨的老年要容易得多啊。

然而，蒙田是一位文笔简练的作家，如果这一论断不能让你信服，他还有很多其他的呢。譬如：假如你一生过得很好，活得很充实，你就会乐于就此放手；但是，如果你滥用了生命，觉得人生悲惨，你就不会为它的逝去而懊悔。（在我看来，这一论断似乎完全可以逆转：那些归属第一范畴的人也许希望自己的幸福生活无限持续下去，而归属第二范畴的却希望时来运转。）或者：如果你完完全全、真真切切地生活了一整天，那你就见识了一切。（不！）那么，好吧，如果你完完全全、真真切切地生活了一整年，你就见识了一切。（依然不。）不管怎样，你总应该为地球上其他人腾出空间吧，正如别人给你腾出了空间一样。（是的，但我可没叫他们这么做呀。）人人都会被剥夺，为什么剥夺了你的就要抱怨？想想同一天中有多少人像你一样死去。（是的，而且他们中有些人像我一样吓得屁滚尿流。）况且，归根到底，当你对死亡发牢骚的时候，你到底想要什么呢？在目前这样的条款和条件下，你还想有永生让你在这个世界挥霍吗？（这道理我懂，那么来一点点永生怎么样？一半？好吧，我就来个四分之一吧。）

* * *

哥哥说，第一个关于细胞更新的笑话是在公元前 5 世纪编出来的，这笑话说的是“一个家伙拒绝偿还债务，因为他已经不再是当时借钱的那个人了”。他进而指出，我误解了蒙田的格言：*思考哲学，就是学习死亡*。西塞罗的意思并不是说经常思考死亡会使人减少对它的恐惧，而是说哲学家在进行哲学思辨时，就是在为死亡做演练——他是在花时间与思想共处，而忽略了死亡必将湮灭的肉体。对于柏拉图学派的人而言，死后你就成了纯粹的灵魂，从肉体的束缚中解放了出来，因此能够更好地进行自由而清晰的思想。因此，哲学家在生前就得借助绝食和自我鞭挞这样的手段为这一死后的境况做准备。柏拉图学派的人相信，人死后一切开始好转。而伊壁鸠鲁派学者却认为，人死后一切皆无。很显然（我用“很显然”的意思是“我哥哥也是这样告诉我的”），西塞罗将这两大传统观点糅合成一个古老而乐观的非此即彼：“人死后要么感觉更好，要么毫无任何感觉。”

我问，数量众多的非哲学家在柏拉图式的阴世中该会怎样呢？很显然，一切被赋予灵魂的造物，包括兽类和鸟类——甚至包括植物——都以其在刚刚完结的生命中的表现来接受评判。那些没有达到标准的将返回世间进行另一场肉体轮回，可能在物种上有所升降（比如说，变成狐狸或变成鹅），或者是仅在某一物种内有所升降（比如，从雌性提升为雄性）。我哥哥解释说，哲学家们也不是自然而然地做到灵魂脱离肉体的：你还得做个好人才行。但是，如果他们当真做到了，那就比无数的非哲学家们领先了一步——更不用说百合花和蒲公英们了。当然了，凭借着更接近终极理想条件的优势，他们此生也会过得更好。“是的，”他继续说，“也许你会提出一些疑问（譬如，在一场没有终点的长跑中领先一步有什么意义？）。但是花费大量时间来思考这个问题是不值的——它(用专业的哲学黑话来说)完全是胡说八道。”

我要他详细阐述他为何觉得“我不信上帝，但我想念他”这句话“自作多情”。他承认，他不是真的确定该如何理解我这句话:“我想你要说的是‘我不相信有神，但我希望有吧(或者说：我希望我相信过)’。我知道有人会有类似的话(试试用‘渡渡鸟’或‘雪人’来代替‘神’)，不过就我本人而言，我对事物的现状还是挺满意的。”你可以看出他是教哲学的，不是吗？当我问他一件具体的事情时，他就对这一命题进行逻辑解析，并且替换其中的一些名词来揭示其荒谬，或不堪一击，或自作多情。然而，他的回答对于我，正如我的问题对于他一样奇怪。我当时没有问他怎么看一个人想念渡渡鸟或雪人(或者甚至是小写的诸神)，而不是想念上帝。

我问他有没有过宗教的情感或渴望。**没有**，绝对**没有**，他如是回答——“除非被《弥赛亚》或者邓恩的十四行圣诗感动过也算。”我在想，他这种言之凿凿是否也传给了他的两个女儿，她们现在都三十多岁了。“有过宗教情感、信仰和超自然的向往吗？”我问她们。“没有，从来没有，一点都没有，”小女儿答道，“除非在人行道不踩线也算作超自然的向往。”我们都同意那不算。她姐姐承认:“大概在十一岁时，我曾经很想信教，但只持续了很短一段时间。不过，那是因为我身边的朋友都这样想，是因为我想通过祈祷来得到些东西，也是因为是女童子军催促我做基督徒。而当我的祈祷没有得到回应时，这一切很快就过去了。我觉得我是个不可知论者，甚至是个无神论者。”

我很高兴她承继了我们家族的传统，那就是以琐碎的小事为理由放弃了宗教信仰。我哥哥是因为怀疑乔治六世根本没有进天堂；我是为了不想在手淫时心有旁骛；我的侄女是因为她所祈求的东西没有立刻送达。不过我倒觉得这样一些轻松怡情的不合逻辑也是正常的。这里，不妨以生物学家路易斯·沃尔珀特为例：“我过去是一个非常虔诚的孩子，每天晚上都做祷告，在各种场合祈求上帝的帮助。那似乎没什么用，于是在十六岁左右我就全部放弃，从此成了无神论者。”我们任何人后来都没有反思过假如上帝真的存在，他的主要工作也许不是搞青春咨询热线，送人东西，或者严惩手淫。都没有，我们把他赶走了，非常决绝。

在对宗教态度的调查中，常见的回应是这样说的：“我不上教堂，但我有自己对上帝的看法。”这样一种说法转而让我做出哲学家式的反应。太自作多情了，我喊道。你也许有自己对上帝的看法，可是上帝有他对你的看法吗？这才是关键所在。无论上帝是坐在天上的一位白胡子老头，一种生命力，一种无私的第一推动力，一位钟表匠，一个女人，一团模糊的道德力，还是彻底的虚无，重要的是他、她、它或虚无是如何看待你的，而不是你如何看待它们的。把神重新定义成为你办事的是很荒诞的想法。至于上帝是否公正、仁慈甚至明察——这方面的证据少得惊人——这些也无关紧要，除非他确然存在。

在我成长过程中认识的唯一一个白胡子老头就是我的曾祖父，我母亲的父亲的父亲：阿尔弗雷德·斯科尔托克，一个约克郡人，而且(照例)也是个校长。有一张照片，是我和哥哥一边一个跟他的合影，身后是如今已面目全非的后花园。我哥哥大概是七八岁，我四五岁，而曾祖父已经像山一样老了。他的胡须不像卡通片里的上帝那样又长又飘逸，而是剪得短短的，根根直立。(也不知道那胡子是否真的摩擦过我儿时的脸颊，或者只是我记忆中的忧惧。)我和哥哥聪明伶俐，面带微笑——我比他笑得更起劲儿——穿着妈妈熨得笔挺的短袖衬衫；我的短裤还有体面的折缝，他的却皱得不成样子。曾祖父没有笑，在我看来他隐约有些痛苦，似乎他意识到了这是在为他指日可待的后世做留念。我的一位朋友看着这张照片，戏称他为我的"中国祖先"，他身上还真有点孔夫子的气派呢。

至于他到底有多睿智，我没有什么印象。据我母亲说——她一向偏爱家族中的男性成员——他天赋很高，自学成才。照例要举两个例子：一个是说他曾经自学象棋，达到了很高水准；还有就是当我母亲在伯明翰大学读现代语言的时候，曾经去法国南锡做交流访问，曾祖父就拿一本书自学了法语，从而能够在两个姑娘回来时与她的笔友交谈。

哥哥见过曾祖父几次，但他的记忆就不那么讨好了，也许这解释了为何照片里他的笑容比我的拘谨。家族中的这位孔夫子"发出难闻的臭味"，而且陪伴他的是"他那终身未嫁的女儿(伊迪姑婆)，她脑子有点糊涂，身患湿疹”。我哥哥不记得下象棋和说法语的事。在他的记忆中只有一种本领，就是一个方格也不用填，就能把《每日邮报》上的填字谜做出来。“午饭后他会打个盹，偶尔念叨着土豚或者瘤牛。”

* * *

“我不知道上帝是否存在，但是，为了他的声誉，他最好是不存在。”“上帝不信仰我们的上帝。”“是的，上帝是存在的，但他对此并不比我们知道得多。”这些都是我一个已故的、无血缘关系的法国远亲儒勒·雷纳尔的推想。他出生于1864年，在涅夫勒省长大，那是勃艮第北部罕有人至的乡村。他的父亲弗朗索瓦是建筑工人，后来一跃成了他们村——希特里莱米内——的村长。他生性沉默，反对教权，固执地追求真理。他的母亲安妮·罗萨是一个唠唠叨叨、小心眼、爱撒谎的人。第一个孩子的夭折令弗朗索瓦悲痛欲绝，以至于他对接踵而至的三个孩子——艾米丽、莫里斯和儒勒——几乎无心顾及。小儿子出生后，弗朗索瓦就不再与安妮·罗萨说话，而且在他三十年的余生中，再也没有跟她搭过一句话。在这场无声的战争中，儒勒——他的同情之心站在父亲这边——常常扮演了调停人和传话筒的角色：对孩子来说不是个讨喜的角色，但对未来的作家来说倒是有好处的。

这样的成长经历大部分都可在他最著名的作品《胡萝卜须》中找到用武之地。在希特里，很多人不喜欢这本关于真

实生活的小说[①]。儒勒这个红头发乡下男孩去了巴黎，变得更老成，写了一部讲一个红头发乡下男孩的书，书中谴责他的母亲。更为重要的是，雷纳尔公然抨击并且帮助推翻整个多愁善感和雨果式的童年形象。书中，司空见惯的不公以及与生俱来的残忍成为常态；田园生活的甜蜜时刻则成了例外。雷纳尔从不让这个童年自我的化身沉湎于回忆性的自怜，这种情感(通常在青春期滋长，不过可能会持续一生)一再地导致童年的伪造。在雷纳尔看来，孩童是一个“小小的、不可缺少的动物，还不如猫通人性”。这个说法出自他的杰作，他从1887年起一直坚持写到1910年去世的《日记》。

尽管在大都会声名赫赫，他却扎根于涅夫勒省。在希特里以及邻村肖蒙——他成年后住在那儿——雷纳尔认识了一个个仍然以数百年来的生活方式生活的农民：“农民是唯一不喜欢农村也从不看它的人种。”在那儿，他研究鸟、兽、昆虫、树木，并亲眼见证了火车和汽车的到来，它们之间的东西将会改变一切。1904年，轮到他当选希特里的村长。他对社会活动乐此不疲——为学校颁奖，主持婚礼。“我的演讲让女人们落泪。新娘让我亲吻她的脸颊，甚至嘴唇；这花了我二十法郎。”政治上，他信奉社会主义，他是德雷福斯的捍卫者，极力反对教权主义。他写道：“作为一村之长，我有义务保养乡村道路。作为诗人，我更喜欢看着它们自生自灭。”

---

① 原文为法语。

在巴黎，他认识了罗丹和莎拉·贝恩哈特[①]，埃德蒙·罗斯坦[②]和纪德。伯纳德[③]和图卢兹-劳特累克都为他的《自然史》作了插图，而拉威尔将其中几首谱了曲。有一次，他在一场决斗中担任助手，而对方的助手便是高更。然而，在这样的场合，他本可以神情冷峻，不依不饶，像熊一样粗暴。他有一次对一向都对他很好的都德说："我不知道我是爱你还是恨你，我亲爱的总管。""爱恨交加呗。"都德不动声色地回答。巴黎社交界有时觉得他高深莫测。有高人形容他为"乡土密码"——就像流浪汉用粉笔写在外屋上的一个暗号，只有其他流浪汉才能破译。

似乎在小说完稿后，雷纳尔开始写起了散文，是时福楼拜、莫泊桑、龚古尔和左拉伟大的描述和分析工程已将世界写了个遍，小说已无可作为。雷纳尔断言，小说只有通过精简、评注和点画法[④]才有前途。在一次对《日记》隆重但却勉强的致敬中，萨特称赞了雷纳尔的两难处境，而非他的解决之道："后来有许多抓住单个事物之本质的现代尝试，而他正处在源头"；"如果说他处于现代文学的发轫之地，那是因为他隐约感觉到存在一块领地，但禁止自己踏入其中。"纪德——他自己的《日记》与雷纳尔的有多年的重叠——抱怨(也许大有与之抗衡之势)说后者的日记"不是一条河，而是

① 法国著名女演员。
② 法国诗人、剧作家，著有戏剧《大鼻子情圣》等。
③ 或指皮埃尔·伯纳德，法国画家。
④ 一种印象派绘画技法，以大量的小色点成画。

一座酿酒厂”；不过他随后承认，读它的时候自己“心醉神迷”。

你是想要一座酿酒厂，还是一条河？生命被熬成了几滴烈性酒呢，还是一升诺曼底苹果酒？读者能够做选择。作家几乎无法把握个人脾性，无法把握历史时刻，只能部分地掌控自己的审美。汲取精华既是雷纳尔对既往文学的回应，也是对他自己不善拓展的本性的表达。1898 年，他写道："也许可以这样说，几乎所有的文学作品都太长了。”这句话出现在长达千页的《日记》第四百页，要是当时雷纳尔的遗孀没有烧掉她不希望外界看到的那些书页的话，这部作品也许可以再短一半。

在《日记》中，他极其精准地专注于自然，带着冷静的赞赏描绘它。他以同样的精准关注人类世界，带着怀疑和反讽描绘它。但是，与许多人不同的是，他同样明白反讽的本质与功用。1899 年 12 月 26 日，就在最需反讽的这个世纪即将开启之时，他写道："反讽不会让青草枯萎。它只会烧掉杂草。”

* * *

雷纳尔的朋友特里斯坦·伯纳德，一位剧作家、才子，有一次挥手拦下一辆灵车，就好像那是一辆出租车。当车子停下时，他兴冲冲地问道："是空车吗？”雷纳尔在四十六岁去世前曾多次与死亡近距离接触。下面是他最认真应对的几次：

1）1897 年 5 月，他哥哥莫里斯以清洗为由将他们父亲的左轮手枪从床头桌上拿走，随即引发了一场家庭风波。弗朗索瓦·雷纳尔面对他儿子的行为和托词均不为所动，他说："他在撒谎。他是怕我会自杀。但就算我想这样做，我也不会用这样的工具。它八成只会让我残废。"儒勒的妻子吓坏了。"别说这个了。"她抗议道。这位希特里村长却不依不饶："不，我可不想磨蹭。我去拿我的猎枪。"儒勒嘲讽道："吞下去灌肠岂不是更好。"

然而，弗朗索瓦·雷纳尔意识到或者是坚信自己患上不治之症。四周之后，他反锁上卧室门，拿起双管猎枪，用一根手杖扣动了扳机。为了保险，他成功发动了两支枪管。儒勒被叫来；他撞开门，烟味和火药味扑鼻而来。起初，他以为父亲一定是在开玩笑；后来他不得不相信眼前这个躺在地的身体，那茫然的眼睛，以及"腰上方那黑黑的一块，像一小团熄灭的火"。他抓起父亲的手；它们尚且温暖，尚且柔软。

弗朗索瓦·雷纳尔，一个反教权主义者，一个自杀者，是第一个不享受神职人员的特权而安葬于希特里公墓的人。儒勒说他父亲死得豪迈，表现出罗马人的德行。他写道："总体而言，他的死增添了我的自豪感。"葬礼之后六周，他断言："我父亲的死让我觉得自己仿佛写了一本美丽的书。"

2）1900 年 1 月，莫里斯·雷纳尔，一位看上去健康的三十七岁公路部现场监工员，在他巴黎的办公室中突然晕倒。他最近老是抱怨办公大楼的蒸汽动力供热系统。有一条主管道就装在他书桌的后面，且温度常常升到二十度。“他们这套中央供热系统早晚会要了我的命。”这个乡村小伙预言道；可是，心绞痛才是更大的威胁。莫里斯结束了一天的工作，正准备离开办公室，突然晕倒在书桌旁。人们将他从椅子里抬到一张长沙发上，他呼吸困难，一句话也没说，几分钟后就去世了。

儒勒当时正在巴黎，又一次被叫回来。他看到他的哥哥横躺在沙发上，一只膝盖弯曲着。那个疲惫的姿势让他想起了父亲死时的样子。这位作家不由自主地看到临时垫在他哥哥头下的东西：一本巴黎市电话号码簿。儒勒坐了下来，哭了。他的妻子过来抱住他，他感觉到她害怕下一个就轮到他了。他的目光被印在电话簿边缘的黑字广告吸引住了；隔着这么远，他想要读它。

那天晚上，儒勒和他的妻子守灵。儒勒不时地掀起盖在他哥哥脸上的手帕，看着他那半张开的嘴，期待它重新开始呼吸。一小时一小时地过去了，他的鼻子似乎变得更有肉了，而两只耳朵却像贝壳一样坚硬。莫里斯浑身僵硬冰凉。“他的生命已经钻进家具里，每当它发出细细的声响，我们就一阵战栗。”

三天之后，莫里斯在希特里下葬。牧师等着被邀请，但最终没邀请他。儒勒走在灵车后面，看着瑟瑟抖动的花圈，心里想，这匹马看上去好像一大早被涂了一层脏兮兮的黑漆。当他们缓缓放下棺材，放入那个深深的家族墓坑中时，他发现一只肥硕的虫子在墓穴边缘，俨然一副怡然自得的样子。“如果虫子也会趾高气扬，那么这只虫子就是。”

儒勒最后说:“我只感到对死亡及其愚蠢把戏的愤怒。”

3) 1909 年 8 月，一个小男孩坐在希特里中心的一辆四轮马车上，他看到一个女人坐在村井的石沿上，然后突然向后倒了下去。那是雷纳尔的母亲，她在人生的最后几年精神失常了。儒勒第三次被叫回来。他一路跑过来，扔掉礼帽和手杖往井里望：他看到漂浮的衣服下摆和“溺死过动物的人很熟悉的那种悠悠的漩涡”。他想借助水桶下到井里；当他踏进水桶里，发现自己的靴子筒好像太长了，末端弯翘出来了，模样很滑稽，就像放在提桶里的鱼。然后有个人拿来一架梯子；儒勒从桶里出来，踩着梯子的横档下去，除了把脚弄湿外一无所获。是两个能干的村民下去把尸体打捞了上来；尸体身上没有一丝刮痕。

雷纳尔无法断定这到底是个意外事件还是又一场自杀；他称母亲的死“难以捉摸”。他说:“也许，上帝的不可理解便是他存在的最有力证明。”他最后说:“死神不是一位艺术家。”

* * *

在布里特尼和牧师们一起生活的日子，我得以接触到伟大的比利时创作型歌手贾克·布瑞尔的作品。早期的他由于爱说教而被称作“神父布瑞尔”；1958 年，他录了一首《如果那是真的》。与其说是歌，不如说是一首在管风琴的轰鸣声中颤声吟诵出的祷诗。布瑞尔邀请我们想象，“如果那是真的”，一切将会怎样。如果耶稣的确降生在伯利恒的那个马槽里……如果福音书作者写的是真的……如果在迦南的那场婚礼上的确发生了那剧情突变[1]……或者，拉撒路真的死后复活……布瑞尔说，如果这些都是真的，那么我们会说“是呀”，因为如果一个人相信那是真的，那是多么美啊。

我现在觉得这是布瑞尔录过的最糟糕的歌之一；而这位歌手成熟后开始刻薄地反对宗教，一如他年轻时满脑子都是上帝。然而，这首早期作品，这首真诚得让人皱眉的歌，也不无道理。如果它是真的，那就很美；因为它美，所以就会更真；更真，则更美；如此循环。**没错，但它不是真的啊笨蛋。**我听见哥哥插了一句。这种不着调的话比你把那些假想的愿望归于我们死去的母亲还要糟糕。

不错；但是，基督教之所以能存在这么久，不仅仅是因为别人都相信它，因为它是被统治者和神父强加于人的，因为它是一种社会统治的手段，因为它是镇上唯一的传说，因为假如你不相信它——或者太高调地表示不相信——你可能很快就英年早逝。它之所以能持久，还因为它是一个美丽的谎言，因为其中的人物、情节、各式各样的剧情突变、善与恶的用力过猛的较量，构成一部伟大的小说。耶稣的故事——肩负崇高使命，挫败压迫者，迫害，背叛，处决，复活——就

① 原文为法语。

是众所周知好莱坞狂热崇拜的叙事原则的完美典范：一出结局圆满的悲剧。正如那位顽皮的老教师试图告诉我们的那样，把《圣经》当作“文学”来读，远不如把它当作真理，当作盖着美的印记的真理来读。

在伦敦时，我曾和朋友J听过一场音乐会。音乐会演奏的圣歌合唱我已经忘了，但是散场后J的问题仍令我记忆犹新：“整场演出中你有几次想到我们的复活的主？”“一次也没有。”我回答。我很想知道J自己有没有想到我们复活的主；毕竟，他是牧师的儿子，而且习惯在道别时说“上帝保佑你”——在我认识的人中他是独一无二的。也许，这表明他还保留些许信仰？或者仅仅是语言的残留，就像在德国的某些地方用“上帝保佑你”打招呼一样？

只有在面对宗教艺术，思及其中蕴含的目的性和信仰时，我才会想念上帝。无信仰者萦绕心头的假定之一就是：“如果是真的”，那将会怎样……想象一下，在偌大的教堂聆听莫扎特《安魂曲》——或者，在被咸咸的海浪打湿的崖顶教堂里听普朗克的渔夫弥撒曲——并且把乐谱当作福音书；想象在帕多瓦的小礼拜堂把乔托的宗教连环画当成非虚构作品来读；想象把多纳泰罗[①]作品视为真正的受难的基督或哭泣的抹大拉。这样——说得委婉一些——就更有感觉了，不是吗？

也许，这个愿望显得迂腐而庸俗——希望气缸里有更多

① 文艺复兴时期的意大利雕塑家，有《耶稣受难》《抹大拉的圣玛利亚》等名作。

汽油，红酒里有更多酒精；希望有更佳的(也可以说是更强烈的)审美体验。但不止于此。伊迪丝·华顿深谙你不再相信那些大小教堂所代表的东西而又赞美它们时的那种心情——及其不利之处；她对这种努力想象自己穿越几个世纪去理解它，感受它的过程做过一番描述。可是，即便是最好的昔日神游者也无法确知一位基督徒在凝望布尔日大教堂新装上的彩色玻璃时，或在莱比锡托马斯大教堂聆听巴赫康塔塔时，或从伦布兰特版画中重读一则流传已久的圣经故事时的感受。也许，那位基督徒更在乎真实性而非美感；或者，至少，他们评判艺术家伟大与否的准则在于阐释教义的感染力和原创性(这里也可以说是熟悉程度)。

如果我们把宗教从宗教艺术中拿出去，如果仅将其当作色彩、结构、声音来审美，而其根本意义变得如儿时记忆般遥远，这样行不行呢？抑或这是个没有意义的问题，因为我们无法选择？聆听莫扎特《安魂曲》假装有其实并没有的信仰，就像假装觉得莎士比亚关于“horn”的笑话真的好笑(不过有些观众还真的会哈哈大笑)。几年前我去伯明翰美术馆，在一个玻璃封起来的角落，展出了一件佩特吕斯·克里司图斯[①]的色彩强烈的小幅油画，画中的基督正在展示他的伤口：他叉开食指和拇指，指着矛枪刺入的地方——甚至还邀请我们去比量一下伤口的大小。他的荆棘王冠抽出了芽，变成一

① 早期尼德兰画家，擅长宗教题材肖像画，对表情刻画非常细腻。

团镀金的像棉花糖一样的荣耀光晕。两名圣徒随侍，一个持百合一个握宝剑，正在把舞台的绿色天鹅绒幕布往后拉，这舞台看上去非常不正宗。我看完了正要走开时，发现一对穿运动服的父亲和小儿子，正迈着憎恶艺术的活泼轻快的步伐向我走来。走了过来，当父亲的穿的运动鞋更高档，且体力更佳，转过这个拐角时，比儿子快了一两码。男孩朝展柜瞥了一眼，带着浓重的伯明翰口音问："爸，那个男的干吗要按胸膛？"父亲并没有放慢脚步，他迅速回头看了下然后说："不晓得。"

无论我们从专为我们创造的非宗教艺术中获取多少快乐和真理，无论它多么充分地吸引我们的审美自我，假若对于先于它的东西我们的反应不过是一句"不晓得"，那也够遗憾的。但这一切的确正在发生。画廊墙上的说明越来越多见诸于《天使报喜图》《圣母升天图》之类的注解——尽管很少会把一群群身负象征意义的圣徒都介绍一遍。假如有人要我说出佩特吕斯·克里司图斯那幅油画里的那两位侍从的名字，我就得求助于自己的图解辞典了。

如果有一天，基督教加入了死去的宗教的行列，在大学被当作民俗学课程的一部分讲授，亵渎上帝不再是合不合法的问题，而是根本不可能，那将会怎样呢？也许有点像这样吧。最近我去了一趟雅典，第一次参观了基克拉迪群岛的石头雕像。这些雕像制作于公元前 3000 年到公元前 2000 年间，绝大部分是女性，总体分为两大类：形似小提琴的半抽象雕像和身材瘦长、近自然主义风格的雕像。后者的典型特征是：盾形脸，除了一个长长的鼻子外别无他物；伸长的脖颈；两只手臂交叉在腹部，左臂总是叠在右臂上面；勾勒出三角阴毛；两腿之间的部分轮廓鲜明；脚尖踮起。

这些形象异常纯净、庄严、美丽，就像坐在安静的礼堂中听着舒缓的旋律，久久挥之不去。虽然大多数雕像还没有一只手掌高，但从它们立在你面前的那一刻起，你仿佛就能审其美，明其义；在这一点上，它们像串通好了似的，促使你绕开任何书写在历史考古学墙上的信息。一方面原因是它们显然让人想起了其现代派后裔：毕加索、莫蒂里安尼、布朗库西。既让人想起，又超越他们：有幸能看到那些令人钦佩的现代派大师在基克拉迪群岛上一群无名的雕刻匠面前显得不够有独创性；同样也有幸得知艺术史既是线性的，也是循环的。当那一阵有点像拳击手的扬扬自得过去后，你投入雕像的寂静和有象征意味的克制之中，或者向它们敞开心扉。此时，脑中涌现出不同的比较：皮耶罗或维米尔。你仿佛置身于一片庄严的素朴和超验的平静之中，它们似乎包含爱琴文明所有的深邃，令我们这个发疯的现代世界相形见绌。这个世界越来越崇拜这些东西，现存的已经满足不了他们的欲求。伪造就跟伪善一样，是恶行向美德表示的敬意，而在这件事上，又有很多敬意被表示出来。

但是你，倒不如说是我——是的，我最好为这一次承担过错——到底在寻找什么？无论这一切多么真实，我的反应跟我审视的客体有关吗？（或者，经过一段时间后，审美客体就会变成或退化为我们对它们的反应吗？）那些白色脂状物并非一开始就能创造出这样一种静谧的氛围：至少，那些小人儿的头部一定被画笔修饰过。此外，那些颇具极简主义——以及原始现代主义——的雕刻风格至少部分是大理石雕刻难度极大的现实结果。它们挺拔的身姿——这些小玩意儿踮着脚尖出现在我们面前，仿佛要从容俯视我们——是一种造型上的创新，因为当时大多数雕像都是按水平放置设计的。至于它们散发出的威严肃穆，不如说是坟墓的安静和僵硬。我们可以从美学角度审视基克拉迪群岛的雕像——我们别无选择——但它们本来就是陪葬品。我们珍视它们，将它们陈列在博物馆中，置于精心设置的灯光下；而它们的创造者们却将其埋在地下，以体现它们的价值，那样，除了死者的灵魂之外，谁也看不到。那么，制作这些物品的人，他们究竟——或者大概会——信仰什么呢？不晓得。

* * *

当然，艺术只是一个开始，一个隐喻，始终如此。拉金参观一座空教堂时，想知道“教堂完全废弃不用”时会怎样。我们是否应该“保留/几座教堂供长期展览”（“长期”这个词总是会引燃这位作家的妒火），或者“我们应该远离这些不祥之地”？拉金的结论是，我们仍会——一如既往地——向往这些废弃的地方，因为“有人将永远惊诧于/自身渴望变得更加严肃”。

这就是“想念”的根源吗？上帝死了，人类可以不再卑躬屈膝，没有了上帝，人类终于可以挺直腰板站立起来了；然而，站直之后的高度仍如侏儒般矮小。埃米尔·里脱，一位辞书家、无神论者、唯物主义者(希波克拉底作品的译者)，断定“人是一种极不稳固的复合体，地球显然是一颗低级行星”。宗教常为劳苦的人生提供慰藉，并对虔诚的信徒在生命的最后给予报偿。不过，除了这种种优待，宗教赋予人生一种语境，从而赋予它严肃性。它能使人们多行善举吗？有时候是；有时候不是；信的人和不信的人犯起罪来同样有才、同样卑鄙。它是真的吗？不。既然如此，为何要想念它呢？

因为它是精妙的虚构，而读完一部伟大小说后感到失落也正常。在中世纪，人们常常让动物接受审判——破坏庄稼的蝗虫，大嚼教堂横梁的报死窃蠹，还有啃躺在阴沟里的醉鬼的猪。有时，动物会被带来当堂受审，有时(比如昆虫)必须缺席审判。司法听讯的过程很完整，包括起诉、辩护，一位身穿长袍的法官可能会判以种种刑罚——缓刑、流放，甚至开除教籍。有时还会当庭处决：一位戴着手套和兜帽的执法人员会把一头猪绞死。

如今，这一切在我们看来就太傻了，是不可理解的中世纪思维的表现。其实它非常理性，非常文明。世界由上帝所造，因此，世界上发生的一切，不是神意的表达，便是上帝赋予其创造物自由意志的结果。在某些情形中，上帝也许会借助动物界来教训他所造的人类：比如，送上一场蝗灾，法庭再依法宣判无罪。但是，倘若一个头脑愚钝的醉汉掉进阴沟，被一头猪咬掉了半边脸，这样的事根本没法用上帝旨意来解释，这时该怎么办呢？一定得找到另一种解释。也许这头猪魔鬼缠身，法庭就可责令魔鬼离开猪身。或者，也许这头猪尽管不具备自由意志，但还是要为自己闯的祸负责。

在我们看来，这似乎进一步证明了人类天才的兽性。不过，对这件事还可以换一种方式来看：动物的地位得到了提升。作为上帝创造和意志的一部分，它们来到世间的目的不仅仅是为了供人类娱乐和食用。中世纪的当权者把动物送上法庭，一本正经地衡量、审视它们的种种过错；而我们则将它们关进集中营，喂它们各种激素，然后切碎了，尽量不让它们唤起我们对曾经“咯咯”“咩咩”或者“哞哞”叫的东西的回忆。究竟是哪个世界更严肃？哪个世界在道德上更进步呢？

汽车保险杠上贴的小标语和冰箱上的磁贴提醒我们：“生命不是一场彩排。”我们彼此鼓励，共同迈向实现自我的人间天堂：发展个性，定位社会关系，有地位的工作，物质商品，拥有财产，出国度假，存款可观，积累性经验，去健身房，文化消费。这些加起来就是幸福，不是吗——不是吗？这是我们选择的神话，这是一种错觉，和坚信当最后的喇叭吹响，墓穴豁然开启，被医治和被完善的灵魂加入圣徒和天使的行列时会有满足和狂喜的神话几乎是一样的。但是，倘若真的把生命看作一场彩排，一次热身，一间接待室，或者随便什么比喻，不过总要是有条件的，依赖于其他地方的某种更强大的现实的东西，那么，它就变得没那么有价值，同时更加严肃了。世界上那些宗教渐渐式微，人们普遍承认人类拥有的只是短暂的一段时间的地区，总体而言，并不比那些人们依然对大教堂的钟声唯命是从的地方严肃多少。总体而言，那些地方的人信奉狂热的物质主义；不过，人类这聪明的灵长类动物十分擅长在宗教与狂热的物质主义共存之地构建种种文明(在这些地方，前者甚至可能是后者的催吐产物)：美国便是明证。

你也许会问，那又怎样？最重要的是真相。你是以假定的严肃性的名义，对一通胡言乱语顶礼膜拜，任由神父的臆想扭曲你的人生，还是甘愿成为尘世一蜉蝣，以真理和自由的名义沉溺于微不足道的需求和欲望呢？抑或上述两者并不矛盾？

我的朋友J仍记得几个月前那次音乐会上演奏的作品：海顿的一首弥撒曲。当我提及之后的谈话时，他意味深长地笑了。于是，这次轮到我来发问了："在欣赏那首作品时，你有几次想到过我们的上帝？""我一直在想着他。"J答道。由于我不能肯定他是认真的还是开玩笑，就问了一个在我的印象中从没问过其他任何一位成年朋友的问题。"你——你在多大程度上——信仰宗教？"我认识他三十年了，问问清楚也好。他低声笑了很久："我不信教。"接着他又更正了一句："不，我非常地不信教。”

* * *

蒙田认为,“蔑视生命是宗教最牢固的基础”。对于基督徒来说,不屑于这个租借的世界合情合理,十分必要:过分依恋尘世——更不必说渴求某种形式的长生不朽——是公然冒犯上帝。一位最能和蒙田相提并论的英国人,托马斯·布朗爵士,写道:“对一个无宗教信仰的人来说,也许会有一些眷恋生命的动机;但是,对一个惊诧于(或者恐惧)死亡的基督徒来说,我不知他如何逃脱这一进退两难的窘境——对此生太明智,对来生不抱希望。”因此,布朗十分敬重那些藐视死亡的人:“我也无法热爱怕死的人:这使我顺理成章地喜爱士兵,我对将领一声令下就慷慨赴死的溃军充满敬意。”

布朗还写道:“抑郁的症状是害怕死亡,有时也表现为渴望死亡。”拉金,作为抑郁症患者,完美阐述了对死亡的恐惧:“不在这里,/不在任何地方,/很快:无比可怕,无比真实。”在另一首诗中,仿佛为了确证布朗的观点:“对沉睡的渴望,在它下方流淌。”我第一次读到这句诗颇感疑惑。我自己当然很抑郁,有时感觉生命就是一种被高估的消磨时间的方式;但我从没想过自我了结,也从不渴求沉睡。我不太相信生命是无效的,以至于一本新出的小说、一个新认识的朋友(或者一本旧小说、一个老朋友)、一场电视直播的足球赛(或者即使是重播的比赛)，都无法再激起我的兴趣。我就像布朗口中的不合格的基督徒——“对此生太明智，对来生不抱希望”——不过我不是基督徒。

* * *

也许，重大分歧不是存在于信教的和不信教的之间，而是存在于怕死的与不怕死的之间。据此，可以将我们划分成四类，而其中哪两类更有优越感，也显而易见：那些因为有信仰而不怕死的和那些没有信仰但也不怕死的。这些群体的精神境界相当高尚。而处于第三位的，则是那些虽然有信仰，却仍然无法摆脱根深蒂固、发自内心、合乎理性的恐惧的人。最后，处于末席，拿不到奖牌，陷入最惨境地的便是那些既怕死又没有信仰的人。

我确信父亲怕死，我也相当肯定母亲不怕死：她更怕自己无能和依赖他人。如果说我的父亲是怕死的不可知论者，而我的母亲则是无畏的无神论者，那么这种差异也显现在了他们的两个儿子身上。我和哥哥现在都已年逾花甲，我刚刚问过他——就在前面几页——他如何看待死亡。当他回答“我对一切都很满意”时，他是不是说，他对自身的消亡也很满意？难道浸润在哲学中的他甘心于生命的短暂，和比如说三十年内他的生命的不可避免的终结？

“三十年已经相当慷慨了。”他回答道(嗯，为了安慰他，也为了安慰我自己，我言过其实了)。“我估计再过上个十五年就得死了。我对这个事实甘心吗？我甘心让窗外那棵繁茂的鹅耳枥树五十年内倾倒腐烂吗？我不确定‘甘心’是不是贴切的词[1]：我知道早晚会发生，怎么做都于事无补。我不是真欢迎它，但也没有为之担忧——我想不到还有什么比这更受欢迎的了(在圣人陪伴下的永恒的准生命当然不算了——有什么比这更乏味的呢？)。”

我与他有相同的父母，读相同的大中小学校，却这么快就分道扬镳了。尽管我哥哥谈论死亡的方式(从两种意义上说)很哲学化，尽管他自比为鹅耳枥树，放远了和自身最终消亡的距离，但我认为并不是因为他从事哲学，与哲学相伴，才造成了这种不同。我认为我与他在这事上各持己见，是因为我们从一开始就这样。当然，感觉上好像不是这样的。你来到这个世界，四处张望，做判断，摆脱那些老套的废话，学习，思考，观察，得出结论。你坚信自身的力量与自主性；你成为你自己的成就。因此，几十年过去，我对死亡的恐惧已然成为我不可或缺的一部分，我将这归功于想象力的运用；而我哥哥，面对死亡表现出的超然也成为他不可或缺的一部分，而十有八九他将这归因于他的逻辑思考。然而，我之所以这样或许是因为我们的父亲，而他之所以那样是因为我们的母亲。谢谢你的基因，老爸。

“我实在想不出还有什么(比死亡)更好的了。”我哥哥

---

① 原文为法语。

说。好吧，我能想出各种各样的事，都比十五年后(这是我哥哥的估算)抑或三十年后(我给他的礼物)完全湮灭好得多。首先，让你活得比那棵鹅耳枥树还长怎么样？让你在想死的时候，当你已经活够了，然后再选择死亡怎么样，比如说，你活了两百年，或者三百年，然后就可以说出你心中的渴望："啊，让我接着活下去吧。"为何不去想象在永恒的准生命中与伟大的哲学家们或伟大的小说家们交流呢？抑或是灵魂转世的翻版——佛教与电影《土拨鼠之日》的混合——在那一版本中，你得以再活一遍，你明白你的第一次生命是如何消逝的，却也能够根据前次的人生排演及时做出调整。再尝试一遍的权利，与先前不同的权利。下一次，我或许会抗拒我哥哥的集邮长嗣继承权，收集一些不是"世界其他地方"的邮票。我可以成为犹太人(或试图成为犹太人，或虚张声势)。我可以早点离开家，到国外生活，生几个孩子，不写书，种鹅耳枥树，加入乌托邦社团，与一切错误的人(或者，至少某些不一样的错误的人)睡觉，染上毒瘾，寻找上帝，无所事事。我可以发现许多种新的失望。

母亲跟我说，外公曾告诉她，生命中最坏的情绪莫过于悔恨。我于是问，他大概指的是什么呢？她说她也不知道，因为她父亲为人最正派(这么说可没有半点嘲讽意味)。于是，这句话——对于我外公来说是很一般的一句——无可辩驳地飘在时光中。我不为悔恨所苦，尽管它也许快要来了，此时此刻，我正与其密友——遗憾、内疚、失败的记忆——

凑活度日。然而，我对过去未曾经历、如今已无从经历的人生确然有一份与日俱增的好奇心，或许，悔恨现在正藏在它们的阴影之中。

* * *

亚瑟·库斯勒自杀前留下了一张便条。在这张便条里，他“胆怯地希望来生不再做人”。库斯勒有这种愿望不足为奇——他在晚年花了大量时间潜心研究通灵学——但这种愿望对我而言，却显然没有吸引力。正如宗教假若不再确切告诉你该如何生活，不再将万物染色、玷污，不再**一本正经**，而仅仅成为每周一次的社会活动，这样的宗教似乎便失去了所有意义(当然，除了每周一次的社会活动能带来惯常的乐趣)，因此，我希望我的来生(假如我被赐予来生的话)较之它的人世前生能有所改善——最好能大有改善。我只能想象自己的分子重新混合，成为某种黏糊糊的物质，浑浑噩噩地在泥里爬来爬去，但我看不出这比起完全消亡又有什么好？为什么要希冀这样一种状态，即使是弱弱地希冀？啊，伙计，但问题不在于你更喜欢什么，而在于结果什么才是真的。针对这一话题，艾萨克·巴什维斯·辛格与埃德门·威尔逊又一场重要的辩论。辛格对威尔逊说，他相信人死后还能以某种形式生存。威尔逊说，就他而言，他不想在死后生存，非常感谢您的好意。辛格如是回答:“既然死后的生存都已被安排好了，那么在这件事情上，你就别无选择了。”

无神论者复活后的暴怒——这倒是值得一看。在我们讨论来生时，我想来生要是有圣徒陪伴也许会非常有趣。许多圣徒都有扣人心弦的人生——逃避暗杀，对抗暴君，在中世纪的街角布道，遭受酷刑——就算那些人生相对平静的圣徒也能谈论养蜂、薰衣草种植和翁布里亚地区的鸟类等。毕竟，唐·陪里侬[①]是个修士。也许，你希望陪伴自己余生的人有更丰富多彩的社会背景，但是，倘若这“已被安排好了”，那么，圣徒陪伴你的时间要比你想象的长得多。

我哥哥并不害怕消亡。“我很有把握地这样说，并不只是因为害怕死亡是不理性的。”（抱歉——打断一下——不理性？**不理性**？这是世界上最理性的事——理性怎么可能不理性地憎恶和惧怕理性的终结？）“在我的一生中，我有三回确信自己濒临死亡（其中最后一回我进了急救室）；在这三回里，我的确每次都有情感反应（一次，我对自己很愤怒：怎么把自己置于这般境地；一次，我既羞又恼地想到，我把事情弄得一团糟），但没有一次惧怕死亡。”他甚至演练了临终遗言。“上次我差点死了的时候，最后留下的话是：‘切记让本拿到我那部贝克尔版亚里士多德全集。’”他补充道，他妻子认为这句话“不够深情”。

他承认，现在他比从前更经常地思考死亡，“这部分是由于老朋友和老同事相继离世”。每周，他心平气和地思考一次

① 顶级香槟，其创始人唐·陪里侬为修士。

死亡；而我则苦干了多年，在健身房里又是苦练，又是举重，也不见得有多成熟或参透人生哲学。我也许能拼凑几条支撑死亡意识的论据，但我吃不准能不能使人信服。我不能说面对死亡(不，这听上去太积极主动，太佯装豪迈——用被动语态更为合适：我不能说被死亡面对)使我更能适应死亡，更不用说使我更明智、更严肃，抑或更……事实上，不能提升我的任何一方面。我可以辩解，如果我们不能时常意识到自己必将消亡，便无法真正品味人生：正是挤几滴柠檬，捏一撮盐使得香气更浓。然而，我真的会认为那些否认死亡(或者信仰宗教)的朋友们就不能像我一样品味花、艺术品、葡萄酒吗？不。

另一方面，对死亡的恐惧不只是情感问题。它的种种表征——从刺进皮肤的针到头脑一片空白的恐惧，从陌生旅馆里狂响的闹铃到市区到处嘶声尖叫的喇叭——也许是情感问题。但我一再强调，我对死亡的恐惧是理性的(没错，是**理性**)。已知最早的《死亡之舞》画作绘于巴黎的无辜者公墓上，创作时间为 1425 年。画上有一段文字，开头部分是“O créature roysonnable/ Qui desires vie eternelle”(哦，理性的人啊/他希冀永生)。合乎理性的恐惧：我的一位朋友，小说家布雷恩·穆尔，喜欢引用耶稣会士对人类的古老定义：“un être sans raisonnable raison d’être”。没有理性存在理由的存在。

死亡意识是否与我身为作家有关呢？有可能吧。但即便如此，我也不想知道，不想探究。我想起一个喜剧演员的案例，在接受多年的心理治疗后，他终于明白自己为什么要扮滑稽；明白了这个，他就再也不扮了。因此，我可不想冒这个险。不过，我可以想象一道选择题。“巴恩斯先生，我们仔细研究了你的情况，结论是对死亡的恐惧与你的文学创作习惯密切相关。和你们这一行的很多人一样，你的文学创作只不过是对人的必死命运的微不足道的回应。你写故事，这样，你的名字、你个性中某些难以描述的部分就会在肉体消亡后得以延续，而这种预期可给你带来某种慰藉。尽管你在理智上明白，也许生前就被人遗忘了，或者，就算生前还不至于，死后不久也会被遗忘，最终，所有的作家都会被遗忘，正如整个人类都会被遗忘，可即便如此，你也似乎觉得创作值得一做。至于对你而言，创作是对理性的一种情感反应，还是对情感的一种理性反应，我们就不太清楚了。不过，你可以考虑考虑以下这套治疗方案。我们设计了一种新型大脑手术，可以消除你对死亡的恐惧。手术过程很简单，无须全麻——你甚至可以在显示屏上目睹手术过程。你只需留意这个火红的橙色区域，注意它的颜色在逐渐消退。当然，你会发现，手术也会夺走你的写作欲望。不过，你的许多同仁都选择了这种治疗，认为它大有裨益。少了几个作家，社会总体上也没什么不满。”

当然，我得考虑一下。我也许会纳闷我的书目自己怎么增长，下一个想法是否真有我想象中的那么好。不过，我希望自己能谢绝——至少得讨价还价一下，让他们增加筹码。“能不能不是消除对死亡的恐惧，而是死亡本身呢？那就真的诱人了。你取消死亡，我放弃写作。这笔交易怎么样？”

* * *

我和哥哥继承了一些相同的东西。我们的四只耳朵长出了三个助听器。我失聪的是左耳。儒勒·雷纳尔在 1892 年 7 月 25 日的日记里写道：“他左耳失聪：他心灵所在的那一侧无法听到声音。”（混蛋！）耳鼻喉科专家给我看耳朵时，我问他是不是我做了什么导致耳聋。“你不可能让自己患上梅尼埃尔氏病，”他回答道。“这是先天的。”“噢，好事，”我说，“又可以用来怪罪父母了。”不过，我并没有怪他们。他们不过是在履行自己的遗传职责，把传给他们的东西再传给了我们，尽是一些古老的东西，来自黏土、沼泽和洞穴，一些进化论的东西——要是他们没这么做，我那满腹牢骚的自我就不会存在了。

在我脑袋里离这只失聪的耳朵几英寸的地方，存在着对死亡的恐惧，在我哥哥脑袋里的同一位置，却没有这样的恐惧。是不是附近的某个地方也存在或者不存在宗教信仰？1987 年，美国一位神经科学家声称，他精确地定位了不稳定的电击作用在大脑的什么地方能触发宗教情感：所谓的“上帝之点”(God spot)——这是另一个 G 点，甚至是一个更强大的G点。最近，这位研究者也设计了一顶“上帝头盔”，声称它能用弱磁场刺激颞叶，预估能引发宗教情感。他英勇地——抑或是鲁莽地——拿地球上最不易受影响的人——理查德·道金斯[①]——做了试验。不出意外，道金斯称内在的圣灵连闪都没有闪一下。

另一些研究者认为，可以定位的上帝之点不止一个。在某个实验中，十五位迦密修会的修女被要求回忆她们印象最深的宗教体验：扫描显示，她们大脑里至少有十二处地方出现了电流活动和血氧剧增。不过，关于信仰的神经机械学既不能发现上帝，也不能证明上帝存在(或不存在)，同时也无法给出人类信仰神明的根本原因。也许，当进化心理学能阐述宗教有助于个人及群体适应环境时，这些问题就能迎刃而解了。可是，即便如此，上帝这个伟大的脱身术表演者吃这一套吗？别指望了。正如上帝在过去一百五十年左右的时间里做的那样，他会战术撤退，隐匿到宇宙下一个无法被扫描到的区域。“也许，上帝神秘莫测，这恰恰证明他确然存在。”

兄弟间的差异：在我十几岁最容易感到尴尬的时候，我父母的一位朋友当着我的面，问我爸哪个儿子更聪明。我父亲注视着我——用他那双温和开明的眼睛——小心翼翼地回答：“也许是乔纳森吧。朱利安更像是个多面手。没错吧，朱？”我不得不附和这个判断(也许我本来就同意)。不过，我

---

① 英国著名进化生物学家、动物行为学家和科普作家，是当今仍在世的最著名、最直言不讳的无神论者和进化论拥护者之一。

也意识到了其中的婉辞。收集英国以外的邮票，低嗓门，多面手：哼。

相比之下，我更喜欢母亲眼中她两个儿子的区别。“他们还小的时候，要是我病了，朱利安会爬上床，依偎着我，而他哥哥会端上一杯茶。”她还讲述了另一种区别：我哥哥有次把大便拉在了裤子上，事后，他说“这再也不会发生了”——的确没有再发生；而孩提时代的我未能控制自己的大便时，大人会发现我正欢快地把大便涂抹到地板的缝隙里。不过，我最喜欢的区别是母亲很久以后才指出的。那时，她的两个儿子都在各自的领域站稳了脚跟。对此，她是这样表达自豪之情的:“我大儿子写的书，我字都认得可是看不懂意思；我小儿子写的书，我能看懂意思可是看不下去。”

每当我思考我们不同的天性时，我常常会把其中的区别归于母亲生产后的一个细节。哥哥出生后，我们的母亲感染了链球菌。由于无法进行母乳喂养，又身处 1942 年的战时英国，母亲便用当时能买到的瓶装燕麦粥喂养我哥哥。而我知道，1946 年我出生时，母亲没有生病，因此，我一定是母乳喂养的。在同胞争宠时，我会常常想起这至关重要的一点。他是较聪明的那个，冷静中透着才智，很是务实，是那个裤子里留着大便的端茶者；我则是个多面手，那个依偎者，那个涂抹大便的孩子，那个易动感情的人。他拥有智慧，正如他拥有英国的邮票；我则拥有英国之外花色多样的邮票。当然，这只是讨厌的简化主义，每当批评家或评论员用这种简化主义评论艺术时(把埃尔·格列柯[1]简化为一个散光病例，把舒曼的音乐简化为他走向疯狂的标记)，我都会怒不可遏。不过，在我需要这种解释时——即当审视我情感生活的人下结论说，我收集的与其说是英国以外的邮票，不如说是挪威和法罗群岛稀罕的邮戳时——我会格外欢迎它。

* * *

对死亡的恐惧取代了对上帝的恐惧。然而，虽然我们害怕上帝——鉴于人生危机四伏，我们对莫名其妙的意外事件又不堪一击，这种恐惧由来已久，也完全合情合理——但至少还能和上帝谈判。我们说服上帝不要睚眦必报，把他重塑成极度慈悲者；我们把旧上帝换作新上帝，正如我们把《旧约》换作《新约》，把旧工党换作新工党。我们撬起他的雕像，放到滑道上，拉到一个更加阳光明媚的地方。可是，对于死亡，我们就不能这样干了。我们不可能说服死亡，也不可能把死亡转化成任何东西；它压根就拒绝走向谈判桌。它无须假装爱报复或慈悲，甚至无须假装极度不慈悲。侮辱，抱怨，轻慢，它都无动于衷。“死亡不是艺术家”；是的，而且它永远都不会自称是艺术家。艺术家不靠谱；但死亡从不会让你失望，它一周七天随时待命，乐于连续三班倒的工作。如果有死亡题材的股票，你肯定会买；赢的概率再小，

[1] 西班牙文艺复兴时期著名的幻想风格主义画家。

你也会下赌注。我和我哥哥小时候，有个小有名气的人叫巴巴拉·穆尔博士。她是一位长途步行者，一个喜好宣传素食主义的素食主义者。她认为她可以藐视自然规律；有一次，她对一家报社的记者说(也许太雄心勃勃了)，她可以在一百岁时生育，可以活到一百五十岁。最终，她连一百五十岁的一半都没有活到。她在七十三岁时去世，也没有死在热情的赌注登记经纪人手下。说来也怪，她自己做了死亡该做的事：她把自己饿死了。那天是换取死亡的好日子。

道德水准较高的一级(不存在上帝，不存在对死亡的恐惧)无神论者喜欢告诉我们，神灵不存在无论如何也不应减弱我们对宇宙的惊奇。如果想象世上的一切，从雪花的和谐与西番莲的复杂意蕴，到日食壮观的表演，都是上帝特地为我们提供的，那么，这一切既奇妙又对用户友好。然而，如果万物依然运行，只是没有了第一推动力，为什么世界就会变得没那么精彩，没那么美了呢？我们为什么像孩子一样，需要老师向我们展示这大千世界，仿佛上帝是电视上某个较为高级的野生生物专家？以南极企鹅为例，无论是在前达尔文时期，还是后达尔文时期，南极企鹅都是那样既威严又滑稽，既优雅又笨拙。快长大吧，让我们一起探究双螺旋结构的魅力，外太空的暗夜中的微光，鸟类羽毛无数次的微小改变(这能说明进化论法则)，以及人类大脑紧密而难以捉摸的机制。我们为什么需要某个上帝来帮助我们惊叹这些事物呢？

我们并不需要。真的不需要。可是呢，假如天地万物都是凭空而生，都依据某个无人制定的程序机械运行；假如我们对这个世界的感知都只是生化活动的一个个瞬间，只是几个神经元噼啪一响，那么我们的这种惊奇又意味着什么呢？难道我们不应该多一分怀疑？一只屎壳郎看到自己滚的粪球如此硕大，很可能也会产生一种原始的敬畏感。那么，我们的惊奇感会不会只是它的一种更时髦的版本呢？也许吧，一级无神论者可能会这样回答，但至少这么说是基于对情况的了解。不妨比较一下那位卢梭门生多情的幻想：他声称，瓜皮上的条纹是上帝的手工艺品——万能的上帝当起了保姆，为他的孩子把瓜分成公平的等份。你想回到如此荒谬可笑的想法，回到美食家可怜的谬误吗？你对真相的判断力哪儿去了？

我希望它依然在那儿。不过，仅仅是出于兴趣，如果可以通过计量知道无神论者对宇宙的惊叹感是否和信徒的一样强烈，那将会很有用。没有理由判断我们不能测量这些东西（就算现在不行，很快就行了）。我们可以比较男性和女性在性高潮时兴奋的神经元数量——对那些争强好胜的家伙真是一个坏消息——那么，为什么我们不可以做一个类似的试验呢？首先找一位修道士，他依旧相信，西番莲诠释了基督的苦难：叶子象征矛，五个花药象征基督身上的五处伤口，卷须象征一道道鞭痕，子房柱象征十字架支柱，雄蕊象征基督经受的一次次捶打，三个花柱象征三枚钉子，花里肥硕的螺旋象征荆棘冠，花萼象征光轮，白色象征纯洁，蓝色象征天堂。他还相信，西番莲的花期恰好是三天，每一天代表基督布道一年。接着，把他和一个上电视的植物学家并排着都通上电，让我们来看看谁兴奋的神经元更多。然后，把这套设备带到音乐厅，测验一下我“非常地不信教”的朋友J，再把J的测试结果与音乐厅里的信徒的结果做比较(这位信徒认为海顿的弥撒曲是对永恒真理的充分表达，不仅仅是——抑或说，而不是——一首伟大的乐曲)。这样，我们便可以看到，可以测量出，当把宗教从宗教艺术中剔除，将上帝从宇宙剔除时，究竟会发生什么。

也许，在那些头脑冷静的人看来，这种做法似乎有些孤注一掷了。对他们而言，恰恰因为自然法则不是上帝的手艺，它的美感便更能使他们狂喜。然而，如果这听上去有些怀旧，怀念的也是某种我未曾知晓的东西——诚然，这种怀旧更为有害。也许，我的另一大病症是嫉妒：嫉妒那些失去信仰(或获得真理)的人，当失去信仰还是一件新鲜、年轻、大胆、危险的举动。弗朗索瓦·雷纳尔，自杀者，教权反对者，葬于希特里公墓，是在没有牧师出席的情况下安葬于此的第一人。想象一下，在1897年勃艮第的偏僻乡间，人们听到这个消息时该有多震惊；想象一下不信仰宗教者的自豪。也许，我的病就是——嗯，干脆叫它历史悔恨症吧，这样我外公便能同情我了。

* * *

“一个快乐的无神论者。”我也许可以向大学牧师和船长指出，审美狂喜开始取代宗教敬畏的关键时间是1811年1月；地点是佛罗伦萨。事情发生在司汤达二十八岁生日前几天——更确切地说，是亨利·贝尔二十八岁生日前几天(因为当时他还没开始用*笔名*[①])。贝尔/司汤达不信上帝，他顺理成章地无视上帝的存在：“我认为，在等待上帝现身的过程中，他的首相——偶然性——不妨统治这个悲哀的世界。”他继续道：“我觉得自己是个诚实的人，我不可能不做一个诚实的人，这倒不是为了取悦一个并不存在的上帝，而是为了我自己，因为我需要与我的习性和偏见和平共处，给我的人生赋予意义，为我的思想供给养分。”

1811年，贝尔还是个穷困潦倒的小作家，东抄西凑出了几本音乐家传记，与此同时，他开始写一本意大利绘画史(最终未能完成)。十七岁时，他坐着拿破仑军队的装备运输车第一次来到意大利。作为随军杂役到达伊夫雷亚后，贝尔立即开始寻找镇上的歌剧院。最后，他发现了一家三流歌剧院，里面一个破破烂烂的剧团正在上演奇马罗萨[②]的《秘婚记》，不过还是让他大开眼界：“*一种神圣的幸福*[③]。”他这样对姐姐

① 原文为法语。

② 18世纪意大利著名歌剧作家。

③ 原文为法语。

说。从此，他无比仰慕意大利，意大利的方方面面都让他无比钟情：有一次，在他多年后重返米兰时，他说“街上马粪的独特气味”把他感动得热泪盈眶。

现在，他首次来到佛罗伦萨。他从博洛尼亚动身；马车爬过亚平宁山脉，一路下坡驶向佛罗伦萨市。“我的心在身体里狂跳。完全是孩子般的激动！”顺路转过一个弯，大教堂顶着布鲁内莱斯基[①]建造的著名穹顶映入了眼帘。在城门处，贝尔抛下马车——以及他的行李——像个朝圣者似的徒步走入佛罗伦萨。他来到了圣十字教堂。这里是米开朗基罗和伽利略的墓；不远处是卡诺瓦[②]的阿尔菲耶里半身像。他想起了其他伟大的托斯卡纳人：但丁，卜迦丘，彼得拉克。“我心潮澎湃，不能自已，这种感情如此之深沉，简直无异于宗教敬畏感。”他请求一位修士打开尼科利尼小教堂，让他看看里面的壁画。他坐在“跪拜台的台阶上，头向后枕在台面上，以便能一直凝视天花板”。这座城市以及它众多大名鼎鼎的儿女们已然使贝尔神魂颠倒。此刻，他“沉浸在对*壮美*的静观中”；他获得“至高无上的感受力，艺术的*神示*与情感的炽热融为一体。”其中楷体部分是他自己标注的。

这一切，体现在肉体上便是一阵眩晕。“我从圣十字教堂的门廊出来时，突然感到一阵剧烈的心悸……我体内的生命之泉干涸了，走路时我一直担心自己会瘫倒在地。”贝尔（等

① 意大利文艺复兴时期的著名建筑师。

② 意大利18、19世纪著名新古典主义雕塑家。

到他把写有这段经历的《罗马、那不勒斯和佛罗伦萨》一书出版时，他已经成了司汤达)可以描述他的症状，但他不知道他得的病的名称。不过，他的后人知道这叫什么病，因为后人总是知道得最多。现在，我们可以告诉他，他得的病叫司汤达综合征。这种疾病在1979年由佛罗伦萨的一位精神病医生发现。该医生注意到了将近一百起眩晕和恶心的病例，病因都是观赏了佛罗伦萨的艺术珍品。最近一期《佛罗伦萨风景》很周到地列出了如果你对这种综合征缺乏免疫力就应避免参观的主要景点——或者换句话说，你想审美到底就应该去参观的主要景点。头三大景点是："有乔托壁画的圣十字教堂的尼科利尼小教堂，收藏米开朗基罗大卫像的佛罗伦萨美术学院，以及收藏波提切利的《春》的乌菲齐美术馆。"

有些人也许会怀疑，折磨这百来名20世纪眩晕游客的究竟是剧烈的审美反应，抑或只是现代旅行的种种艰辛：城市混乱，紧张的时间表，杰作引发的焦虑，信息过载，一会儿被太阳晒得浑身冒汗，一会儿又被空调吹得瑟瑟发抖。也许，甚至会有人怀疑，司汤达自己是否真得了司汤达综合征。他所描述的症状也许是一连串强烈印象的累积效果：群山，圆顶，抵达，教堂，伟大的死者，杰出的艺术——于是，便有了最后的昏厥。医学，而不是精神病学的见解或许也有助于说明问题：假如你坐在那儿，脑袋后仰，长时间盯着一堵画墙，然后突然站起身，走出阴暗而凉爽的教堂，步入城市明亮、尘土飞扬的疯狂漩涡，难道你就不觉得有点头昏眼花吗？

不过，这个故事还是流传了下来。贝尔/司汤达是现代的艺术爱好者的祖先和他们存在合理性的证明。他来到佛罗伦萨，在伟大的艺术品面前几近昏倒。他进了教堂，但他不是信徒，他的狂喜纯粹是世俗和审美的狂喜。而谁会不理解和嫉妒一个在圣十字教堂乔托壁画前昏厥的人，更何况他在看这些画时，他的心灵和眼睛没有预先被复制品束缚？这个故事是真的，尤其是因为我们希望它是真的，我们需要它是真的。

真正的朝圣者比贝尔早五世纪抵达圣十字教堂。他们在看到乔托新近绘制的圣方济各生平壁画时，会把它看作一件能告诉他们绝对真理的艺术品，在他们看来，这件艺术品可以在现世和来世拯救他们。对于那些最早阅读但丁，最先聆听帕莱斯特里那[①]音乐的人而言，他们对待这些艺术作品的态度也会和那些朝圣者对待乔托壁画的态度一样。艺术因真而愈美，因美而愈真，这些令人快慰的递增在平行镜的无穷中延续。在世俗的世界里，我们纯粹象征性地画着十字，跪拜在伟大的艺术作品之前，我们往往相信，艺术能告诉我们真理——或者说，在一个相对主义者的宇宙里，比别的东西能告诉我们更多的真理——而这一真理在某种程度上进而能拯救我们，也就是说，它能启发、感动、提升，甚至治愈我们——尽管这只能发生在这个世界。而在过去，这一切可要

① 意大利文艺复兴时期最重要的作曲家之一。

简单多了，不仅仅是表述起来简单。

福楼拜指责路易丝·科莱[1]只有“对艺术的爱”，而没有“对艺术的信仰”。某些人把艺术视为宗教的心理替代品，在他们看来，对于那些不再梦到天堂的堕落之徒，艺术仍能使他们感知超越自身的世界。一位当代批评家——剑桥大学的S教授——认为，在本质上，艺术是一种宗教，因为艺术家们试图通过避免“死亡的平庸民主”来追求永生不灭。牛津大学的C教授反驳了这一宏论。C教授指出，即便是最伟大的艺术，它在地质时间里充其量也只是一个瞬间。在我看来，这两种说法并不矛盾，因为艺术家创作的动机可能忽略了之后的宇宙现实。不过，C教授自己也有一套高论：“信仰艺术使人愈发糟糕，因为这种信仰鼓励人们藐视那些被认为不懂艺术的人。”也许，他的看法有些道理，但至少在英国，更大的问题是反方向的藐视：自鸣得意的庸人看不起那些创作和珍视艺术的人。这种感受会使他们成为更好的人吗？

“信仰艺术”，福楼拜在使用这一表述时，意指为艺术献身，而不是自命不凡地崇拜艺术；它需要有修道士精神、刚毛衬衣，以及行动前静默孤独的冥想。假如把艺术比作宗教，那么，它无疑不是传统的天主教(上面是教皇专制，下面是忠顺的奴役)。恰恰相反，它更类似早期教会：思想活跃，混乱，宗派林立。有一个主教，就有一个亵渎者；有一则教

① 法国女作家，福楼拜的情人。

条，便有一个异端。如今的艺术和从前的宗教一样，假先知和假神灵比比皆是。一方面，有些艺术祭司(C教授对此不以为然)力图排斥草根阶层，遁入了玄奥的理智主义和晦涩的阳春白雪之中。另一方面则是作伪、重利以及幼稚的平民主义(S教授对此不以为然)；一群谄媚妥协的艺术家，像政客一般玩弄伎俩，骗取选票(和钞票)。无论这些艺术家们纯洁与否，高尚与否，最终他们所有人——就像功成名就的男男女女和扫烟囱的人一样——都将归为尘土，而他们的艺术作品在他们死后不久(假如能留存到他们死后的话)也将无处寻觅。然而，艺术与宗教必定会通过某些它们共同唤起的抽象名词形影相随，这些名词包括：真理，严肃，想象，悲悯，道德和超越。

* * *

对我来说，想念上帝的感觉颇像作为英国人的感觉：一种遭到攻击时才会产生的感觉。有人污蔑我的祖国时，处在休眠中的(先不说患发作性嗜睡症的)爱国主义便蠢蠢欲动。至于对上帝的感觉，我发现较之于英国国教温和而又怯生生的希冀，无神论者的绝对论更易激怒我。几个月前，我和邻居们一起吃晚饭。我们总共十二人，围坐在饭桌旁，桌子很长，长得可坐下基督和他的弟子们。几组谈话同时进行。突然，一场争论在几个座位远处兴起，一个年轻人(主人的儿子)大声讥讽道："可是为什么上帝那样帮他儿子，却不帮我们？”我忍不住很不礼貌地抛下正在进行的交谈，朝他吼道："因为他是上帝啊，看在基督的分上。”大家纷纷参与了这场口角；我的主人C(他是我的老朋友，一个出了名的理性主义者)声援他儿子："有本书讲过人怎样在被钉到十字架上后又复活，书里说有时人从十字架上抬下来时并没有死。人们可以贿赂古罗马的百夫长。”我："这跟我们讨论的有什么关系？”他(恼怒的理性主义者)："关键是，这绝不可能发生。**这绝不可能发生啊**。”我(合乎理性地被理性激怒了)："可这正是整个**问题的关键**——这是不可能发生的。问题是，假如你是个基督徒，这确实会发生。”我也许还补充说，他的论点太老套……唔，至少像《包法利夫人》一般老套，在这本书里，奥默这个偏执的唯物主义者宣称，基督复活不仅“荒谬”而且“违背所有物理定律”。

我年轻时，诸如此类的科学异议和科学“解释”——基督并不是“真的”在水面上行走，而是走在一层薄冰上，在某些气象条件下……也许能使我信服。可是，现在我只觉得它们毫不相关。正如斯特拉文斯基所言，逻辑证明(从而逻辑反证)之于宗教，就相当于对位法练习之于音乐。信仰，恰恰是要相信那些依据已知法则“不可能发生的事”。童贞女生子，基督复活，穆罕默德跃起升天，在岩石上留下足印，来世。根据我们的知识，它们是不可能发生的。但是，它们却发生了。或者说，它们会发生。(或者，当然了，它们确实没有发生过，也肯定不会发生。)

作家需要备一些老套的答案来应对老套的问题。有人问我小说有什么用时，我往往回答："小说讲述美妙的，包含着确凿真相的谎言。"我们会说，姑且信之是欣赏小说、戏剧、电影和具象绘画的先决心理条件。这些艺术不过就是纸上的文字，舞台上或是屏幕里的演员，帆布上的色彩：这些人并不存在，他们从来就没有存在过，或者说，就算存在过，这些也不过是复制品，是暂时使人相信的幻影。可是，在我们阅读时，当我们的双眼在探索时，我们相信：爱玛活着然后死了，哈姆雷特杀了雷欧提斯，这个穿皮衣的男士和他身披锦缎的妻子也许会跨出洛托[①]为他们作的画像，用16世纪布雷西亚地区的意大利语跟我们聊天。这从来没有发生过，也绝不可能发生，但我们相信它确实或者也许发生过。这种姑且信之，离欣然承认信仰相距并不遥远。我这么说并非暗示阅读小说能使你动摇，去信仰宗教。相反——恰恰相反：宗教是小说家们最早的伟大发明。对于困惑的头脑(这种困惑是可以理解的)而言，宗教是对这个世界的可信描述和看似合理的解释。一个美妙的，包含着确凿谎言的故事。

另一周，另一场饭局：七位作家在苏豪区一家匈牙利餐馆的楼上包间聚会。三十多年前，这个周五午餐例会就开始了：大家聚在一起喧哗，争论，吞云吐雾，酩酊大醉。这些年来，聚会地点几经变更，出席者也越来越少，有的迁往了别

① 意大利威尼斯画派画家。

处，有的已不在人世。如今，只剩下我们七个了，其中年纪最大的约七十五岁，年纪最小的也接近——非常接近——六十岁了。

这是我在已知成员性别的情况下依然参加，或说乐于参加的唯一全是男性的聚会。一开始，我们每周一聚，不知不觉地，我们只每年一聚了；有时，这几乎像是在纪念某个事件。这些年来，聚会的基调也变了。现在，我们不再那么大声嚷嚷，而是更愿意倾听他人；不再那么自吹自擂，争强好胜，而是更愿意相互调侃，宽以待人。现在，没有人抽烟，没有人还抱着一醉方休的坚定决心(而在过去，醉酒本身似乎就是值得一做的事)。我们需要一间包间，这倒不是因为我们妄自尊大，或是担心我们的金句会被人偷听了去，而是因为我们中有一半人已经聋了——有几位并不隐瞒，坐下来就把助听器塞进耳朵，另有几位至今还不承认自己耳聋。我们开始谢顶了，我们用起了老花镜；我们的前列腺在慢慢肥大，楼梯拐角的厕所水箱都被我们用空了。不过，我们整体上都生活愉快，我们也都仍在工作。

谈话沿着熟悉的路径推进：传闻，书业，文学批评，音乐，电影，政治(有几位已照例转向了右翼阵营)。这里没有柠檬桌子，我不记得我们讨论过死亡这种普遍性的话题。因此，我们也没探讨过宗教，尽管我们中的P信罗马天主教。这些年来，我们一直仰仗他提出暗含伦理道德的尴尬问题。要是我们中某个较为风流倜傥的参与者在思考他最近变得多么疼爱妻子，这时，P便会插嘴问道:“你认为这是爱的缘故呢，还是年纪变大了？”(P得到的回答是，哎，多半是变老了吧。)

不过，这一回，我们有件关于教义的事要考考P了。新(德国籍)教皇刚刚宣布废除地狱边缘这一概念。首先，我们需要P澄清这一概念：它是什么，它在哪里，谁被送到那里去，假如有人被放出来的话，是什么人才能被放出来。我们一时跑题，跑到了绘画和曼特尼亚[①](尽管地狱边缘几乎不曾作为流行的绘画题材，估计对现存的任何一位天主教画家而言，废除地狱边缘这一概念也不是什么损失)。我们发现了“终极所在”的可变性：这些年来，连地狱都已每况愈下，简直不像地狱了。我们欣然赞同萨特的“他人即地狱”是乱说。不过，我们真正想问P的是：他是否，以及在多大程度上，相信这样的归宿确然存在；也就是说，他是否相信有天堂。“相信啊，”他回答道，“我希望如此。我希望有天堂。”可是，对他来说，这种信念远不能带给他切实的慰藉。他解释道，要是他信仰的永恒和天堂真的存在，那么这将意味着要和他的四个孩子分离(这四个孩子都在宗教的氛围中长大，但都摈弃了宗教)，一考虑到这一点，他就很痛苦。

而且，要考虑的还不仅仅是他的孩子们；他还必须想到，他得和厮守四十多年的妻子分离。不过，他说，我们必

① 15世纪意大利著名画家。

须希冀神恩降临。我们完全不能确定公开自己信仰的信徒就一定能得救，或者不信仰宗教者和叛教者的善行就一定无助于他们与信仰宗教（假如远远谈不上完美）的丈夫和祖先团聚。接着，P讲述了一个我先前并不知道的婚姻细节。他妻子E从小被培养成一名国教信徒，在她还只是个十三岁的女学生时，她被安排寄宿在——像但以理[①]一样——哲学家A. J. 艾耶尔的无神论书斋[②]里。在那里，她迅速摈弃了信仰，之后，即便她丈夫做了四十多年的榜样，也无法削弱她的不可知论。

这时，我们就是否相信来世举行了表决。在除去P外的余下六人中，有5¾人表示不相信来世；产生分数的那人把宗教称为"残酷的骗局"，但他又承认"如果真有来世，我也不介意"。然而，要是在几十年前，我们看到这种表决结果后，兴许会亲热地嘲笑我们的天主教徒，可是，到如今，我们意识到，我们这些不信教的人离我们相信的湮灭状态越发近了，而他至少还温和地抱着一点得救进天堂的希望。我觉得——尽管我们没有就这一点进行表决——我们在暗暗嫉妒他。我们不相信来世，我们已经固执地不相信了几十年，有几位则已固执地不相信了半个多世纪；但是，我们不喜欢自己看到的这个未来，我们应对的方法也没有他们的好。

---

① 《圣经》载但以理曾因向上帝祷告而被扔进狮子坑，上帝遣使者封住狮子的口，保他毫发无伤。

② 原文为den，兼有"兽穴"和"书斋"的意义。

我不知道要是我向P引用儒勒·雷纳尔(《日记》，1906年1月26日)，他会感到欣慰还是惶恐:“我乐于相信你说的一切，但现世的正义让我不能对来世的正义放心。我担心上帝会继续犯错：欢迎恶徒进入天堂，把善良的人踢进地狱。”但是，我朋友P的困境——我还没见过任何人像P一样如此精确而又忧伤地思索自己可能拥有的来世——使我重新考虑我一直坚持、一直过于轻率地坚持的一个观点(就在几页前，我还在坚持这一观点)。以局外人的身份观察宗教的不可知论者和无神论者往往对懦弱的信条不以为然。除非你和信仰都很严肃——*非常严肃的*严肃——除非宗教充实、指引、浸染和支撑你的生活，否则信仰还有何意义？可是，就大多数宗教而言，“严肃”无不意味着惩罚他人。因此，我们是在希望己所不欲的事情发生在别人身上。

严肃:譬如，我不会幻想自己生在19世纪40年代的教皇国。在当时的教皇国，教育不受重视，仅有百分之二的人口识字；牧师和秘密警察掌控一切；任何“思想家”都被视为危险阶层；而“由于格雷戈里十六世对非中世纪的东西一概不信任，他便禁止铁路和电报侵入他的领地”。不，这一切听上去很“严肃”，但其方式却大错特错。此外，还有教皇庇护九世在1864年颁布的《谬论举要》中规定的世界。在《谬论举要》中，庇护九世宣称，教会应全面掌控科学、文化和教育，禁止人们信仰其他宗教。不，我也不喜欢那样的世界。首先，他们追捕分裂论者和异教徒，接着，他们攻击其他宗教，最后，他们把目标锁定为像我这样的人。至于大多数宗教下的女性……

宗教往往走向独裁主义，正如资本主义倾向垄断。如果你觉得教皇是最易攻击的——抑或备受尊崇的——目标，那么，不妨看看一位反教皇人士，教皇的宿敌罗伯斯庇尔。1789年，这位廉洁人士因抨击天主教会的奢靡与世俗而举国闻名。在向三级议会发表的一场演讲中，罗伯斯庇尔敦促全体神职人员通过出售其所有财产，把收益分给穷人这一显而易见的方式，使自己重获早期基督教徒的苦行精神与品德。他表示，假如教会感到为难，法国大革命乐于相助。

多数革命领袖是无神论者或严肃的不可知论者；于是，新国家迅速铲除了天主之神及其地方代表。然而，罗伯斯庇尔是个例外，他既不是无神论者，也不是不可知论者，他信仰自然神论，认为信仰无神论的公众人物近于精神失常。他混合使用神学术语和政治术语。他铮铮宣告："无神论就是贵族习气。"而那种认为有一个至高无上的存在监视着不让人犯罪，保护着我们的美德——也许还笑看当不道德的头颅被砍落——的观念则是"彻头彻尾的民主"。罗伯斯庇尔甚至还(严肃地)引用了伏尔泰(饱含讽刺的)名言："要是上帝不存在，我们有必要发明一个上帝。"基于以上事实，你也许会猜想，当法国大革命引进最新的信仰体系时，这套信仰体系会避免旧信仰体系的极端主义；这套信仰体系也许符合理性，注重实效，甚至开明通达。可是，发明这个熠熠生辉的新上帝导致了什么呢？在革命初期，罗伯斯庇尔主持屠杀牧师；到了革命末期，他又主持屠杀无神论者。

* * *

在我二十出头的时候，我读了很多萨默赛特·毛姆的著作。我十分推崇他的故事和小说中明晰的悲观和绵亘的地域，还有他在诸如《总结》和《作家笔记》中对艺术与人生的理性反思。我享受这种醍醐灌顶的感觉，并为他直白而老辣的讽刺所震惊。我并不嫉妒他的金钱，他的便服，或是他在里维埃拉的那栋别墅(不过我也不会在意他的艺术收藏)。但我确实嫉妒他对这个世界的了解。我本人对这世界知之甚少，并以此为耻。在牛津的第二个学期，我决定放弃现代语言，转而攻读更为“高深的”哲学和心理学。我的法语导师，一位温和的马拉美研究学者，彬彬有礼地问我转专业的原因。我给出两个原因。第一是乏味(的确乏味——每星期都要痛苦地将一篇篇英语散文译成法语，或从法语译成英语)。第二个理由则比较冠冕堂皇：我问他，假如我对《费德尔》这样一部戏剧描绘的炽热情感几乎没有任何体验，我怎么可能理解或中肯地评论它呢？他报以一本正经地苦笑，说：“好吧，谁又能说自己有体验呢？”

当时，我有一盒绿色索引卡片，我在卡片上抄了一些警句、妙语、对话片段和一些值得珍藏的智慧名言。在现在的我看来，其中有一些只是华而不实却为年轻人所认可的归纳概括而已；不过里面也有这样一条源自法语的谚语："老人的忠告就像冬天的太阳：它能发光，却不能让人温暖。"鉴于我已到了"提忠告"的年龄，本人倒觉得此语千真万确。毛姆的另外两句格言多年来一直在我耳边回荡，大概因为我一直在反驳它们吧。第一句是："美就是无聊。"第二句，则源于《总结》的第七十七章(一张绿色索引卡告诉我)，它是这样说的："生命最大的悲剧不是人们死去，而是他们停止了爱。"我已不记得当时自己作何反应，不过我推测可能是：也就你这样想吧，老头儿。

毛姆是不可知论者，他认为人生最高境界是幽默而顺命。在《总结》中，他扼要评述了种种欠缺说服力的论证——第一因论证、设计论证、完美论证——这些曾使别人相信上帝的存在。而在毛姆看来，比上述几条更有理的是那早已过时的论证：e consensu gentium——"共识论证"。有史以来，绝大多数人，包括最伟大的智者，尽管文化背景迥异，无不信仰某一上帝。这样一种本能若无法得到满足，它怎么可能广泛存在呢？

尽管对这世界有着务实的智慧和认知——尽管声名显赫，家财万贯——毛姆却未能秉持这一"幽默而顺命"的精神。他的晚年毫不宁静：睚眦必报，猴腺移植，恶意的遗嘱。他的身体依然保持旺盛的精力和情欲，但他的心已僵硬，智力在退化；他成了一个空虚的有钱人。假如他想给自己的忠告做一补充，他也许会这样写："人生的另一悲剧是我们没有适时死去。”

然而，在毛姆尚且清醒时，他安排了一场会面。可惜的是，有关这场会面的细节，没有留下只言片语。在那虔诚的年代，王子和富有的市民经常召集牧师和高级教士帮他们确认天堂真实存在，确认他们的祈祷和捐款已然保证的奖赏。可是，毛姆这位不可知论者却反其道而行之：他请求当时智力超群、最受推崇的哲学家 A. J. 艾耶尔来帮他确认：死亡是真正的终结，死后万事皆空，只有虚无。毛姆需要这样的确认，或许可以从《总结》中的一段话得到解释。文中他讲述了自己在年轻时如何失去对上帝的信仰，但在一段时间内仍然对地狱怀着本能的恐惧，他需要再形而上地耸耸肩，才能将其祛除。也许，他仍在回头张望。

1961 年 4 月，艾耶尔和他的小说家妻子迪・韦尔斯来到莫里斯克别墅，给出这种无比古怪也无比辛酸的赠予。假如这是一则短篇小说或是一部戏剧，两位主角大概会以试探对方的方式开始，设法确定会谈原则。随后，剧情转入毛姆书房中的老套场景，也许就在第二天晚上，用过晚宴后，他们斟满白兰地，旋转酒杯，嗅着酒香。我们不妨给毛姆一支雪茄，给艾耶尔配一包黄纸卷的法国香烟。小说家会列举他早就不再信仰上帝的理由，哲学家认为他言之有理。小说家也许会兴冲冲地提出“共识论证”的观点，而哲学家会笑而破之。小说家也许会问，即使没有上帝，是否依然会吊诡地存在地狱。而哲学家——心想这种恐惧兴许表示他还怀有对同性恋的罪恶感——打算纠正他。他们重新斟满酒杯，然后，为了完整阐述他的见解（也对得起他的机票），哲学家概述了不存在上帝以及人生有限的最新、最具逻辑性的证据。小说家微颤地起身，掸一掸便服上的烟灰，提议回到女士们身边。回到人群中间，毛姆宣称自己心满意足了，当晚余下的时间里，他兴致勃勃，甚至有些飘飘然；而艾耶尔夫妇则心照不宣地交换眼色。

（一位职业哲学家在思量这一假想场景时，也许会不认同作者对艾耶尔的实际境况做的明显的粗俗化处理。这位威克姆教授认为，一切宗教语言在本质上都是不可证的，所以，对他而言，“上帝不存在”与“上帝存在”一样没有意义——都无法得到哲学论证。作者恐怕须以文学上的必要性来申辩；同时还须反驳，既然艾耶尔是在跟一位外行兼赞助人讲话，在专业性上可能要有所收敛吧。）

然而，由于这是传记作家们援引的毛姆人生经历，或者人生经历的边角料，我们并没有证据证明曾有过这样的私人会晤。也许，只是在早餐桌上有过一场欢快的谈话。这倒可以写成一篇更好的短篇小说（而非戏剧）：在一阵刀叉碰撞声中，这个“大问题”三言两语就打发掉了，同时相映成趣地，大家在谈论当天的社交安排：谁想去尼斯购物，毛姆的劳斯莱斯究竟应该载他们去格兰德滨海路上的哪家餐馆用午餐。但是，不管怎样，这场有必要的交流的确发生了，艾耶尔和他的妻子返回伦敦，而毛姆呢，经过这次罕有的非宗教式忏悔后，走向他的死亡。

* * *

几年前，我翻译了阿尔丰斯·都德的笔记。着手撰写这些笔记的时候，都德已意识到他的梅毒已发展到了三期，在劫难逃。在笔记的某处，他向他所爱的人逐一告别："别了，我的妻子，我的孩子，我的家人，我心中的牵挂……"他接着写道："别了，自己，我珍视的自己啊，此刻变得如此朦胧，如此模糊不清。"我怀疑我们能否以某种方式提前与自己作别。这种百折不挠的自我特别感，当有一天它变得稀薄，能消逝的越来越少，能失去的越来越少，我们能摒弃，或者至少是淡化它吗？当然，矛盾在于，恰恰是这个"我"在掌控弱化自身的进程，正如大脑是我们探究大脑如何运作的唯一工具，正如"作者已死"的理论必然是由……一位作者提出的。

摒弃或者至少淡化这个"我"。我们可以试着从以下两个角度来看。第一，以物的尺度来衡量，这个"我"究竟价值几何？为什么宇宙可能需要"我"的长久存在？这个"我"已享用生命几十载，大部分情况下还有了子嗣；再多存活几年是否真有那么重要？进一步想，假如生命一直延续，无论于人于己，这个"我"将变得何等乏味。（看看萧伯纳吧，那位《回到玛士撒拉》的作者；再看看年老的萧伯纳，竟变成一个不可救药、惺惺作态、面目可憎的自我吹嘘者。）第二，从他人的角度来看“我”之死。这里的他人，不是那些会哀悼或怀念你的人，不是那些听闻你的死讯会举杯庆贺，也不是那些会说“死得好！”、“从来没喜欢过他”或“完全徒有虚名”的人。他人是那些从未听说过你的人——因此几乎是所有人——来看待“我”之死。一个不认识的人死了：并无几分哀悼。世人就是这样看待我们的某则讣告的。因而我们又何必沉湎于对自我的执着，这样大惊小怪呢？

也许，如此冰冷犀利的人世洞察会令人暂时信服。我自己在写下这段文字时也几乎被说服了。然而，世人再怎么冷漠，也难以消弭任何人的自我中心论。然而，宇宙对我们价值的评判鲜少与我们的自我认知一致。然而，我们很难相信，假如生命一直延续，我们会让自己厌倦，让他人厌倦（要知道我们可以学习那么多的外语与乐器，可以尝试那么多种职业，去那么多的国家居住，去爱很多很多的人，之后，我们还可以随时转向探戈、滑雪、水彩画……）。另一个问题是，仅仅考虑你自己的个性——你是在提前向它致哀——只会强化这种个性的感觉；这一过程无异于挖了一个更大的洞，这个洞最终成为你的坟墓。我所践行的艺术也与冷静地向淡化的自我告别这一观念背道而驰。无论作家持怎样的美学——从主观的自传性的到客观的隐去作者的——要想写出作品，必须明确和强化自我。因此你可以说，我写下一个句子，就让自己的死变得更困难一点。

或者，你可以说：哦，那还啰唆什么——带着你那讨厌的附庸风雅的自我滚蛋，赶紧死了算了。这是我六十岁生日前的最后一个圣诞节。几周前，一家名为belief.net的网站(“和你教区内的单身基督徒相会”，“健康幸福小贴士每日邮箱推送”)向理查德·道金斯——或者，按该网站用户给他取的绰号“无聊先生”——询问他如何看待达尔文学说引发某些人悲观绝望。对此，他回应道:“如果达尔文主义真的让人感到绝望的话，那也没办法。这世界又不是一定要给我们同情和安慰，也不是一定要给我们内心的温暖。如果事实如此，那就是事实如此，你只好习惯它。”得，滚蛋，去死吧。道金斯的观点无疑是正确的。但罗伯斯庇尔也没有错：无神论具有贵族气派。而且这种贵族腔调令人想起旧基督教中手握惩戒权的强硬派。天地万物可不是上帝安排了让你受用的。你不喜欢？没办法。你——未受洗的灵魂——到地狱边上去；你——亵渎神明的手淫者——直接下地狱，不经过“Go”，永远不会给你抽中“监狱通行证”[①]。你——信奉天主教的丈夫——到这来；你们这帮家伙——叛教的老婆孩子们，与无神论者艾耶尔同流合污——到那边去。可不是让你们受用的。在儒勒·雷纳尔的眼中，上帝站在阅兵场上，不停地提醒那些最终进入天堂的人:“你们要知道，你们不是来这里找乐子的。”

快长大吧，道金斯说。上帝只是一个假想的朋友。你死

① 大富翁游戏中，每过一次带“Go”的格子可领200元。有的卡片可以直接送玩家“进监狱”，经过“Go”也领不到钱，但抽到“监狱通行证”便可出狱。

了也就死了。如果你想感受由衷的敬畏，那就用望远镜凝视银河吧。此时你却举着孩子的万花筒对着灯光，假装这些五彩缤纷的菱形图案是上帝做的。

快长大吧。1891 年 7 月 17 日的早晨，都德和埃德蒙·德·龚古尔一边散步，一边谈论着存在来世的微小可能。尽管埃德蒙渴望再次见到自己挚爱的已故的弟弟儒勒，但他依然笃信“人死万事空”，我们就是“短命的生物，只是能比那些朝生暮死的物种多活几天”。他继而抛出一个颇具新意的论点，一个与毛姆的“共识论证”相似的观点，但结论却完全相反：即便存在上帝，但期待这位神明为天底下每一个人都提供来世，那他管理账目的负担也够重的。

也许，埃德蒙的这番话无法令人信服，但却不失诙谐。如果我们先设想有一位上帝存在，那么，将我们每个人记在心里、列成名册、分别关照(并让每个人起死回生)，依个人浅见，这样的能力恐怕不该是上帝的职位描述吧。然而，更具说服力的观点并非来自上帝的不能胜任，而是我们的不能胜任。正如毛姆在《作家笔记》1902 年的第一条中所写：“人类如此平庸，在我看来他们似乎配不上永生这样伟大的事。人类这一点微小的热情、微小的善和微小的恶，只适合世俗世界，对于这些井底之蛙来说，‘不朽’这个概念实在是太宏大了。”在成为作家之前，毛姆曾是一名医生，多次目睹病人死亡，有的死得很平静，有的死得很悲惨：“但在他们的临终时刻，我从没看到有什么可以预示他们的灵魂将会永存。他们的死和一条狗的死没什么两样。”

对毛姆的言论，我们或许可以提出以下反驳：1）狗同样是上帝的创造（也是其变位词[①]）。2）医生不是关注肉体吗，为什么要管灵魂在哪里？3）为什么人有缺陷，其灵魂就不可能拥有来世？我们凭什么能确定自己不配拥有来世？而我们渴望在神的恩赐下获得自我的提升与救赎，关键不正在于此吗？诚然，我们乏善可陈，而修行之路又如此漫长，但这不正是关键所在吗？否则要天堂有什么用？4）退一步到辛格的立场："如果灵魂不灭是早有安排……”

然而，毛姆还是对的：我们像狗一样死去。或者说——鉴于1902年以来的医学进步——我们像享受很好的健康保险、穿戴整齐、面容安详的狗一样死去。但仍然像狗。

* * *

童年时代，我居住在城市的近郊，家中有一台黑白相间的贝克莱特收音机。收音机的旋钮是决不允许我和哥哥碰的。爸爸掌管着收音机的开机、调台，确保它适当地预热一会儿。在打开收音机之后，父亲便开始摆弄他的烟斗，戳两下，填上烟丝，然后擦燃斯万·维斯塔牌火柴。妈妈则会拿出她的针线活，或者查阅那本印花皮革封面的《广播节目时间表》。这时，电台会播放《有问必答》栏目，向应邀的嘉宾

---

① 指在英文拼写上，dog正好是god的颠倒。

征询意见：他们中有巧舌如簧的议员、精于世故的教区主教、像 A. J. 艾耶尔那样的专业智者以及业余的自学成才的哲人。母亲会时不时地插上几句，比如表示赞同的——“说得很有道理”——或者反对的——从“神经病”到“真该枪毙”，不一而足。第二天电台又放一档叫《评论》的节目，一帮世故的美学专家在节目里喋喋不休地谈论我们根本不会看的戏剧与从未进过我们家门的书籍。我和哥哥边听边感到一种深切的无聊，这种无聊感不仅指涉当下，也预示着未来：假如这种观点的授受方式是属于成人的，那么成年似乎不单单是不可企及，而且也不怎么招人喜欢了。

青少年时期，我们搬到了离城市更远的地方，而那台无线收音机也有了对手：一台在拍卖会上买的体型庞大的二手电视机。它被摆放在一个胡桃木柜子里，柜子有如小矮人的衣橱，泛着家具的光亮，双开门严丝合缝，把电视机的功能遮掩得严严实实。电视机上面有一本家用《圣经》，它不仅与电视机一样拥有特大号尺寸，也同样具有欺骗性。因为它是别人家的，在卷首的衬页上，还印着那家人的家谱。它同样购自拍卖会，除了父亲在寻找字谜线索时，会饶有兴致地翻阅它，平时极少打开。

而现在，尽管家中椅子的朝向改变了，但生活的程式却并无二致。点上烟斗，摊开针线活，或者修甲工具：锉刀、洗甲水、包扎带、底漆、快干甲油。梨形糖果的香味时常会让我想起那时做飞机模型的自己，但更多的时候我会想起在修指甲的母亲，尤其是我年少时颇有象征意义的时刻。我曾与父母一块看一档对约翰·吉尔古德的访谈节目——更确切地说，是看他如何轻松自如地将采访者的问题化为引子，引出精巧而自嘲连连的奇闻轶事。父母酷爱戏剧，他们既钟爱业余戏剧演出，又欣赏西区剧院[1]的剧目，因此，他们肯定从剧院的顶层座位上多次见过吉尔古德。在长达半个世纪的时间里，他的声音是伦敦舞台上最美妙的乐器之一：绝无毛糙，精致灵动。这种声音，母亲不仅会在公众场合赞赏有加，即便以批评眼光看，她也认为其无可挑剔。当吉尔古德开始从容不迫又略带戏谑地展开另一段往事时，我突然听到一阵微弱而持续的声音，好似父亲小心翼翼地试图划燃斯旺·维斯塔牌火柴，结果却屡屡失败。一阵刮擦声紧接着另一阵刮擦声，这刮擦声宛如在吉尔古德的声音里抹上的各色涂鸦。当然，那只是母亲在锉她的指甲。

小矮人的衣橱显然比无线收音机有趣多了，因为它会播放西部连续剧，其中自然有《独行侠》，也包括戴尔·罗伯逊主演的《威尔士·法戈》。我的父母更爱看战争片，如六集剧《菲尔德·马歇尔·蒙哥马利战时受命》。在这部剧中，将军讲述他如何从北非开始，横穿欧洲，一路追击德军，直至在吕内堡-西斯接受他们投降。或者，据我哥哥最近记述："讨人厌的小蒙蒂成天干些只分黑白对错的事。"此外，电视台还有

① 位于英国伦敦西区的著名剧院，与纽约百老汇剧院同被视为英语世界最高水平的商业剧院。

一档名为《智囊团》的节目，就像升级版的——也就是说，更加乏味恶俗的——《有问必答》，这档节目同样邀请了A.J.艾耶尔出场。我们全家对野生动物节目的喜好倒是比较一致：操一口滑稽的比利时口音，穿一身有着无数口袋的沙漠套装的阿尔蒙德和迈考拉·丹尼斯，有一对蛙蹼的库斯托船长，以及气喘吁吁地穿过灌木丛的大卫·阿滕伯勒。其时，观众必须时刻睁大眼睛，小心看着这些生物，因为在电视机里，这些着了保护色的生物是黑白两色的，而它们要穿越的草原、海底和树林也是黑白的。如今，有了彩色电视机与特写镜头的娇惯，我们可以轻松拥有上帝一般的视角，尽情观看这个无神世界的错综复杂与千姿百态。

最近，拜影视作品所赐——影视作品的解说总是赋予帝企鹅各种人的特质——帝企鹅逐渐赢得了我们普罗大众的喜爱。我们怎能抵挡它们摆动双腿时天真可爱、摇摇晃晃的姿态？看看它们如何亲昵地相互偎依，看看雌雄帝企鹅如何在双腿间孵化珍贵的企鹅蛋，如何像我们分担超市购物任务一样，分配觅食的重任。再看看大群的帝企鹅如何挤作一团以抵御暴风雪，这不正是彰显社会利他主义的极佳范例？它们为孵化下一代倾其所有，分摊日常事务，父母双方共同哺育小企鹅，且每季只有一个配偶，南极皇帝的这些特质是否不可思议地让人联想到我们人类？也许是的，但只在可以不费力地将我们与它们联系在一起的范围内。尽管我们受着进化需求的威逼利诱不断往前演进，但只有当我们与帝企鹅一道被视作上帝的造物时才显得和它们一样了不起。假如事实确实如此，那么以下这个假设是否可以成立：对自然却又空洞的宇宙的惊叹，完全可以替代对我们那个假想朋友——他是我们为自己创造出来的——作品的惊叹。我们既然已经成为拥有进化的自我意识的物种，便不能再变回企鹅或是别的。从前，在自我意识诞生之前，惊叹是对造物主悲悯情怀的喃喃感激，或是对他所传达的震撼与敬畏的恐惧之心。而如今，在拥有了自我意识之后，我们必须独自思量这种无神世界的惊叹究竟为何而生。它绝不可能只是一种更单纯、更真实，却无任何目的的情感宣泄。这种惊叹必定有某种功能，某种生物用途，某种实实在在、可拯救或延长生命的目的。也许，它的存在是为了帮助我们寻觅一方净土，让我们在我们的星球被糟蹋得面目全非之时，依旧能够安然地活下去。但是，无论如何，简化论如何才能做到无须简化？

这里有一个悖论，有一个问题。我们的历史见证了个人主义逐渐而崎岖的兴起：从兽群、奴隶社会、国王和牧师统治的群氓，到由众多享有更广泛的权利和自由——追求幸福、独立思考、自我实现和个人享乐的权利——的个人组成的较松散群体。同时，随着我们摒弃了神权与国王的双重统治，随着科学帮助我们更好地了解我们所居住的这个世界的真实面貌，随着个人主义有了更粗俗、更自私的自我表达(假如个人主义不能任性地表达，那么所谓的自由又有何意义？)，我们也发现，无论是这一真实的个性，还是幻象的个性，都与我们想象的相距甚远。我们也不无诧异地发现，正如道金斯令人难忘地指出的那样，我们是“生存机器——被盲目地设定了程序的机器载体，以保存被称为基因的自私分子”。而吊诡的是，个人主义——思想自由的艺术家与科学家的胜利——已使我们拥有了自我认知，我们现在得以将自己视为遵从遗传的个体。我在青少年时期的自我建构观——那一模模糊糊、典型英国式的、具有存在主义色彩的对自我自主性的希冀——与真相相差十万八千里。我曾以为，成长的艰难过程最终是以一个人自立自强而告结束的——这个人身形高大，智识广博——此人现在在鞭打自己。这一形象(我的描述固然有些夸张——这样的认识和自我投射一向既不可靠又不长久)必定会被如下的感知所替代：我非但不是挥鞭者，反而只是鞭子尖而已，鞭打我的是一条长长的、存在于我们每一个人身上的DNA双螺旋链。我们既无法摆脱它，也无法抵抗它。也许，我的“个性”仍可被感知，也可通过遗传得以证明，然而，或许它恰恰与我曾认为所取得的成就截然相反。

以上是悖论，也是问题。我们逐渐成长，旧有的惊叹之物也有了变化——我们现在惊叹的是那个盲目而巧合地创造我们的过程，而这一过程同样也具有盲目性与巧合性。对此，我们并不像某些人那样感到沮丧，而是像道金斯那样感到“狂喜”。我们享受道金斯所罗列的那些能让生命有价值的东西——音乐、诗歌、性、爱情(还有科学)——而同时或许也像萨默赛特·毛姆所提倡的那样诙谐地顺从于死亡。所有这些我们都做了，这样我们就能死得更优雅些吗？你、我，还有理查德·道金斯会比千百年前我们遗传学上的祖先们死得更优雅吗？道金斯曾表达过这样的愿望："当我走向死亡时，我希望我能在全身麻醉的情况下死去，仿佛我的生命只是一条有病阑尾。"道金斯的愿望虽不合法，但清晰明了；然而，死亡自有其道，它很固执，不会让我们以我们自己谋划的方式解决。

从医学上看——而且也取决于我们居住在这个星球的何处——我们完全可以死得优雅一些，少像狗一些。对于这类问题，我们暂且不谈。我们也不谈那些易与"优雅地死亡"相混淆的事物：例如，在死以前，既不后悔也不自责。假如我们已尽享生命的欢愉，已为我们的寡妻幼子安排妥当，也少有伤怀之事，那么回首往昔倒不至于成为我们的重负。然而，回头看与凝望未来是迥然不同的：毕竟即将面临的未来是完完全全的湮灭。想到这个，我们还能够摆出更优雅的姿态吗？

我找不出我们会死得更优雅的原因，也看不出为何我们的聪明才智与自我意识会令事情变得更好而非更坏。我们默默地做基因的奴隶，但为什么那些基因就该让我们免于恐惧？为何这件事对它们是有益的？或许，我们之所以惧怕死亡并非由于死亡本身，而是因为死亡于我们有利——或者有利于我们那自私的基因：如果我们对死亡不那么恐惧，如果我们同其他物种一样，为老虎伪装的把戏所蒙骗，或是去吃那些我们的味蕾教导我们(或者，更确切地说，我们的味蕾经过各种致命的尝试与错误之后教导自己)不要去品尝的苦味植物，那么我们的基因便不会代代相传。对于基因的新主人来说，我们临终时的优雅有什么可以想得到的用途或益处?

* * *

“一个人和他的命运必须是平等的，也就是说，像命运一样漠然。‘就是这样！就是这样！’你口中念念有词，俯视着脚下黑幽幽的墓穴，以此保持镇静。”福楼拜“凝视墓穴”的经历开始甚早。他的父亲是一名外科医生；福楼拜一家就住在父亲工作室的楼上；阿希礼·福楼拜常常直接从手术台走到自家的餐桌前。少年古斯塔夫·福楼拜时常爬上窗外的架子，聚精会神地看父亲指导他的学生解剖尸体。他看到被苍蝇包围的尸体，他也瞧见学生们随意地将点燃的雪茄放在他们正在拆解的四肢和躯干上。有时，阿希礼抬眼一瞥，看见儿子的脸紧贴着窗户，便扬起手中的手术刀，示意他赶快离开。尽管晚期浪漫主义的矫揉造作影响了少年古斯塔夫，但他从未丧失一位现实主义者的情怀与视角，去审视那些别人的目光刻意回避的东西。这是为人的职责，也是一个写作者的责任。

1848 年 4 月，时年福楼拜二十六岁，他青年时期的文学好友阿尔弗雷德·勒·博伊迪文去世了。在最近披露的一份私人备忘录里，福楼拜记录了自己如何看待这桩死亡事件以及他是如何看待自己对这一死亡事件的看法的。连续两晚他守候在已故朋友的身边；他剪下一绺头发交给勒·博伊迪文年轻的寡妻；他帮着把尸体裹进裹尸布里；他闻着腐烂的尸体散发出的恶臭。当殡仪员们运来棺材时，他吻了吻朋友的太阳穴。十年之后，福楼拜仍然记得那一刻："一旦你吻过死者的额头，你的唇上便会永远留下印记，那是一种遥不可及的苦涩，一种永不可除的空虚的苦味。"

在亲吻我死去的母亲的额头后，我并没有这样的感受；不过，我母亲死的时候，我已经五十二岁了，比当时二十六岁的福楼拜足足大了一倍，或许这种苦味早已留存在我的唇间。勒·博伊迪文死后二十一年，这位法国作家又失去了一位他成年时期的文友路易斯·布莱特。这一次，福楼拜同样在自己的私人备忘录里描述了他的所作所为与反应。当他听到朋友的死讯时，他还在巴黎；他立即赶回鲁昂，来到布莱特的家中，拥抱了这位已故诗人的未婚同居妻子。你也许会想——假如那个"凝视墓穴"的说法还奏效的话——之前面对死亡的经历会让他变得更从容淡定。然而，福楼拜发现，尽管这位朋友生前与自己私交甚笃，他甚至一度称其为"我的左睾丸"，但他再也不忍直视尸体，为他守灵，拥抱他，将他裹入裹尸布里，更不用说亲吻他了。那天晚上，福楼拜待在院子里，只在地上睡了几个小时；他一直躲避朋友的尸体，直到棺材被合上，被抬出屋子。在那份备忘录里，他特意比较了自己在面对这两次死亡时内心承受力的差异："我不敢看他！我再也不像二十年前那般坚强了……我的内心不堪一击。我感到疲惫不堪。”“凝视墓穴”并没有为福楼拜带来心灵的安宁，带来的只有衰弱的神经。

* * *

在我翻译都德关于临终的笔记时，两位朋友曾分别暗示我，这一定是一项令人沮丧的工作。然而，事实正好相反：我发现都德这一恰当而成熟的“凝视墓穴”的方式——精准的视角，恰切的言辞，既不夸大也不轻视死亡——令人惬怀畅舒。五十八岁那年，我出了一部短篇小说集，里面收录的故事大抵讲述了人老了以后会多少丧失一些从容平和。之后我常被人质疑是否有足够的资历来探讨这样的问题。当我把这本书的前五十页给我一位亲密的（且细读文本的）朋友 H 时，她关切地问道：“这有用吗？”

啊，简直是治疗性自传里的谬见。尽管她出于好意，但这句话还是激怒了我，就像死者的假设性愿望激怒了我哥哥。你的人生中发生了一件糟糕的事情——或者，就死而言，人必有一死；你提笔书写这糟糕之事，然后你觉得心情好了一些。我可以想象，这只适用于很小的事情，很偏狭的情景。儒勒·雷纳尔在 1903 年 4 月 26 日的日记中写道：“此乃文学之美。我失去一头牛。我动笔书写它的死，因此赚取了足够的钱可再买一头牛。”然而，在更广泛的意义上，这依然顶用吗？或许，在某些自传里会奏效：你的童年凄冷惨痛，没人爱你，你写下这一切，这本书大获成功，于是你名利双收，人见人爱。一场以喜剧收尾的悲剧！（不过，对每一个这样的好莱坞瞬间，必定也伴随以下几种时刻：你的童年悲惨凄苦，没人爱你，你写下这一切，但这本书出版不了，所以还是没人爱你。）然而，在小说或者其他转化性艺术里呢？我看不出任何必须的理由，也看不出艺术家为何想要它如此作为。勃拉姆斯曾将其晚期创作的钢琴间奏曲形容为“我一切眼泪的摇篮曲”。但是，我们并不相信这些曲子对他来说起到的是手帕的作用。同样地，书写死亡并没有减少或增添我对死亡的恐惧。不过，在那预示性的沉沉黑暗中，每当我被隆隆的轰鸣声惊醒，我便傻傻地劝慰自己，这暂时至少有一大益处。我对自己说，这不仅仅是又一场司空见惯的对死亡的恐惧，这也是在为你的书做研究。

福楼拜曾说:“从阅读到死亡，任何事情都需要学习。”然而，对于后者，我们得不到很多实践的机会。我们也越来越怀疑蒙田所列举的那些值得效仿的死亡：在临终时展现尊严、勇气以及对他人的关切，留下告慰人心的遗言，庄严之举徐徐展开，没有闹场。不妨以都德为例，他是在家人的陪伴下死在自家的餐桌前的。当时，他喝下几勺汤，正兴致勃勃地谈论他正在创作的戏剧，突然，临终喉鸣声响起，他向后一仰，倒在椅子上。这是官方版本，听上去跟他的朋友左拉对“美丽之死”的定义非常接近——突然被碾碎，如同一只巨大的手指摁死昆虫。都德去世时的情景确实如此。但是，讣闻并没有记录紧接着发生的事情：两名医生被叫了过来，然后在长达一个半小时的时间里——足足一个半小时啊——他们试图用当时流行的舌部节奏牵引法为其做人工呼吸。这种方法毫无意外地失败了，他们又换了一种更为原始的形式——电击心脏——但同样没有成功。

在我看来，这里蕴含了对职业的某种辛辣讽刺——都德的舌头既赋予了他盛名，又在医生们竭力挽救他时被不断地拉扯。或许，都德会对医生的所作所为表示赞许。我认为，直到他死去的那一刻，那都是一次美丽之死——当然，除去死亡之前罹患三期梅毒所受的折磨。乔治·桑在她位于诺昂的房子里故去，那里有着田园般的静谧，死时她思路清晰，眼睛凝望着窗外许多年前她自己栽种的树木，她走得简朴，予人信心。这同样也是一场美丽的死亡——如果我们抛开不可治愈的癌症为她带来的痛苦的话。相较于前两例，我更倾向于将乔治·勃拉克的死归为美丽之死，主要原因在于他的死仿佛与他的艺术甚为相像(不排除这是感伤主义在作怪)。他的死呈现了“以自我掌控而非冷漠达致的宁静”。临终前，他的意识断断续续，他叫人取来他的调色板；他走得“十分平静，没有任何痛苦，直到最后一刻，他的目光都定格在花园的树上，透过工作室的大窗他可瞥见高高的枝丫”。

临死之时，凝望窗外自己亲手栽种的树木？我并不奢望能有如此好运，或有此等宁静。我只种过一棵无花果树和一簇醋栗灌木丛，透过卧室的窗户，我见不到它们的踪影。找人取来你的调色板？我相信，在我弥留之际，没有人会给我去取我的196c型号IBM打字机，因为我怀疑我的妻子根本搬不动它。我想，我宁愿像我父亲那样深更半夜死在医院里。不论是否能够得偿所愿，我都期望医生或护士会说我只是“悄悄走了”，而那时还会有人一直陪我走到最后。我期望在我离开之前，能够体尝到巨大的痛苦与恐惧，以及对周围人用含糊其词、模棱两可的话语来搪塞我的恼怒。我希望，无论谁接受了我那个装满衣物的塑料垃圾袋，都不会发现其中那双没有穿过的、用魔术贴系紧的棕色便鞋。或许，在我死后一两个季节，我的裤子会旅居在某张公园长凳上，或者某家阴冷的客栈中。

在我二十多年前写下的日记里，我找到了这样一段：

> 当人们谈及死亡时，他们往往会不假思索地信口说道：“这没什么可怕的。”现在，让我们再说一次，慢慢地强调一遍：“这**没什么**可怕的。”儒勒·雷纳尔曾说：“这世上最真实、最精确，也最富有意义的词，就是‘没什么’。”

当我们任思绪驰骋，构想各种死亡画面时，常常有一股磁力，驱动着我们往最好或最坏处遐想。在我最恐怖的幻想中，充斥着围困、水以及煎熬于总有一天必死无疑的时光。譬如，渡船倾翻的情景：气阱、迢迢黑暗、慢慢上涨的水、号叫的同伴以及众人争抢呼吸。还有孤身一人死去的景象：你被绑进汽车(也许是你自己的汽车)后备箱中，绑架你的人从一台取款机驶向另一台取款机，然后，当你的信用卡最终被拒时，你被斜推下河岸或海岬，你感到阵阵眩晕，飞溅的水花、汹涌的波浪贪婪地扑向你。或者，与此相似，甚或更加异想天开的野生动物版本：你被一只鳄鱼攫住，拽到水下，失去意识，然后在鳄鱼巢穴中一个高于吃水线的架子上苏醒，随即明白，你已成为野兽食橱中待下锅的美味。(你难免怀疑，我想说这样的事情的的确确是会发生的。)

我臆想，最好的情况是收到医疗确诊，那会留给我足够的时间，以及足够的清醒，因而可以写最后一本书——一本将会涵盖我所有关于死亡的想法的书。虽然我并不知道那将会是一本小说还是其他什么，但在许多年前，我就已经将第一句话想好并记了下来："让我们直面死亡这个主题吧。"但什么样的医生最终的确诊会适合你的创作需求呢?"恐怕有好消息，也有坏消息。""实话告诉我吧，医生，我需要知道，还能活多久?""还有多久?我觉得，你大概能写两百页吧，幸运的话，或者写得快一些，能写两百五十页。"

不，事情不会这样发展下去，所以最好在确诊之前就把书写完。当然，还有第三种可能(我从开始写第一页就想到的)：你动笔写书了，已经快完成一半了——就在这时，比如——你要接受治疗了！也许事情进行到这一步有些倦怠无力，进入了充斥着胸痛、痉挛昏厥、X光检查、CT检查的日子……这些，我想，会显得有些不自然吗?(读者群就此进行了讨论。“噢，我一直以为他在结尾会死的——好吧，结尾之后，你不觉得吗？”“不，我觉得他可能是在吓唬人。我甚至不确定他是否生病了。我觉得那也许是，你可以称之为超小说？”）

或许事实也不会朝这个方向发展。当我们想象自己的死亡时，不管是最好的还是最坏的情形，都倾向于认为自己会清醒地死去，认为自己死亡时能够意识到(也许过于清醒)周围发生的事情，能够表达自己的想法，理解别人的意思。以及死前漫长的岁月——在条理混乱和理解偏差的状态下，我们对于死亡的想象可能会成功吗？当然，和最初一样，带着痛苦与恐惧，如今却又增添了一层困惑。认不清周围的人是谁，不知道某个人是活着还是死了，不清楚自己身处何方。(但还是被吓得屁滚尿流。)我记得去医院探望过一位年老失智的朋友。她转向我，以我一度非常喜爱的柔和、温雅的嗓音说:“我的确认为，你会作为历史上最坏的罪犯之一而被牢记。”这时，也许一位护士从旁走过，于是她的心境快速改变。“当然，”她对我说，“这里的保姆相当不错。”有时我会任她胡言乱语(为她好，也是为我自己好)，有时(为她好，也是为我自己好)我会纠正她的话。“事实上，她们是护士。”我的朋友会露出狡黠的表情，惊讶于我的天真无知。“有一些是，”她承认道，“但大多数都是保姆。”

这些年来，父亲遭受了一系列的中风，这使得他从像我一般高大挺立的男人迅速衰弱，成为需要靠助行金属架向前移动的一副躯壳，他的脑袋以一个笨拙的角度向上翘着，还得费力地一下下举起那金属架。此后他继续衰弱，变成半身不遂，只能坐轮椅了。当社会服务人员来评定他不能自理的程度时，他们说他需要安一排扶手以助他从床边移向门口，但这笔费用由他们来支付。母亲反对这一提议："绝不让那丑陋的东西放在房间里。"她一口咬定，这将破坏小屋的整体格局；但是，我现在觉得，她的拒绝其实婉转地否认了既成的事实——以及她要面临的事情。但她却认可了一件事——我很惊讶——改装父亲的扶手椅。这是一把坚固的派克诺尔牌绿色高背式扶手椅，外公常坐在那上面读他的《每日快报》，而且将外婆的肚子误认为电话机。现在，椅子腿用金属的护套延长，这样父亲能够更容易地坐下或站起。

这个缓慢的躯体衰败过程，还伴随着父亲语言能力的逐渐退步：他发音的清晰度，以及对词汇的记忆力。（他曾经是个法语教师，而现在他正在渐渐失语。）当他送我走时，我再次看到他慢吞吞地一下拖曳又一下推拉助行器，从客厅走到前门：那漫长的时间似乎没个尽头，任何言语似乎都是虚假多余。我会假装自己也很磨蹭，寻觅着，瞟一眼餐具柜上的一瓶花；或者停驻下来，再次看看那些我一直不喜欢的小玩意儿。终于，我们三人走到前门地垫边。有一次，我父亲的告别语是："记着下次，带……带……"然后他卡住了。我不知道是应该等着他说完，还是装作已然明了地点头答应。但母亲坚持着问："带谁来？"——就好像父亲的精神问题可以通过坚持提问的方式来改善。“带……带……”他的表达能力如今已成为他对自己大脑强大挫败感的来源之一。“带谁来?”母亲重复道。至此，答案是如此地明显，如此地无必要，我只想冲出门去，跳进车里，飞驰而去。突然，老爸想到了要怎么说。“带……朱利安的妻子。”啊，真是一种解脱。但事实并非如此。我的母亲——在我听来没任何同情心可言——说道:“噢，你说的是P。”——这一下子就把曾是老师的父亲变成了一个考试不及格的男生。

他站在前门，蜷缩着靠在架子上，架子上空空的金属篮夹在手把上；他的脑袋倾斜着，就好像他在试图抵抗低垂的下巴所受的重力。我说了再见，然后步行大概二十码到我的车旁，然后——回回如此——母亲会“想起”什么，沿着坡路小跑过来(她匆忙的步态衬托出父亲的呆滞不动)，轻敲了下车窗。我不情愿地摇下车窗，猜测她又要说什么。“你怎么看?他的情况又恶化了，是不是?”我的视线越过母亲看向父亲，他知道我们在谈论他，也知道我很清楚他已经猜到我们在说什么。“不，”出于对父亲的忠诚，我常常会这么说，因为不然的话，就只能大声吼道:“他中风了，妈，你还指望什么——他能打排球?”但她会觉得，我这一外交辞令般的回答佐证了我的漫不经心，而当我松开离合器踏板，沿着柏油路缓慢前进时，她就继续抓着车窗，一一列举那些我未觉察到的、父亲恶化的症状。

我并不是说她对父亲不好；但她对父亲病情的处理方

式，只是一味地强调她内心的烦扰与痛苦，暗示父亲所受的折磨其实更大程度上是他自找的。“当然，他跌倒时会惊慌失措。”她抱怨道，“哎，我可扶不起他。我得到村子里找人来帮忙。可他一直害怕，因为他站不起来。”这便是大大的不足。接着是父亲骑行机的问题，那是医院的理疗师提供的。父亲该坐在派克座椅上，骑着这辆闪亮的袖珍自行车部件。可是，至于说坐在扶椅上的模拟自行车运动是否有些可笑，以及他是否认为那不会使他的病情有一丁点儿的变化，我并不清楚。“他太固执了。”母亲继续抱怨道。

当然，轮到她时，她也是一样的固执。她初次中风比父亲第一次的情况更加严重：她身体右侧大面积瘫痪，口齿也更模糊。然而她的头脑却很清楚，这表现尤为明显，特别是对所发生的一切极其愤怒时，她就会将仍然健康的手伸过来，拎起患病的胳膊。“而且，当然啦，”她说道，那一瞬间听上去像极了以前的她，“这东西现在完全没用了。”这使她失望透顶，就好像是我父亲带给她的失望一样。而这之后，和父亲如出一辙，她对理疗师满腹狐疑。“他们不停地推拉着我。”她抱怨道。当我告诉她，他们推拉她只是在帮助她恢复时，她不无讽刺地回答道：“好吧，先生。”然而，她还是极其强硬地毫不退缩，并且十分排斥这种举动。在她看来，那是虚情假意的鼓舞士气。“他们让你做些动作，然后说，‘太好了’。这太傻了，我知道自己做得并不好。”于是，她停止了合作。为了保持自我，她不惜嘲讽职业的乐观，并且拒绝接受理论上痊愈的可能性。

我的侄女C去探望过她。我打电话问她情况如何，我妈妈怎么样。“刚到那儿时，完全是疯子！但当我们开始谈论化妆时，神志彻底清醒了。”我怀疑侄女的这一评价带有年轻人特有的尖刻，于是问道——或许有些生硬——“疯子”是怎么个疯法。“哦，她对你很气愤。她说你约她打网球，连着三天你都没去，生生地把她晾在球场上。”好吧，真的是疯了。

我的侄女也难逃斥责。有一次，在很诡异的气氛中，我和她对坐二十分钟，无言中透着愤怒，我们硬是避免任何眼神接触。终于，妈妈转向C，说道：“你是个野猴子，真的。但你知道我为什么要训斥你，不是吗？”也许，这样一味地胡乱指责别人，让她有一种仍在掌控自己人生的幻觉。这样的指责也会蔓延到我哥哥，他虽然身在法国，却未能因此为自己开脱，或受到保护。母亲第一次中风后大概两个星期，她的话基本听不懂，我们开始讨论——或者，确切地说，是我告诉她——她住院时我会如何行事。我列举了可以商量的人，并补充说，如果有什么问题，我总是可以依靠哥哥那“聪明的脑瓜”。虽然一个词一个词地往外蹦，我们的母亲仍是将断断续续的语言组成毫无瑕疵的句子：“他那聪明的脑瓜只想着工作。”

尽管住院的母亲依然很固执，连续数月都不肯合作，但她的语言能力还是恢复了一些，不过行动力却没有任何好转。她并未自欺欺人，而是宣布自己无法再回到她的小屋住了。我和C想让她住到养老院里，一个名叫萨莉的护士长过来评估她的自理能力。妈妈称，她早已参观过那个地方，觉得那儿“好极了”；不过我怀疑，她所谓的“参观”，不过是在阅读介绍手册时的臆想而已。她告诉萨莉护士长，她决定在自己的病房里独自用餐：她不能与其他患者一起吃饭，因为她的右胳膊不能动。“哎，别犯傻了。”护士长说，“那没什么关系的。”我母亲以命令的口吻应答：“我说有关系，就一定有关系。”“您当过老师吗？”萨莉的回应迅速而犀利。

* * *

身为年轻人，我却怕飞行。在飞机上我会选择读一些书，这些书如果同我的尸体在一起，在我看来是不会觉得突兀的。我记得有一次在从巴黎飞往伦敦的班机上带着《布瓦尔与佩库歇》这本书，想象自己在无可避免的撞击之后，1）这本书将会在一具可辨认的尸体上被发现；2）福楼拜的法语平装本会侥幸逃脱撞击和燃烧；3）当被发现时，它仍被紧紧地握在我奇迹般幸存下来的（也许是被割断的）手中，僵硬的食指就像一枚书签，夹在格外喜爱的那一页里，子孙后辈会因此特别注意此景。故事极有可能如此——在飞行过程中我自然十分害怕，根本无法专注于这部小说，其中充满了反讽性的真理，而年轻人对于这些往往疏于关注。

在雅典机场，我的恐惧基本被治好了。那时我二十多岁，早早就到达机场去赶回家的那班飞机——相当地早（急切想离开），以至于我提前了不止几个小时，而是提前了一整天外加几小时。我的票不可以换了；我没有钱返回市区并再找一家旅馆；于是我只得在机场宿营。我还记得那本书——就是撞机时有资格陪着我的那本：一套杜雷尔的《亚历山大四重奏》。为了消磨时光，我走上这座航站楼的观光屋顶。从那里，我看着一架架飞机接连起飞，一架架飞机接连降落。它们中有一些很可能是不靠谱的航空公司的，而且飞行员也许都喝高了，但没有一架失事。我看到大量飞机平安无事。这些直观展示，而不是统计数据，让我对飞行的安全系数有了信心。

我能否再次套用此法呢？假如我更细致、更频繁地观摩死亡——做一份类似于殡仪员的助理或停尸间职员的工作——也许，由于熟悉的缘故，我可再次丢掉恐惧？很有可能。但是，这里面有谬误，我那身为哲学家的哥哥会立刻指出。（不过他也许会删掉那个描述性短语。当我给他看这本书开头的几页时，他否认了我的推断，即他是“作为一个哲学家”才不相信记忆的。“难道是因为‘作为一个哲学家’我才想到那些的吗？难道我觉得二手车销售人员都是不靠谱的，这也是因为‘我是个哲学家’吗？”或许是吧；不过在我听来，连他的否认都似乎有哲学意味。）谬误在于：在雅典机场，我看到了成千上万名乘客安全抵达。然而在一个殡仪馆或是停尸间，我又会确定自己最糟糕的怀疑：人类的死亡率一点儿都不比百分之百低。

* * *

在我所描述的“最佳状况”死亡版本中，存在另一个缺陷。让我们假设，医生告诉你，你将会有足够长的生命、足够清醒的头脑来完成你的最后一本书。谁不会能拖延多久就拖延多久呢？山鲁佐德[①]从来不缺故事。“注射吗啡吗？”“哦，不，还有几章没写完。事实上，关于死亡要说的实在比我预想的还多……”因此，可以说，你如此自私地想要活下去，这将大大损害这本书的结构。

几年前，一位名叫约翰·戴蒙德的英国记者被诊断出患有癌症，他将自己的病况写成每周专栏。公正地讲，他剩余的作品保持着同样轻快的口吻；公正地讲，他承认好奇与偶尔的勇气其实也伴随着懦弱与惊慌无措。他的叙述听上去完全真实可信：这就是癌症患者的生活经历；患病并不能将你变成一个与先前不同的人，也不能停止你与妻子的争吵。与其他许多读者一样，我也曾暗暗地激励他坚持一周接一周地写下去。但是，一年多以后……好吧，一个确定的叙述期待无可避免地出现了。嗨，神奇的治愈！嗨，我只不过是在捉弄你！不，这都不会是结局。戴蒙德非死不可；他适时地、恰当地(按叙事性来讲)死了。但是——我该怎么说呢？——一位苛刻的文学评论家也许会有怨言，说他的故事结尾少了

① 《天方夜谭》中讲故事的人。

一份紧致。

你读到这句话的时候，我可能已经去世了。那样的话，任何对这本书的抱怨都不再会有回应。另一方面，现在也许我们都还活着(顾名思义，你肯定也还活着)，但你有可能死在我之前。你想到过这一层吗？很遗憾提起这个，但是有这种可能性，至少在未来的几年内。若是如此，我向你的至亲至爱们致以我的慰唁。而且就如同周五的午餐客们所说——或者，从未说过，虽然很可能有时这么想——在那个匈牙利餐厅：不是我去参加你的葬礼，就是你来参加我的。当然，事情总是这样的；但是，这种残酷而又无法转变的“非此即彼”所沉淀的痛苦将随着年岁愈发清晰。至于前面所说关于你和我的这件事——假设你在读到这本书时确定我还没死——你更有可能(精细地计算)以另一种方式看我走向终点。而这里仍存在另外一种可能性——我也许就在写此书期间去世。这对我们二者来说都是不幸的——除非你恰好在我叙述中断的地方准备放弃。我甚至可能会在一句话写到一半时死去。也可能恰好写到一个词……

只是开个玩笑。不过，也不完全是开玩笑。除了我的处女作，我从来没有在写书时未想过我可能在完成它之前就死去。这些都是迷信、民俗、商业狂热、偶像崇拜中的一部分。合适的铅笔、毡制粗头笔、圆珠笔、笔记本、纸张、打字机：这些必需品同样也是客观上保持良好精神状态的纽带。创造这种氛围，需要把那些可能会产生消极影响的东西全都放在一边，缩小焦点范围，最后只留下重点：我，你，世界，以及这本书——并且尽可能地将它写得精彩。我不断地在脑海中惦念着死亡（或者，更准确地说，是死亡一直在惦记着我），那真是一针见血而且不可或缺的刺激。

那些先行者们的忠告也莫不如此。教诲啊，警句啊，格言啊，有的贴在墙上，有的深深印在脑海中。威廉·斯泰伦和菲利普·罗斯都曾在福楼拜的自勉句中得到动力："像小市民一样过普普通通、规规矩矩的生活，这样才能在你的作品中尽显你的暴力与原始冲动。"也许，你需要解放思想，将未来对你作品的批评回应抛之脑后？关于这点，西贝柳斯会助你一臂之力——"永远记住，没有一座欧洲城市竖立批评家的雕像。"——然而，我最中意的一句源自福特·马多克斯·福特："一头大象无论多么优良，顺口说它不是一头好的疣猪，一点儿都不费工夫；而大多数的批评家都是这么干的。"许多作家可从儒勒·雷纳尔的名句中受益："可以说，几乎所有文学作品都太长了。"而且终有一天，他们总会被误读。关于这点，又是西贝柳斯既精辟又揶揄地教导众人："请正确地误读我吧。"

我刚开始写作时，为自己定下规矩——为了清醒头脑、集中精力、点缀与充实内心——我在写作时假想父母已经过世。这并不是因为我特别想要利用或滥用他们，而是因为我不想强迫自己去想哪些话可能会冒犯或取悦他们。（这样，他们已经不仅仅是他们自己了，他们同样代表着朋友、同事、爱人，当然更是疣猪批评者了。）奇怪的是，尽管我的父母已经去世很多年，我如今却比任何时候都需要这条规矩。

在“词”写到一半的时候死去，或者在“小说”写到五分之三时死去。我的小说家朋友布莱恩·穆尔曾经也很害怕这个，虽然他还有另外的原因：“因为某个混蛋会来帮你写完它。”请听听一位小说家的选择。你愿意在写到一半的时候死去，然后由某个混蛋帮你完成它，还是留下待续的作品，没有混蛋会有一丁点儿兴趣来将它写完？穆尔在写一部关于兰波的书时溘然长逝。具有讽刺意味的是：兰波这个作家确信自己不会在诗写完一节或在作品写到三分之二时死去，为此他在后半生完全放弃了文学。

* * *

我的母亲是独生女，而今成为一个家庭里的女独裁者，因为家中男性成员都对支配他人没有丝毫兴趣，母亲随之产生的“唯我独尊”的思想并未随着年龄的增加而减弱。相比于之前，或礼貌、或慈爱、或诡异的回答不时地从坐在派克座椅上人的嘴里蹦出，但等她成为寡妇之后她愈加专制。不可避免地，她变得更加唠叨。一天下午，我陪她闲坐，正走神中，她的新想法把我吓了一跳。她说，她一直在想自己可能会呈现的种种衰老的模样，并猜想她更愿意变聋还是变瞎。刹那间——过于天真地——我以为她在询问我的意见，但她显然并不需要多余的插嘴：变聋，她对我说，将是她的选择。这是要表达她与她的父亲和两个儿子的一致性吗？绝对不是。她是这样向自己解释的："如果我瞎了，我怎么修剪我的指甲呢？"

死亡与濒临死亡，产生了一整份关于"你如何选择"的问卷。最开始的问题，比如你愿意知道自己要死了，还是宁愿毫不知情？你愿意注视这一过程的进行，还是宁愿视而不见？三十八岁时，儒勒·雷纳尔写道："请求您，上帝，不要让我死得太快！我并不在意看着自己死去的过程。"他在1902年1月24日写下这句话，而在第二年的这天，他从巴黎赶到希特里来安葬他的弟弟莫里斯——他的弟弟，几分钟时间内，便从一个抱怨中央供暖系统的工程监督员变成了一具尸体，他的头枕在一本巴黎电话簿上。一个世纪后，有人要医学历史学家罗伊·波特谈谈他对死亡的看法："你知道的，我认为清醒地死去会比较有意思，因为一个人必须经历这最非同寻常的改变。想想看，我现在要死了……我感觉，很乐意自己在这整个过程中都保持清醒。因为，你知道，你宁愿错过其他的事。"这种对于终点的好奇是一大优良传统。1777年，瑞士心理学家阿尔布雷希特·冯·哈勒临终时躺在床上，内科医师的弟弟照顾着他。哈勒观察着自己不断衰弱的脉搏，率性而死前留下遗言："我的朋友，脉搏停止了跳动。"之后一年，伏尔泰对自己的脉搏也有相似的感觉，直到那一瞬间，他缓缓地摇了摇头，然后过了几分钟，死了。体面的死亡——没有任何牧师在场——值得编入蒙田的随笔录中。但并不是所有人都这么想。当时身在巴黎的莫扎特写信给父亲说:“你大概已经知道了，那个不敬畏神的游手好闲的伏尔泰死得像条狗一样，像畜生一样——那就是他的下场!”像条狗一样，没错。

你是畏惧死亡，还是毫不害怕?听上去这是个很简单的问题。但下面这个问题如何:如果你从未想过死亡，如同明日从未存在一般地生活着(明天确实不存在，顺便说一句)，享受快乐，努力工作，热爱家人。最终，当你不得不承认自己将要死去时，就会发现，话说完了，一切至此彻底停止了，而意识到这点，难道只是意味着之前的一切都毫无意义吗?或者只是意味着当你完全明白了以未来的死亡作为起点，你会以完全不同的原则生活?

或许还有另外一种方式，或许是我的专属方式吧:假如，你活到了六七十岁，一只眼睛盯着不断填埋的墓穴，然后，而当死亡临近时，你发现没什么可怕的，那么你会怎么办?假如你终于心满意足地将自己视为自然循环的一部分(请，来一盘我分解出来的碳原子)，那又如何?假如那些轻松的比喻，突然间，或是逐渐地开始让你信服了，那又如何?盎格鲁-撒克逊诗人将人生比作一只鸟儿，它从黑暗飞向欢快明亮、花团锦簇的宴会厅，随后又飞入更远处的黑暗:也许这个意象会缓和你为生亦为死纠结而幻化出的苦痛。然而，至今，我还不能说它对我也管用。那已然很美了，但是，我学究气很重的一面却不断地想要指出，任何一只思维正常的鸟儿，一旦飞入了温暖的宴会厅中，只要它能，便会栖息于椽上，久久地停歇，绝不会再次飞向远方。此外，这只鸟，不论是死前，还是死后，徜徉于狂欢的宴厅两侧，至少它仍在飞翔。而这对于我们来说，是不可能，或永远做不到的。

当我第一次意识到死亡时，它是很容易理解的：你曾经活着，然后你死了，并且向上帝道别：永别了。可是，谁知道年龄会对我们造成怎样的影响呢？当我还是个年轻的记者时，我采访过小说家威廉·格哈迪。他那时已经八十多岁，很虚弱而且卧床不起；死亡对他而言并不遥远。有一次，他从床头桌上拿起一本关于长生不朽的选集，而且向我展示了他重点标记的一段离体体验的记述。这一叙述，他解释道，与他还是第一次世界大战中的士兵时的经历一模一样。“我相信人死后可以复生，”他坦白说，“我相信人可以长生不老。你相信吗？”我尴尬地沉默着(而且未能想起我自己还是个小男生时的离体体验)。“不相信，好吧，我在你这个年龄时也不信，”他同情地继续道，“但现在我信。”

所以，我也许会改变想法(尽管我很怀疑)。更有可能的是，前方的选择其实会变得模糊。正如蒙田所言，生存与死亡的对立变成高龄与死亡的对立。你——我——伴随着我们的并不是在温暖的富丽堂皇的大厅中，置身于烤鸡的香气里，聆听着横笛和击鼓那悦耳的喧闹而多停留的那几分钟；也并不是多一些时日的切切实实的生活，而是几天几小时的衰败呼吸、意识消退、肌肉萎缩、膀胱渗漏。“是什么让你相信，你此时此刻所拥有的就是生命？”就如同冷酷无情的恺撒对他先前的军团士兵所说的一样。然而——而且更糟糕的是——想想吧，想想这躯体在健康强壮的时候，身体与精神依旧活跃，对社会有益，而且还有好友做伴，也许根本不会想到最终的消亡；可是如今它却渐渐衰弱，更加害怕被遗忘了。一具躯体，它的精神区域一个接一个地停工倒闭，清醒度下降，语言能力丧失，认不出朋友，记忆力消失，这些都被臆想出的野猴子与不靠谱的网球玩伴世界所替代。所有那些剩下的——也就是发动机中仍旧具有发动力的那一小部分——便是那个使我们对死亡产生恐惧的区域。是的，那一小部分大脑活动将会不断增强，让你心生恐慌，使寒意和惊恐传遍全身。他们会用吗啡缓解你的疼痛——然而，有可能，比你所需要的稍微多一点儿，接下来便是必要的过量——但是他们无法阻止这些脑细胞可怕地聚集在一起，将你吓得拉不出屎尿（或者，吓得你屁滚尿流），直到最后一命呜呼。然后，我们也许会发现自己后悔曾经有过雷纳尔那样的想法：“请求您，上帝，不要让我死得太快！”

作家兼导演乔纳森·米勒接受过医生培训。虽然他曾解剖过僵硬的尸体，也曾处理过刚刚断气之人似蜡般柔软的躯体，但在四十多岁以前，他说：“我开始觉得，呃，坚持吧——这是我未来某个时候一直在做的事。”在他五十多岁接受采访时，他声称自己仍不担忧长远的后果：“怕自己不存在——

不，我根本没有那种感觉。”他承认自己害怕的却是临终卧床不起，以及伴随的苦楚：疼痛不堪，精神错乱，折磨人的幻觉，以及为他准备后事的悲痛的家人。在我看来，这表述得很恰当，不过并不是另一种死法，只是之于我对“不存在”那一适当的、日渐增长的恐惧又平添了一个画面。

与弗洛伊德一样，米勒“其实无法设想、无法明白完全湮灭这一概念”。因此，他对恐惧的承受力首先转向死亡的过程及其种种羞辱，继而转向死时或死后可能发生的半死不活或苟延残喘的各种可能的状况。他害怕“这残余的意识并未完全掐灭”，并且想象一场脱体体验，从中他可以一窥自己的葬礼:“或者，实际上，并非观看它，而是被固定在棺材中。”出于一直以来的对于被活埋的恐惧，我能构想出这幅新的画面，但未能发现那有多么凶险。如果有残余意识在窥看我们自己的葬礼，并且在棺材中扭动，为什么那残存的意识就非得惧怕密闭呢?

我们大多数人都想过，或谈论过死亡:“好吧，我们早晚会明白”——而其实已几近确切地意识到，我们将永远不会“明白”预想中的死亡。那挥之不去的意识也许会给我们答案。这也许是说“不”的一种较为温和的方式。它可能悠悠徘徊，看着整个埋葬或火葬过程，向这具麻烦的躯体以及曾栖于其中的生命道别，并且(假设它在某种程度上仍与自我相连，或代表自我)允许“我们”感觉正在发生的一切是再正常不过的了。它可能会产生一种平复自如的感觉，一次躺下的休憩，一份慰问与关怀，一声甜美的晚安，一杯睡前安神的饮料。

我有一位瑞典朋友 K。她曾经非常轻柔体贴地对一个久受癌症折磨、将要死去的朋友说:“是放手离开的时候了。”我经常戏弄她，说当我听到这柔和而有磁性的声音，当那些重演无数次的话语在我耳畔轻轻回荡时，我知道事情真的很糟了。也许，米勒所恐惧的这些残余意识原来是有益而亲善的，一生的账目就这样以轻柔的瑞典话语结清了。

* * *

那只中世纪的鸟儿飞离黑暗，扑入光明的厅堂，后又飞了出去。关于对抗死亡焦虑，人们众说纷纭，其中一大振振有词的观点是这样的：倘若我们不惧怕也不憎恨那段永恒的时光——它导向我们光辉人生的短暂时刻——那为什么我们该对第二段黑暗的日子感觉如此不同呢？这是因为，当然了，在第一段黑暗的时间里，宇宙——或者，至少，其中一个非常、非常不起眼的部分——是在酝酿某种既定利益的诞生，同时合理地组合它的基因，经过一系列类似于猿类的、不断进化的、使用工具的祖先而向前进化，直到现在它形成了，制造了这三代中学教师，而后他们造就了……我。这么说来，那一段黑暗是有某种目的的——至少，从我的唯我论角度来看是如此；然而，第二段时间的黑暗实在没什么可说的。

我觉得，它或许可以更糟。它几乎总是这样的——这是一个小小的慰藉。我们也许不仅怕生前的迷惘，而且怕死后的深渊。这很奇怪，但并非不可能。纳博科夫在他的自传中描述了一个“时间恐惧症患者”，此人在出生前几个月看了记录人间万象的家庭自制影片，顿感恐慌：他看到了自己以后将要居住的房子，他未来的准母亲倚靠在窗口，一辆空荡荡的婴儿车等待着未出世的孩子。对于这一切，我们大多数人是不会恐慌的，反而会感到愉快；但这个患者却看到了一个他并不存在的世界，一片没有他的土地。虽然这种不存在正无可抗拒地向未来挺进，而他注定会出现其中，但这一点并没有让他感到些许安慰。至于这一恐惧到底降低了他的死后焦虑，还是反而使恐慌倍增，纳博科夫并没有说明。

一种反驳厅中鸟儿的更加缜密的论据来自理查德·道金斯。我们固然都是要死的，死是绝对的，上帝是个幻影，但即便这样，我们也算是幸运儿。大多数“人”——绝大部分潜在的人——甚至没有降生的机会，而且，他们的数量远比阿拉伯半岛所有沙漠中的沙子数目还要多。“我们的DNA所可能组成的人的数量……大大地超过实际人口数目。即使有这令人目瞪口呆的概率，我和你，普普通通，活在当下。”为什么我觉得这安慰如此绵薄？不，比这更糟糕，这简直是一种悲哀？那是因为，看看这一切演化发展吧，这一桩桩未曾载入史册的鸿运，这一切决策，这一代又一代的家庭关爱，以及造就了我和我的独一无二的杂七杂八的这个那个。还有我的平凡，你的平凡，理查德·道金斯的平凡，然而那是一种独一无二的平凡，一种令人惊诧、十分难得的平凡。耸耸肩，达观地说：哦，好吧，也许根本没机会来到这世上，所以不妨享受这曾赋予别人的机遇：想做到这样实在是一件困难的事，而不是轻而易举的事情。不过，把那上万亿未曾出世的其他假设性基因视为“潜在人群”也很难，除非你是一位生物学家。于我而言，把死胎或夭折的婴孩想象为潜在人类并不困难，可是，所有从未来到这世上的可能的基因组合都算吗？恐怕我作为一个人的同情心只能包容这么多——阿拉伯沙漠里的沙子，我是数不过来的。

所以，我无法达观。哲学家能做到达观吗？拉哥尼亚人真的语言简练吗？[①]斯巴达人一定简朴吗？我想，这只能比较而言吧。除了我哥哥，我唯一了解的哲学家是我那被死亡纠缠的朋友G君，他在四岁时便有了我十年才能明白的对死的认识。我和他曾就自由意志有过一场漫长的交流。像所有人一样，我——对生命这一概念以及自己的生活——一直是个不大成熟的人，总认为自己是有自由意志的，而且自以为总是表现得的确如此似的。G很专业地指出了我的这一错觉。他说，虽然我们也许以为自己是在随心所欲地自由行事，但并不能确定我们到底想要什么（而且，如果我们刻意地“想要去想要”一些什么，那么，往往就又退回到最初那个“想要”

---

① Laconian（拉哥尼亚）与 laconic（简练）拼写相似；Spartan 兼有“斯巴达”和“简朴”之义。

的问题了)。在某种程度上，你想要的必定是已知的东西：是继承与抚育的结果。因此，任何人都对自己的行为负有切实而最终的责任这一说法是站不住脚的；我们充其量只能负有暂时的、表面的责任——而且，即使这样，也会随着时间的推移被证明是错的。G也许大可对我引用爱因斯坦的论断向我解释："一个被赋予较高洞察力和较完美智慧的人在看到某人及其种种所为时，会对此人误以为他是按自己的自由意志行事付之一笑。"

在某种程度上，我承认自己无力辩驳，尽管我依然我行我素(这个，如若深究，也许很好地印证了G的论点)。G安慰我说，尽管依其哲学之见我们不可能有自由意志，但这一认知对我们如何行事，甚或应该如何表现，其实并没有丝毫影响。因此，我继续依赖这一虚妄的思维建构，以助自己沿着死亡之道走向那个地方，在那儿，我的意志——无论是自由的还是禁锢的——都将不再起任何作用。

世上有种种情形：有**我们所知道的**(或以为我们知道的)**情形**，有**我们所相信的情形**(依赖于我们信赖之人的保证)，也有**我们的行事之道**。虽然宗教圣会减少了，一座座教堂也无可阻挡地变成了历史纪念馆——引发了某些人"追求严肃的渴望"——和阁楼，但基督教道德仍然统摄着英国。这一统摄也波及了我：我的道德感也受到了基督教教诲(或者，更准确地说，宗教典籍化的前基督教宗族行为)的影响；而我不信仰却惦念的上帝，自然是西欧人以及非原教旨主义的美国人所信仰的上帝。我更中意《新约》中的上帝而不是《旧约》中的上帝。我想念那个激发了意大利绘画和法国彩色玻璃以及德国音乐和英国牧师会礼堂的上帝，他也启发了凯尔特海岬摇摇欲坠的乱石堆，而那曾经是黑暗与暴风雨中指引方向的灯塔。我也意识到，我所想念的这个上帝，这个艺术作品的启发者，在某些人看来似乎只是一场毫无意义的自我放纵，恰似本人稍前所嘲讽的那一颇受推崇的“个人上帝观”。进而言之，倘若上帝确然存在，他很有可能会觉得如此这般地大肆颂扬他的存在既琐碎又虚浮，这样即使不会遭到惩罚，至少也会招致他的不屑。他也许会认为，弗拉·安杰利科矫揉造作，而哥特式大教堂企图狂妄地通过一大创造物来博取他的青睐，可是完全未能猜中上帝希望自己被如何崇拜。

* * *

我的支持不可知论和无神论的朋友们，与我那些声称虔诚向教的朋友们并没有什么区别，他们同样诚实、慷慨、正直和坚贞——在相悖的性格上也差不多。我不知道，这是他们的胜利呢，还是我们的胜利？我们年轻时觉得，在创造自己的同时也在创造世界；后来，我们发现过去何等地束缚着我们，而且历来如此。我逃离了家庭，于我而言那只是体面的无聊无趣，可到头来却发现，随着年龄的增长，我与已故的父亲越来越相似，这深深地震撼了我。我坐在桌旁时身体倾斜的角度，低垂的下巴，初现端倪的谢顶趋势，以及当我并不觉得好笑时仍会发出的一种特别的出于礼貌的笑声：这些（无疑还有许多其他的我未能看出的细节）都是基因的复制品，显然并不是自由意志的表现。我哥哥也有同样的发现：他的说话方式越来越像我们的父亲，用相同的俚语，说半个句子——他发现自己“听起来完全像他，甚至像他曾经那样拖着拖鞋走路”。他也开始梦见父亲了——在此之前六十年里父母都从未侵入他的睡梦。

失智的外婆以为我母亲是她那位已经去世五十年的妹妹。我的母亲继而也迎来了她童年时认识的各路亲戚，并且他们都表示了对她的关心。看来，马上我们的家人们又会来找我和我哥哥了（只要别让我母亲过来就行）。可是，过去真的曾经放松过对我们的束缚吗？我们活着，基本遵循某个宗教的信条，虽然我们都不再信仰它。我们活着，就好像我们完全是自由意志的产物，而哲学家和进化生物学家却告诉我们这是一个天大的谎言。我们活着，就好像记忆是一个构造精良、服务高效的行李寄存处。我们活着，就好像灵魂——或精神，或个性，或品格——是一个可辨认、可定位的实体，而不是一则大脑自娱自乐的故事。我们活着，就好像天性与培育是等同的父母，而证据显示天性既是握鞭子的手，又是鞭子。

这样的认识会慢慢渗透吗？会用多长时间呢？某些科学家认为，我们将永远无法完全解开意识的谜团，因为我们能够用来解读大脑的只有大脑本身。也许我们永远也不会放弃自由意志的幻想，因为那需要采取一种自由意志的行动，而我们没有这样的自由意志来放弃自己的信仰。我们将继续活着，就好像我们完完全全是自己每一项决定的仲裁者。（在写作过程中，以及随后有时间和想法时，我会立即对最后一句的语法和时态做出调整——“我”怎么能够不相信是“我”创作了它们？那些词句，这些紧跟着它们的插入语，每一个我在其中插入的注释，偶尔打错的字，以及下一个词，不管是完整的还是我三思之时只输入了一半而只留下一个“惊叹声”，我怎么能够相信这不是一个思路清晰的自我，通过自由意志的过程做出书面决定的表现？我无法使自己相信事情不是这样的。）

也许，那对你来说会容易一些，或者，即使对你不那么容易，但至少对你身后的几代人会容易一些。也许，我——还有你——在他们看来就像是拉金诗中的那些“自乱阵脚的老派小伙子们”（以及姑娘们）。也许，他们会觉得，我和你似乎以为我们所遵循的半是假设半是推断的道德既古怪又自得。当宗教在欧洲最初开始崩塌时——当像伏尔泰这样“不信神的大混蛋们”在忙碌之时——人们自然而然地担忧道德将来自何处。在一个危险而未被统治的世界，每个村镇都有可能产生自己的卡萨诺瓦[①]、萨德侯爵[②]和《蓝胡子》[③]。有些

---

① 意大利冒险家、风流浪子，以描写他风流韵事的《自传》而著称。

② 法国贵族，著有一系列色情和哲学书籍，尤以他所描写的色情幻想和他的社会丑闻而出名。

③ 法国民间故事，讲述一位残暴的贵族谋杀了多任妻子。后人用“蓝胡子”指代花花公子或是杀害女人的男子。

哲学家为了满足个人以及所在知识分子圈子的私利而驳斥基督教教义时，认为知识是不能为农民和酒馆跑堂掌握的，否则社会结构将会崩塌，仆人问题就会完全失控。

然而，尽管如此，欧洲继续蹒跚而行。假如这困境现在似乎更加尖锐凸显，那么，在一个更多确定的事情都被破坏了的空荡荡的宇宙中，我的行为又有什么意义呢？为什么要好好表现呢？为什么不自私贪婪，把一切责任都推给DNA呢？——人类学家和进化论生物学家能够提供慰藉（倘若不是提供给忠实信徒的话）。不管形形色色的宗教宣称什么，我们都是由基因控制组合，都是以社会人安身立命。从进化论角度视之，利他主义是有用的（啊！——有你的美德呢——又一个幻想——消失了）；所以，不管是否有一位牧师在宣扬美好的天堂和可怖的地狱，生活在众多社会中的个人大多以相同的方式行事。宗教给人们带来的好处并不比它们带来的坏处多——这或许是会让势利的无神论者和信仰者都失望的事情。

* * *

初学法国文学时，我对“无偿行为”这一概念颇感困惑。后来，我明白了大概意思：我们自发行动，以确信自己是宇宙的主宰，即使这行动没有明确的动机或正当理由，并且无关传统道德。我想起一个例子，是纪德的《梵蒂冈地窖》，有个演员无端地把一个陌生人推下一列行驶中的火车。你看，这是纯粹的行动（而且我现在意识到，这应该被视为自由意志的佐证)。我没有看到——或者说看得还不够多。我发觉自己在思考那个不幸摔死在法国乡村中部的倒霉蛋。谋杀——或许,依然笃信基督教教义的资产阶级喜欢称作谋杀——作为一种展现哲学意义的手段似乎太……太过理论化、太法式、太令人反感。虽然我的朋友G可能会说,那个无谓的演员只是在自愚(仅仅是“想要去要”些什么东西)。不过我觉得,如果他自由意志的行使是个错觉,那么我的反应也是妄想罢了。

我们是不是就像那些南极企鹅?或者说它们像我们?我们去超市,它们大摇大摆地越过数英里的冰面,来到开阔海域里觅食。但野生动物节目遗漏了一个细节。当企鹅接近水边时,它们开始踟蹰徘徊。它们接近食物的同时也接近了危险;大海里不仅有鱼,而且也有海豹。也许,它们的长途旅行不是以饱餐结束,而是以被享用而告终——这样,留在企鹅群中的后代就会活活饿死,它们的基因库便弹尽粮绝。因此,企鹅们在岸边等待,直到其中一位同胞由于饥饿难挨或迫不及待,终于来到冰薄之地,低头看向那富饶而凶险的大海,之后,其他企鹅就像站台上等待班车上班的人们一样,把那只鲁莽的鸟儿轻轻推进大海。嘿,试试看!这就是那些可爱的、常常被人性化的企鹅的“真实写照”。如果我们对此感到惊讶,与那个无端推下陌生人的演员相比,至少企鹅表现得更加理性——更有效,甚至更利他。

那只企鹅没有更佳选择。纵身一跃或者死亡——有时一跃而后死亡。有时，我们的更佳选择最终证明也同样只是假设：简化无法想象的，假装控制无法控制的。我母亲曾很认真地考虑过，失明和失聪她更愿意选择哪个。提前选择丧失一项机能，看来就是像用迷信的方法来排除另一项机能丧失的可能。只不过，事实上，这样的“选择”从来没有发生。母亲的中风既没有影响她的听力也没有影响她的视力——然而，她余生中再没有自己修剪过指甲了。

我哥哥希望可以像外公那样死去：在一次整理花园时，忽然因中风而倒下。（那时节种植卷心菜还为时太早：我哥哥试图发动他那辆桀骜不驯的旋耕机。）他很怕像其他家庭成员那样去世：外婆旷日持久的衰老，父亲逐渐囚禁病榻，遭耻蒙辱，母亲意识不清的自我幻想。但仍有其他许多可能性供我们选择——或者已为我们选择好；有那么多扇不同的门，尽管都标着“出口”。这样说来，死亡是一个多项选择而不是更佳选择，并且选项多得过于民主。

斯特拉文斯基说：“果戈理在尖叫中去世，戴亚基列夫[①]大笑着离世，而拉威尔[②]渐渐死去，这才是最糟糕的。”斯言诚哉。长久以来，因疯狂、恐怖、乏味荒诞而死可能更加具有残暴的艺术感（韦伯恩[③]彬彬有礼地走上门廊去点燃雪茄时被一名美国大兵射杀了），但极少有像拉威尔的死法那样残忍。

---

① 俄罗斯艺术评论家，创建俄罗斯芭蕾舞团。
② 法国作曲家和钢琴家。
③ 奥地利作曲家、指挥家。

更糟的是，在一个法国前辈作曲家死时有种奇怪的预示——就好像音乐的前回声。埃马纽埃尔·夏布里埃[①]唯一一次正歌剧的尝试——《格温多琳》——1893年在巴黎首演，一年后他便因染上三期梅毒而去世。这部作品——可能是唯一以8世纪不列颠为背景的歌剧——用了十年时间才终于搬上舞台；此时，夏布里埃的病情已进入晚期，他的头脑也已神志不清。首演时他坐在包厢里，听着那些掌声，“却根本不知道缘由”地笑着。有时他甚至忘记看到的歌剧是自己的作品，还对邻座的人小声说：“不错，这部歌剧真的很不错。”

这个故事在下一代法国作曲家中广为流传。“真恐怖，不是吗？”拉威尔常说，“看了一场《格温多琳》的演出，却不知道那是自己的作品！”我想起我的朋友多迪·史密斯，在她垂暮之年有人柔和而鼓励地问她：“嗨，多迪，你还记得自己曾经是个大名鼎鼎的剧作家吗？”闻此，她答道：“是的，我想是的。”——想当初，我父亲对母亲说“我想你是我的妻子”时用的就是这一口吻。女帽设计师可能认不出自己设计的帽子，工人认不出自己生产的减速带，作家认不出自己写的文字，画家认不出自己画的油画；此等事情确实令人心酸。但是，对于亲历其间的人而言，看到一个作曲家听不出自己的乐曲，自有一份格外的痛苦。

拉威尔是渐渐死去的——这过程用了五年时间——这是

① 法国浪漫主义作曲家。

最糟的一种死法。最初他因匹克氏病(一种脑萎缩病症)而衰弱，尽管令人忧惧，但并非具有特异性。他失去了言语能力；运动技能也出了岔子。他错握叉子的一端；他无法签自己的名字；他忘了怎么游泳。当他外出吃饭时，管家总是把他的地址别在大衣内侧以防万一。后来，他的病情恶化，似乎这种病是专门冲着拉威尔这一作曲家袭来。有一次，他去录制他的弦乐四重奏。他坐在控制室，提出种种修改建议。每录好一个乐章后，有人便问他是否想从头再听一遍，但他都一一拒绝了。因此，录制进程很快，一个下午一切就搞定了，工作人员很高兴。结束时，拉威尔转向制作人(而我们对他接下来将说什么的猜测绝不会削弱其威力)："真是太棒了。这位作曲家叫什么来着？"另有一次，他去一场自己的钢琴曲音乐会。他坐在那儿，从头至尾都兴致勃勃，但当全场为他欢呼时，他却以为人们是在赞扬他身边的意大利同事，于是也跟着鼓起掌来。

拉威尔被带去看两个顶尖的法国神经科医生。又是一个更佳选择。第一位医生认为，他的病情不宜手术，应以顺其自然为好。如果此病人不是拉威尔，第二个医生也许会同意第一位医生的见解。然而，如果有一丁点的希望——他可多活几年，而我们有更多的音乐(音乐是“消磨时间的最好方法”)……于是，第二个医生打开了拉威尔的头颅，看到损伤面广且无法恢复。十天后，头上仍包裹着医院纱布的拉威尔去世了。

* * *

大约二十年前，有人问我是否愿意为一本探讨死亡的书接受采访。我基于作家的立场拒绝了：我不希望对自己以后可能需要的东西喋喋不休。这本书出版后，我一直都没有读：也许是出于迷信的——或者是理性的——恐惧，生怕某个受采访者也许可以更好地描述我正在逐渐向前摸索的道路。不久前，我开始小心地浏览第一章，那是对某个“托马斯”的采访。还没看完一页，我就认出这个“托马斯”正是那个和我探讨死亡的朋友、自由意志的根除者G。

关于死亡的原初选择(尽管在死亡面前我们又一次别无选择)是：到底是无知还是有知？你是愿意接到死亡闹铃，还是继续安眠在无知的床榻上？这个选择看似很简单：如果深怀疑虑，就选择有知。然而，正是知情才造成伤害。正如“托马斯”/G所言：“我认为，大部分无所畏惧的人根本不知道死亡意味着什么……道德哲学的基本理论认为，一个人(于生命之花中)被骤然折断是罪大恶极；然而，对我来说，罪恶似乎在于此人明明知晓这终将发生。而如果发生了你却不知道，那就没关系。”或者，至少，这使我们更加接近那些企鹅：那个蹒跚走到水边、被无谓的同伴轻轻推进水里的企鹅可能害怕海豹，但它无法切实想象海豹的永恒结局。

G不难理解或相信，人类尽管十分复杂，但终将永远消亡。这完全是“自然挥霍”的一部分，就像蚊子的微型工程一样。“我认为，自然有些漫无目的地将馈赠的礼物撒满世界；对于人类来说，这更是同样性质的一种挥霍。这些非凡的头脑和情感，被赋予了上万上亿的人，之后又被随意丢弃，消失于永恒。我不认为人类是个特例，进化论解释了一切。这是一个很美妙的理论，想想吧，一个奇妙又启迪人心的理论，尽管它为我们指明了无情的结局。”

这才是我的好朋友！也许，死亡意识就好像一种幽默感。我们都认为，我们已有的——或没有的——幽默感正合适，对正确理解生命恰如其分。是别人才一个个跟不上步伐。我觉得，我对死亡的理解——可能在我的一些朋友看来显得有些夸张——却是很适当的。对我来说，恰恰是死亡以骇人的事实定义了生命；除非你时常意识到死，否则你不可能懂得生命的真谛；红酒会氧化，玫瑰会在发臭的水中凋零，包括盛花的花瓶最终都将永远被丢弃，当在你走向坟墓的路上，除非你明白并感受到鲜花美酒的时光是有限的，否则其中毫无愉悦和趣味可言。但我还是会这样说，不是吗？我的朋友G死得更糟，所以，在我看来，他对死亡的关注即使算不上有损健康，至少是有些过分着迷(唉，对死亡的“健康”态度——在哪能找到呢？)。

在G看来，我们对于死亡的唯一防御——或者，更确切地说，抵御无法思考其他任何东西的危险——在于“理解值得关注的短期担忧”。他还自我安慰地引用了一份研究报告，该报告称，过了六十岁，人们对死亡的恐惧会明显下降。好吧，我已先于他达到了六十岁，我可以告诉他我仍在等待那一释怀的时刻。几天前的一个晚上，我又一次遭遇了那种焦虑、惊恐的时刻，我感觉自己被强行推入清醒、孤单、无依无靠的瞬间，我用拳头捶打枕头，一个劲地哭喊着“哦，不！哦，不！哦，不！”；在一个客观的旁观者看来，那一刻——那几分钟——的恐惧完全是一位喜好自我表现者自怜自艾的表演，那表演让人震惊。那也是一场很难用语言表达的表演：有时候我自己都觉得难为情，因为自己在描述和回答时词穷句乏。我对自己说，天啊，你好歹是个作家。你是搞文字的呀。难道就不能长进点儿吗？你就不能直面对抗死亡吗——哎，你不会真正对抗死亡，但难道你就不能至少去抗辩——比现在这样干得更有趣吗？我们知道，极端的生理痛苦会使人丧失语言能力；令人沮丧的是，心理的痛苦也有此弊病。

我有一次读到，左拉也曾从睡梦中忽然惊醒，像炮弹一样从床上惊跳而起，坠入对死亡的恐惧中。在我二十几岁还没有发表作品时，他在我眼里就像自己的兄长一般——但同时也夹杂着忧虑：如果一位享誉世界的作家到了五十多岁尚且如此，那么随着时日增加，恐怕我也好不到哪儿去了。小说家伊丽莎白·简·霍华德曾对我说，她所见过被死亡纠缠最甚的三个人是她的前夫金斯利·艾米斯、菲利普·拉金和约翰·贝哲曼。几乎可以断定，这也许和作家身份有关，尤其是男性作家。艾米斯也承认——鉴于其生平，颇具滑稽意味——男人比女人更细腻敏感。

对此，我深感怀疑——无论是特指男性，还是泛指作家群体。想当初，当我“仅仅”是个读者的时候，我相信作家肯定比其他人敏感——也少些虚荣或自私，因为他们写书是为了追寻真理，因为他们描绘这世界，因为他们看穿人心，因为他们抓住了事物的普遍性和特殊性，因为他们能以自由而有框架的形式再度创造，因为他们通情达理。后来，我自己成了一名作家，开始与其他作家交往，仔细研究他们，发现他们和其他人唯一不同、唯一比其他人好一点的地方只在于他们有更好的文笔。诚然，作家们也许很敏感、透彻、睿智，善于概括列举——但只有在书桌旁和其作品里是如此。作家们一旦冒险涉足现实世界，就往往表现得好像对人类行为的所有理解都被丢在了打字稿里。不仅仅是作家，哲学家在他们的私人生活里又有多睿智呢？

“哲学家一点也不比别人聪明，”我哥哥回应道，“更糟糕的是，他们在半公共生活中远远比不上其他许多书生聪明呢。”记得有一次读了伯特兰·罗素的自传后，我顿感惊讶，惊讶的并不是对它抱有怀疑，而是信以为真。他是这样描述第一段婚姻走向尽头时的情景的:“一天下午，我出门骑单车，行至一条乡间小路时我突然意识到，我已不再爱艾里斯了。直到此刻我才领悟，我对她的爱在日渐减少啊。”对此番言语、对其含义以及表达方式唯一合乎逻辑的回应是：就别让哲学家骑单车了。或者，不妨说，就别让哲学家们结婚得了。让他们与上帝讨论真理去吧。我真心希望罗素能同意我的观点。

* * *

六十岁生日那天，我与T共进午餐，T是我的朋友中为数不多信教的人。或者，我只是想说自称有信仰的人？总之，他是个天主教徒，脖子上戴了一个十字架，床头的墙上也挂了个十字架，这令他过去的一些女朋友十分惊恐。是的，我知道，这听起来应该说有信仰更合适。T很快就要和R结婚了，不知道R有没有本事能把那个十字架从墙上取下来。既然是我的生日，我想我就可以随便提问了吧，于是我问他为什么——当然我知道他就出生在天主教的家庭——相信他的上帝和宗教。他沉思片刻，回答道："我之所以相信，是因为我愿意相信。"这听上去也许有一点像我的哥哥，于是我回敬道："如果你对我说'我之所以爱R，是因为我愿意爱她'，我大概会不为所动，估计她也是。"由于那天是我生日，T克制了把饮料泼到我头上的冲动。

一回到家，我就发现门内塞进了一个小包裹。我的第一反应是隐隐有些不悦，因为我已专门申明不收礼物，而对这位以爱送礼物出名的朋友，我已经做了再三叮嘱。包裹里是一枚领夹，装有电池，红蓝色小灯闪烁着"今天我六十岁了"。纸盒背面赫然印着下列几个字："警告：可能对心脏起搏器造成干扰。"制造商的这行小字瞬间把我的不悦化为莞尔一笑，使得这份礼物不仅可以接受，而且堪称完美。

过完生日后，其中一桩(可能)"值得关注的短期烦恼"是美国的签售活动。要进入纽约——从机场到市区——得经过一片墓地，其规模之大我前所未见。我一向有点喜欢这一仪式性的死亡象征，这大概就是我从来都没有爱上纽约的缘故吧。作为最喧闹和自恋的城市之一，它的一切喧嚣都将在此地终结；曼哈顿被一座座林立的墓碑无声嘲笑着。过去，我几乎从未留意过墓园的广漠和死亡率的计算(这份工作应该由埃德蒙·龚古尔拒绝相信的算数之神来完成)。现在，头一遭，我被某种别的东西所震撼：墓园里空无一人。这些墓地宛如现代乡村：空旷寂寥，绵延数公顷。你几乎看不到一个手执镰刀的农夫、挖沟筑篱的匠人或砌墙工，由于缺乏人类活动，农业综合经营使得过去的草地牧场和灌木树篱呈现出另一种死亡：仿佛农药也杀死了所有农场工人。同样，在皇后区这片墓地里，万籁俱寂。当然，这自有其缘由：没有人造访这些已经死去的匆忙的人们，因为代替他们的人正忙于奔波。倘若有什么地方比墓地更寥寂，那就是一处无人造访的墓地。

几天后，我乘火车赴华盛顿，在特伦顿南部又经过一片墓地。尽管同样缺乏生气，这里就没有那么阴森了：墓地沿着铁轨和山地蔓延开来，没有那种决绝、死亡和一成不变的感觉。这里，死去的人们看起来更像是被遗忘，而不是单纯的死了，也没有那样阴森得似乎不欢迎新邻居。而在那儿，在这片并非险恶地带的南端，是一个令人愉悦的美国式景象：一条标语上写着“布里斯托墓地——虚位以待”。看起来好像特意在“虚位”一词上赋予了双关语色彩：到我们这来吧，我们比其他墓地更宽敞。

虚位以待。广告，连死亡也不放过——典型的美国做派。当西欧的旧宗教日渐衰落之时，美国却还是一个基督教国家，也难怪那里的宗教信仰仍然如此昌盛。基督教教义终结了犹太教义对于是否有来生的争论，以个人的永生为中心作为神学的卖点，正适合美国乐观进取、追逐利益的社会。而在美国，各种趋势都爱走极端，如今也出现了极端基督教。老欧洲以较悠闲的方式走向最后的天堂——直到耶稣复活和最后审判，一切将依照上帝的时间，在坟墓里逐渐腐烂。美国和它的极端基督教则喜欢匆忙行事。为什么订好的产品不该快快发货呢？因此，就有了类似于“被提”这样的幻想，正直的人们还活得好好的，就会被带到天堂，在那里俯视着耶稣和反基督者在地球的战场上一决高下。那是世界末日的灾难片限制级版。

死亡之后便是复活：最终的“悲剧以喜剧收场”这个短语总是例行公事地被归功于某个好莱坞的导演，这些导演是所有俏皮话的创造者；尽管我第一次看到是在伊迪丝·华顿的自传《回顾》里。在那本书里，她把这句俏皮话用在了她的朋友兼小说家威廉·迪恩·霍威尔斯身上。华顿的《欢乐之家》改编成戏剧，首演后观众反响平平，霍威尔斯以此俏皮话给予她安慰。这句话立刻回到 1906 年，比电影导演开始编俏皮话早得多了。

当我们意识到华顿对生命的态度与美国式的乐观精神相去甚远，她作为小说家的成就就更令人惊奇——也更令人钦佩。她并不赞同有救赎。在她看来，人生就是一场悲剧——充其量也不过是惨淡的喜剧——以悲剧收尾。或者，有时，不过是以闹剧结尾的一出戏。（她的朋友亨利·詹姆斯把人生定义为“死亡前的困境”。而詹姆斯的朋友屠格涅夫认为“生命最有趣的部分是死亡”。）

生命无论是悲剧的、喜剧的，或是戏剧性的，都是原创的，这样的认识也并不能撼动华顿的想法。当我们始终迷人的生命向前推进时，我们常常忽略原创性。我的朋友 M 为了一个年轻女人抛弃了结发妻子，他常常对我抱怨：“人们总对我说他们看多了我这样的。但我感觉很新奇啊。”然而，不论过去还是现在，生活永远都在重复。如果我们隔开一段距离——比如说，从爱因斯坦想象的那一较高层级的人的视角来看，就会发现我们的人生大抵如此。

一位写自传的朋友曾提出，她想从一个稍微长远的视角来撰写我的传记。她的丈夫含讥带讽地说，这本传记一定极为简短，因为我的每一天都一模一样。“起床，”他描述道，“写书。出门，买瓶红酒。回家，做饭。喝酒。”我立刻认可这部简传。这和其他任何传记一样；和其他任何较长的传记一样真实或一样失真。福克纳曾说，作家的讣告应该是这样的：“他写作，然后去世。”

* * *

肖斯塔科维奇深知，从死亡出发或围绕死亡创造艺术“无异于用你的袖子擦鼻子”。雕塑家伊亚·斯洛尼姆给肖斯塔科维奇做了个半身雕像，结果却并不能令这位苏联艺术委员会主席满意。“我们需要的是，”苏联官员对该雕塑家（兼作曲家）说道，“一个积极乐观的肖斯塔科维奇。”肖斯塔科维奇常常喜欢引用这一逆喻。

肖斯塔科维奇不仅是沉思死亡，而且——当然，在私下里——嘲讽和鞭挞虚假期望和艺术糟粕。他最喜欢抨击的一个目标是20世纪30年代的一部流行话剧，由早被遗忘的弗谢沃洛德·维什涅夫斯基创作，最近一位俄国戏剧学者评价道：“即使以我们的文学标准衡量，这位作者绝对算得上一个极为有毒的物种。”维什涅夫斯基这部话剧发生在一艘船上，他按照当局的意愿，出色地将世界描述成他们宣扬的模样。剧中，一位年轻的女政委向一帮无政府主义船员和老派俄国军官做宣传。可是，那些人对此无动于衷，心存怀疑，甚至还袭击了她：有一位船员企图强奸她，被她一枪击毙。她的魄力、锐气和正直让船员们心悦诚服，很快他们就被打造成一支坚强有力的战斗队伍。他们与战争贩子，崇拜上帝、信奉资本主义的德国佬展开搏斗，但不知为何后来被德军俘虏，但他们奋起抗敌。在激战中，充满感召力的政委以身殉职，临死时号召水手们：“永远坚守……舰队的……崇高传统。”落幕。

激发了肖斯塔科维奇幽默感的，并不是维什涅夫斯基话剧中漫画式的服从情节，而是其标题：一出乐观的悲剧。“悲剧即是悲剧，”肖斯塔科维奇总喜欢这样说，“而乐观与它毫无关系。”

* * *

我见过两个死人，并触摸过其中一个；但我从没见过任何人死去，除非以及直至我看到自己死去。如果我们在第一次恐惧死亡时便不再探讨它，那么，我们活得愈久，就愈加不会去谈论它，死亡也不再列入议事日程，因为它不再与我们共存于同一个屋檐下。如今，我们尽量使死亡无形化，将它变为某个过程的一部分——从医生到医院到殡仪员到火葬场，在此过程中，我们既是幸存者，手捧酒杯站在一旁，又是外行，在学习如何哀悼，而专业人员和官僚告诉我们该怎么办。但就在不久前，逝者还得在家中度过病中的最后时光，在亲人环绕中停止了呼吸，由当地妇女擦洗安置好，家人为他守上一两夜，然后当地殡仪员把他移到棺材里。就像儒勒·雷纳尔，我们会徒步而行，跟在一辆摇摇晃晃的马拉灵车后面，前往墓地，在那里看着棺材缓缓下落，一只肥硕的蠕虫趾高气扬地走过墓缘。我们也许会更加关心和专注。这对他们更好(尽管我哥哥会说，我这是对死者想法的猜想)，也很可能对我们更好。按老式安排，从活着到死去——以及从死去到完全消失——这一过程更为体面堂皇。现代急切的方式无疑更真实地体现了我们如今是如何看待死亡的——这一秒你还活着，下一秒你已经死去了，真真切切地死了；既然死了，那就跳进车里，了结一切吧。（那会是谁的车呢？应该不是她想要的那一辆。）

斯特拉文斯基在拉威尔的遗体入棺前去看过。拉威尔的遗体躺在一张裹着黑布的桌子上。所有东西非黑即白：黑衣服，白手套，医院里的白纱布还缠在他头上，苍白的面孔爬满黑色的皱纹，挂着“极威严的表情”。死亡的庄严在那里结束。“我参加了他的葬礼。”斯特拉文斯基记载道，“这是一次阴郁的经历。除了礼仪，葬礼上一切均被禁止。”那是在 1937 年的巴黎。三十四年后，当斯特拉文斯基去世的时候，他的遗体从纽约空运至罗马，然后再用车运往威尼斯，到处都张贴着黑色和紫色讣告：**威尼斯城向伟大的音乐家伊戈尔·斯特拉文斯基的遗体致敬，出于无上的友谊他要求埋葬于此——他最钟爱的城市**。威尼斯圣若望及保禄大殿修道院院长按照希腊东正教的仪式主持葬礼，棺材被抬过科莱奥尼雕塑，之后被送至船上，由四位贡多拉船夫划向圣米凯莱岛上墓地。在那里，棺材被缓缓放入墓穴，修道院院长和斯特拉文斯基的遗孀将手中的泥土撒落在棺材上。伟大的福楼拜研究学者弗郎西斯·施特格米尔也在当天参加了葬礼。据他描述，送葬的队伍从教堂出发到运河，威尼斯人纷纷从窗户探出身子，那场景好像是

“卡尔帕乔的盛装游行”。远不止此呢，绝不单单只是礼仪。

除非以及直至我看到自己死去。你愿意清醒地死去，还是在昏迷中死去？（还有第三个——也是非常流行的——选择：人们哄骗你让你相信正在日渐康复）。但许愿时可要当心。罗伊·波特希望死去时是完全清醒的：“因为，你知道，否则你就会错过些什么。”他继续说：“显然，你不希望有什么极度的痛苦。但我认为你一定想要与自己相关的人在一起。”这是波特的希望，他如愿以偿。他五十五岁时提前退休，随第五任妻子把家搬到了萨塞克斯，开始了自由写作的生涯。他从租赁的园地（很难不会联想到罗素是在怎样的乡间小道上得出他对于婚姻的妙语）骑车回家，突然心脏病发作，应声倒地，就这样独自死在路边。他当时有时间观察自己怎样死去吗？他知道自己正走向死亡吗？他最后的一闪念是不是期待可以在医院醒来？他人生的最后一个早晨是在种植豌豆（也许这最接近法国卷心菜）中度过的。他当时带了一束花回家，片刻间它就成了他自己的路边礼物。

* * *

我的外公说，人生中最糟糕的情绪莫过于悔恨。我的母亲并不理解他的意思，而我不知道什么事情可以用到这句话。

死亡与悔恨 1. 弗朗索瓦·雷纳尔，不理会他的儿子带灌肠剂的建议，而是带了一把猎枪，而且还是用拐杖开的枪。“在腰上方留下一块黑色的地方，好像刚扑灭一处小火。”儒勒写道，“我不会因为不够爱他而责备自己。我是因为没能理解他而自我埋怨。”

死亡与悔恨 2. 自从我看了埃德蒙·威尔逊的日记，其中的一句话便始终萦绕在我的脑海里。威尔逊于 1972 年去世；日记中提到的事件发生于 1932 年；我在 1980 年读到它们，时值《三十年代》出版。

在他三十岁刚出头，威尔逊已结了婚，第二任妻子名叫玛格丽特·坎比。她是一个身材矮壮、面孔滑稽的上层阶级女人，有着“香槟品位”：威尔逊是她所认识的人里面第一个赚钱养家的。在他的上一本日记《二十年代》里，威尔逊称她为“我所认识的女人里最好的酒友”。那里他提到第一次有娶她的打算，也提到了他理智的踌躇：“尽管我们相处融洽，但我们并没有太多共同点。”但他们还是结婚了，进入由不忠和暂时分居开始的酒友婚姻。如果说威尔逊对坎比怀有疑虑，坎比对他则有更多芥蒂。“你是一个冷漠、可疑、麻风病人一样的人，邦尼·威尔逊。”她有一次对他说——威尔逊在他的日记里照例毫无保留地记录了这一段。

1932 年 9 月，这对结婚两年的夫妇又一次分居。玛格丽特·坎比在加利福尼亚，威尔逊在纽约。她穿着一双高跟鞋去圣巴巴拉参加一场聚会。离开时，她身子绊倒，摔下一段石头台阶，撞破头骨，就此命赴黄泉。在威尔逊的日记里，这次事件留下整整四十五页满含真诚和自我批评的悼文。威尔逊的飞机缓慢地朝西低空飞行，他开始写作，仿佛这一强迫性的文学行为有助于阻挡满溢的情感。随后的几天中，这些笔记铺展成一篇非凡的独白，满含浓情蜜意、悔恨和绝望。“蓦然回首，即使恐怖的夜晚也显得甜蜜。”他如此记录。在加利福尼亚，坎比的母亲敦促他：“你必须相信永生，邦尼，必须相信！”但他没有也无法相信：玛格丽特已离他而去，再也回不来了。

威尔逊对自己和他的假定读者毫无保留，和盘托出。他保存了坎比的每一次叱责。她有一次告诉她爱挑剔抱怨的丈夫，他的墓志铭应当这样写：“你最好去把自己安顿好。”他也赞美她：做爱时，喝酒时，哭泣时，困惑时。他记得有一次在海滩上做爱，他们竭力摆脱苍蝇的骚扰，他还崇拜她“可爱的”身体和短小的四肢。（“别这么说！”她抗议道。“听起来好像我是一只海龟。”）他还记得她那迷人的无知——“我终于明白门上方的东西是什么了——那是一颗小扁豆”——以及她的喋喋抱怨：“我总有一天会崩溃的！你为什么不帮帮我？”她指责他把她只当作一件奢侈品，好像是娇兰香水：“如果我死了，你会高兴死的，你知道你会的。”

威尔逊薄待他妻子，无论是婚前还是婚后，而且他的悲伤已被正当的愧疚所毒化，这使得这一悲悼的意识流无比强劲。威尔逊的情形发人深思，其悖论在于，那个指责他缺乏情感的人死后，他的情感才终于得以释放。我永远记得的那句话就是:“她死之后，我爱上了她。”

即使邦尼·威尔逊是一个冷漠、可疑、麻风病人一样的人，都不再重要了。即使他们的关系是一个错误、他们的婚姻是一场灾难，也都没有关系了。唯一重要的是威尔逊说的是事实，真实的悔恨之声就在这句话里回荡:“她死之后，我爱上了她。”

* * *

我们也许永远选择知识而抛却无知；我们也许希望意识到自己在死去；我们也许希望有一个最佳方案，可以头脑冷静地观察自己在逐渐衰弱，也许一根伏尔泰式的手指搭在渐渐微弱的脉搏上。我们也许可以得到这一切，但即使这样，我们还得考虑到阿瑟·库斯勒的情形。在《对话死亡》中，他记录了西班牙内战时自己在马拉加和塞维利亚的弗朗哥监狱里的经历。必须承认，当面对政治对手施行的即时处决时，年轻人和上了年纪的男女反应是不同的，后者已过完大半生，向往较为宁静的消亡。但库斯勒观察了许多行将死去的人——包括他自己，他确信——因而得出以下结论。第一，无论是谁，即便已身陷死牢，在听到朋友和同志被枪决的声音时，他也无法真正相信自己即将死去；的确，库斯勒认为这一事实可用准数学的方式表达为——“一个人对死亡的怀疑随着其临近而成正比增加。”第二，当一个人面对死亡时，他的头脑会被各种哄骗所麻痹：头脑会制造“仁慈的麻醉剂或者狂喜的兴奋剂”来欺骗我们。具体来说，库斯勒认为，头脑可以让意识分裂成两部分，一部分在感知这些麻痹的时候，另一部分可以冷静地进行剖析。这样，“意识便可确保我们根本体会不到它的彻底湮没”。在这之前二十年，弗洛伊德在《对目前战争和死亡的看法》中写道：“的确难以想象我们自己的死亡；每当我们试图这样做的时候，我们便意识到自己实际上仍像旁观者一样存在着。”

无论临终时头脑多么理智和清醒，库斯勒还是怀疑自我观察的真实性。“我认为，自从创世以来，没有一个人曾有意识地死去。当苏格拉底坐在他的学生中间，伸手去拿盛着毒药的杯子的时候，他肯定至少隐隐相信自己是在炫耀……当然，他知道，从理论上说喝光杯中毒药是会致命的；但他肯定觉得，整个事情与他那些充满激情、毫无幽默感的学生所想的完全不同；他肯定自以为总有某个聪明伎俩可以让他逃过一劫，可这其中的真谛只有他自己知道了。”

库斯勒在《对话死亡》中以一个情景结尾，这场景充满戏剧效果、干净利落而且难以置信，不可能是库斯勒捏造出来的。为了交换一位弗朗哥王牌飞行员的妻子，库斯勒从监狱中被释放出来，该飞行员的任务是驾机将库斯勒送往约定地点。当他们的飞机在一片广阔的白色高原上盘旋时，身穿黑色衬衣的飞行员将手从操纵杆上放了下来，与他的政敌大声讨论起生命与死亡、左倾和右翼、勇敢和怯懦。“在我们出生前，”作家对飞行员吼道，“我们都是死的。”飞行员深表赞同，问道:“那么为什么人会害怕死亡呢？”“我从不害怕死亡，”库斯勒回答，“只害怕死亡的过程。”“我和你恰恰相反。”身着黑色衬衣的飞行员大声回敬道。

只不过，他们当时大概是用西班牙语大声交谈的吧。害怕死亡或是害怕死亡的过程，你更愿意选择哪个？你是赞同作家还是飞行员？几乎所有人都惧怕其一，而不怕另一个；就好像我们的头脑没有足够空间同时容纳两者。如果你怕死亡，那么你就不怕死亡的过程；如果你怕死亡的过程，那么你就不怕死亡。但并没有符合逻辑的理由解释，为什么人非得排除另一选项；没有理由解释为什么头脑经过一些训练后不能容纳两者。只要我不是真正的死去，我并不介意死亡的过程，那么我完全可以开始罗列一下我对死亡过程的恐惧有可能是些什么。我害怕像我父亲一样，坐在病床旁边的椅子里格外愤怒地苛责我——“你说你*昨天*会来”——后来他才从我尴尬的表情上推断出其实是他自己搞错了。我害怕像我母亲一样，想象自己还可以打网球。我害怕像一位朋友那样，渴望死亡，不厌其烦地说起自己千方百计搞到和服下足以自杀的药片，而现在却无比担心他的行为可能令某个护士身陷麻烦。我害怕变成某个相识的作家，他天生谦恭有礼，年老后却对妻子滔滔不绝地描述他的极端性幻想，仿佛他一直以来就暗暗地想要跟她做那些事。我害怕像耄耋老人萨默塞特·毛姆一样，在沙发后面把裤子一脱，将大便拉在地毯上(尽管这样的时刻也许会让我开心地回想起自己的童年)。我害怕变成某个年长的朋友，他既温文尔雅又审慎拘谨，每当养老院护士当着探望他的人说要换尿布的时候，他的眼里便流露出动物般的惊慌。想到某天我听不懂别人的暗示、想不起共同的回忆或某张熟悉的面孔，我害怕那时自己紧张的假笑，我可能会开始怀疑许多本以为知道的事物，而最终怀疑一切。我害怕导管、座椅电梯、衰败的身体和不中用的头脑。我害怕夏布里埃或是拉威尔的命运在我身上重演，不知道自己是谁，不知道自己做过什么。也许，当斯特拉文斯基在衰老垂暮之时，从房间里大声呼唤妻子或者某个家庭成员，他想到了夏布里埃和拉威尔的结局。“你要什么？”他们问他。“想确认一下我还活着。”他如是回答。这时，家人也许会跟他握一下手，送他一个吻，或播放他最爱的唱片，以确认他的存在。

阿瑟·库斯勒在年老时，十分得意于自己构想出的一个难题:“对一个作家来说，是在死前已被遗忘比较好，还是死后被遗忘比较好？”(儒勒·雷纳尔知道自己的答案:“胡萝卜须和我一起生活，我希望自己先他而死。”)但这道选择题非常宽泛，可以有第三种选项：作家在死前可能已经彻底忘记了自己曾是个作家。

当有人问起多迪·史密斯是否记得自己曾是一个有名的剧作家时，她回答:“是的，我想是的，”她回答时的神情——皱着眉头，专注有加，道义上明白她得说真话——像我这些年来看她回答无数个问题时一模一样。换句话说，至少她依然率性而为。这不变超越了对于智力和体力日益衰退的恐惧，是我们所希望和为自己所坚持的东西。我们希望人们说："他直到最后还是他，你知道，即使他已不能开口说话，已失明失聪。"虽然科学和自知之明使我们怀疑自己个性的组成，但我们仍旧希望保持自己的性格，即使我们只是自欺欺人地认为那性格是独属于自己的。

记忆即身份。自从——哦，自从我能记事起，我就抱有这样的信念。你做的一切造就了你；你做的一切储存于你的记忆中；你的记忆决定了你是谁；即使你还活着，忘记了过去的你便不再是你。我曾用数年时间试图挽救一位因长期酗酒而潦倒的朋友，但以失败而告终。我眼睁睁地看着她先是失去短期记忆，然后失去长期记忆，最后失去所有记忆。这个骇人的实例验证了劳伦斯·达雷尔在某一首诗歌中所谓的"缓慢的心灵蒙羞"：心灵堕落。而因了这一堕落——具体和空泛的记忆均已丧失，被荒谬的虚构臆造所填补，而心灵释然了，欺骗的只有她自己——那些了解她、爱她的人也无不堕落。我们试图记住与她有关的一切——因此，显然的，是为了记住她——我们告诉自己"她"还在，尽管乌云笼罩但有时还会突然看到真真切切的她。然而，为了试图说服我自己和他人，我想断然重申："她在骨子里还是她自己。"后来，我才意识到，我一直在自欺欺人，那"骨子"和可见的表面正在——已经——以同样的速度被摧毁了。她走了，到了一个只能说服她自己的世界——只是，从她的恐慌中可以看出，她这种自欺欺人也只是偶尔为之。身份即记忆，我告诉自己；记忆即身份。

* * *

率性而死：一个富有启发性的例子。尤金·欧凯利五十三岁，是一家顶尖的美国会计公司的董事长兼首席执行官。据他自己描述，他书写了典型的成功故事：有着“A型”性格，手下有两万名员工，每天的工作时间表排得满满当当，从来都不能好好陪自己的孩子，有一位贤妻，他称她为“我的私人夏尔巴”。下文描述了欧凯利所谓的“我典型的日程”：

> 我与几位客户见了面，这是我最喜欢做的事。我和核心团队里的至少一位成员晤面。我与纽约以及全国的合伙人通话，看看我能怎样帮上他们。我着力解决棘手事务。有时我会和竞争对手讨论如何携手达成共同的专业目标。我得完成电子日历上列载的许多事情。我至少要推进三年前被公司搭档推选为领导时曾立志要改善的三大领域之一：扩展业务……提升质量和降低风险；对我来说至关重要，也关乎公司长期健康的是，使我们的公司拥有更好的工作环境，一个确确实实十分理想的工作环境，一个可以让我们的员工生活得更加平衡和谐的地方。

2005年春天，欧凯利成了五十位获邀参加布什总统白宫商业圆桌会议的CEO之一。“有谁拥有比我更走运的工作吗？”

但就在那时，欧凯利好运已尽。他以为自己在超负荷工作之后只是暂时疲劳而已，谁料到脸部肌肉竟微微下垂，后来怀疑患了面瘫，然后——突然不可逆转地——被诊断为已无法手术的脑癌。这个棘手的问题可解决不了啊。连开价最高的医生都无法逆转这一突如其来的残酷现实：只剩三个月，一天都不会再长了。

欧凯利对这个消息的反应完全符合他一直以来的目标导向型及终极企业竞争型人格。“就像一位成功的执行官要尽可能地有战略、有准备地在方方面面都取得‘胜利’一样，我现在要尽可能有条不紊地度过这最后的一百天。”他打算把“CEO的技能”应用到目前的困境中。他明白他必须“尽快制定新的目标”。他努力“勾画作为一个个体的我该如何尽快重新给自己定位以适应人生新处境”。他起草了“人生最后且最重要的心愿单”。

要务，方法，目标。他把生意和财务安排得井井有条。他决定开创“完美时刻”和“完美日子”以“舒缓”人际关系。他要开始“过渡到下一个状态”。他筹划起自己的葬礼。他像以前一样要强，想把自己的死亡办成“最好的死亡”；在完成了他的心愿单之后，他终于说：“现在，我要‘圆满’而死了。”

对于那些认为任何“百天计划”会不可避免地导致滑铁卢的人来说，“圆满而死”这一想法也许似乎有点荒诞，甚至可笑。但每个人的死对于别人来说都是可笑的。（你知道欧凯利在知道自己只剩下三个月生命后马上做了什么吗？他写了一篇*短篇小说*！好像这世界的短篇小说还不够多似的……）接着，在势必被称为鬼魂的帮助下，他完成了那本你在面对终结日时决定要写的书——那本关于死亡的书。

欧凯利把需要告别的朋友列了出来并分好类。在他还没触及最内层的朋友圈之时，他已经在本子上惊人地列出了一千个名字。但以他从前交易的速度，他在三周内完成了这项工作：有时留一张纸条或打一个电话，偶尔和朋友们见个面，也许就会留下“完美时刻”。当要和亲密的朋友告别时，总会不时有些人为阻力。有一两位朋友一旦勾起共同的记忆，就不想被单单的一场告别、一次园中漫步所搪塞哄骗。但就像一个名副其实的总裁，欧凯利没理会这些有些黏人的多愁善感者。他果断地说：“我想就这样吧。我这么做都是为了我们可以解脱。况且我们度过了完美的时光，就接受这一切并往前看吧。再也不要安排另一次见面了。从来都没有人能够让完美时刻更加完美。”

是的，如果是我，我觉得我不会像他这样表述。可是，我又怀疑我有没有见过像欧凯利这样的人。在他计划好的与他十几岁的女儿的告别中，需要去布拉格、罗马和威尼斯。“我们会坐私人飞机去，那样我们就需要在很北面的某地加油，吉娜就有机会见到因纽特人并和他们交易了。”这样，与其说他是率性而死，倒不如说他是在以漫画般的夸张而死。你和你的女儿告别了，可是你还要在她心里种下和因纽特人交易的种子？那你告诉因纽特人在这种情况下他们有什么特别的作用了吗？

这种时刻有人可能会嘲讽甚至难以置信。可是欧凯利是确确实实要离开人世了，就如他确确实实在这世上活过一样，我们都应如他那般走运。而他有没有撒个小谎就另当别论了。这位总裁之前并没有和上帝有过太多交集，因为他的时间安排实在是太紧了，但在紧急情况时，他确实利用了上帝这个救世主的。几年前，他的女儿，这个未来的因纽特贸易者被诊断出患了少年关节炎。他回忆起“那年我常常到教堂里去”。现在，他自己快要走到人生尽头了，于是又常常对着上天说话。他殷殷祈祷，学会了冥想。他感觉得到了“另一个世界”的支持，还说“这个世界和那个世界之间并没有痛苦”。他的妻子解释说：“如果你征服了恐惧，你就战胜了死亡”——不过，当然，你并不因此避免死亡。用欧凯利的私人夏尔巴的话来形容，他是在“平静接受和真诚希望中”逝去的。

精神分析学家说，那些最坚持自己个性的人面对死亡时最艰难。鉴于欧凯利的 A 型人格、他的年龄以及时日无多，他的表现就格外令人赞叹。或许，上帝并不介意只有在紧急情况下才被召唤吧。对旁观者来说，似乎所有明智的神祇都会被这种时断时续、自私自利的关注所冒犯。然而，上帝也许有着不同的看法呢。也许他并不想以一个平常又碍事的形象出现在我们的生命中。也许他很喜欢做一位救险专家，充当一家保险公司，担任守门员身后的外场员。

欧凯利并不想在他的葬礼上播放管风琴曲；他明确要用长笛和竖琴。我为母亲安排了莫扎特的音乐；她为父亲安排了巴赫的音乐。我们花时间想举行葬礼时的音乐，却很少想我们死时用什么音乐陪伴自己。我想起了我的一位朋友特伦斯·卡尔马丁[①]，他是一位文学编辑，是我写作初期的鼓励者。他太虚弱了，没有办法爬上楼梯，只能躺在楼下的一张床上，听着大音量的便携式收音机里播放贝多芬晚期的弦乐四重奏。弥留之际的教皇和君主可以召集自己的唱诗班和乐团来帮助他们体验即将来临的荣耀。而现代技术已经让我们每一个人都成了教皇和君主；虽然你也许拒绝去基督天堂，但在你的肉体衰颓之时，你可以让巴赫的《圣母颂歌》、莫扎特的《安魂曲》或佩尔戈莱西的《圣母悼歌》点亮你的心房。西德尼·史密斯把天堂想象成一个在小号声中吃鹅肝的地方，而我一向觉得这十分刺耳而不和谐。不过，手臂上插了个冒泡的管子时，你尽可以让古诺[②]那激动人心的铜管乐——《圣西西里弥撒》——在你耳畔轰隆作响。

我觉得，倘若我在一个较为体面的时候死去，我宁要音乐而不要书籍陪伴。其时，会有足够的空间——我是说头脑

① 爱尔兰翻译家，曾任《观察家》的文学编辑。
② 法国作曲家。

空间——来进行平淡枯燥的小说创作吗？需要考虑：情节、人物、场景……不会有的，我想我需要的是音乐，那种注入血脉、直入心房的音乐。这“消磨时光最好的方式”[1]也许能帮助我们度过死亡的开始。于我而言，音乐也是乐观主义的表现。当我从书报上看到以赛亚·伯林在晚年时提前几个月订音乐会的门票(我常常在节日音乐厅的包厢里见到他)，我马上就深有同感了。得到门票，从某种意义上来说，保证了你会听到这场音乐会。那么在音乐会的余音消逝之前，这张门票就像延长了你的生命直到那时一样。可是，戏剧是没有这种效果的。

然而，这大多要取决于你还能率性而为。当我第一次想到我的最佳死亡场景(还剩若干个月，够我写个200—250页)时，我想当然地认为自己的性格会一直不变。我以为我会一直保持自己的本色，本能地坚持做一个作家，即使我在渐渐离这世界而去，还会热衷于描写和界定它。可是，性格在其最后阶段可能会经受突兀的颠簸、夸大和扭曲。布鲁斯·查特文[2]的一个朋友在看到他买午餐时才意识到他已经病入膏肓了，因为他平时甚少买午餐。在思想即将终结的时候，谁能预测它会做出怎样的反应？

① 引自英国诗人W.H.奥登。
② 英国作家。

* * *

蒙田并没有像他自己梦想的那样在种卷心菜的时候死去。死神带走这位怀疑者、享乐者、宽容的自然神论者、有无尽好奇心和博学的作家时，众人正在他的卧室里做弥撒：恰恰在(或者是据说)主人仙升之时。这是天主教的死亡楷模——尽管如此，他们把蒙田的作品列入禁书之列达百年之久。

二十年前，我去过他家，或者说是他的写作天堂，就在波尔多城外。一楼是行礼的地方，卧室在二楼，书房在顶层。四个世纪以来，就像哲学家想的那样，这里的故事和陈设都无法核实。一把有可能是蒙田坐过的破椅子，如果不是这个，也可能是某个类似的家具。根据旅游指南上含糊的法语描述，“没有什么可禁止我们猜想，这卧室可能就是他去世的地方”。书房的横梁上仍用油漆写着希腊和拉丁语警句，不过已被翻新过很多次；但蒙田那藏书上千的天地，却被拆分得零零散散，连架子都被移走了，仅存几片D字形状的金属，也许是从前用来固定架子的。这显得颇有哲学意味。

卧室外面有个小平台，蒙田临死时也许一直盯着那位飞升的主人(不过没有什么可禁止我们猜想，他是在想他的卷心菜)。从那里，这位哲学家不必打断自己的思绪就可想见楼下礼拜堂里做弥撒的情景。一条又窄又曲折的通道有七级楼梯，在那里可以很好地看到牧师，也能听到他讲话。在导游和其他旅客往前走后，我心中油然而生的敬意驱使我站到了平台上，接着开始往假梯下爬。走了两步，我打滑了，赶快扶住了旁边的墙，免得从这石漏斗中滑到下面的礼堂里。夹在那紧闭的空间里，我想到了一个有关幽闭恐惧症的梦——梦中，你在地下迷路了，被困在一条细长的管子里，周围越来越黑，心里越来越慌张和恐惧。这个梦，即使没有醒来，你也知道一定是与死密切相关的。

我一向对梦境深抱疑虑；或者说，对它们不愿投入太多兴致。我认识一对夫妇，他们彼此深爱着对方。他们每天醒来做的第一件事就是丈夫听妻子说她头天晚上做的梦。直到七十多岁，他们依然坚定不移地保持着这个习惯。我倒喜欢——甚或珍视——我妻子极其简明的说梦方式。她醒过来，开始讲，像警句般扼要——“有点枯燥”——或是一针见血地洗练，如“很令人迷惑”，或“多亏是梦”。有时她会夹叙夹议：“印度人一样的梦，就像一部又臭又长的小说。”然后，她又进入梦乡，把刚才说的话忘了个一干二净。

似乎这样才是对梦的正确态度。当我刚开始写小说的时候，我给自己定下了两条规矩：无关梦境，无关天气。作为读者，我已经不能忍受这“精彩绝伦”的气象学了——乌云、彩虹、远雷，正如对“精彩绝伦”的梦、预兆、天降祸福等感到无聊一样。我甚至想把我的第一本小说命名为《无关天气》呢。但那本书写了很久，弄到最后，书名也就显得挺造作的了。

我所做的与死相关的梦跟你料想的频率差不多：有些以葬礼为中心，关涉地下洞穴和渐渐狭窄的隧道；其他的则更像活生生的战地电影场景——被人追逐和包围，寡不敌众，缺枪少炮，发现自己弹尽粮绝，被挟为人质，蒙冤遭死刑，获悉剩余时间比我原先想象的要少。尽是平常的玩意儿。几年前，当梦的主题终于有了变化时，我如释重负：在那梦中，我正在某个宽容自杀者的国家的一家自杀旅舍里登记入住。我填了表格，我的妻子也同意——要么和我一起自杀，要么更像以往一样来陪伴和帮助我。然而，等我到了那儿，我发现那里的环境太让人沮丧了——廉价的家具，一张破破烂烂被很多人用过的床，百无聊赖的工作人员例行公事一般地接待你。我意识到自己做了个错误的决定。我并不想退房(也不想入住)。我犯错了，生活还是充满了乐趣和小小的希望的。但就算我这么想，我还是很清楚从我签名那一刻起，自杀的过程就启动了，我已无法退出，而且，是的，几个小时甚至是几分钟内我就会死掉，现在绝对是逃也逃不掉了，没有任何库斯勒式的“聪明伎俩”可以助我出去了。

虽说谈不上为这一新梦引以为豪，但由于我的潜意识还在更新，还在与时俱进，我对自己至少还算满意。但我读了诗人 D. J. 恩赖特的最后一部作品《受伤时光》时我却没那么高兴了，因为他也做了非常类似的梦。他登记入住的旅舍听上去比我的要好一些，可是，某些事情不可避免地出了差错，此乃忧郁之人梦境中的典型情景。在他的故事中，那家自杀旅舍的毒气已用完了。于是，新的计划是，恩赖特和他的妻子将由货车转移到当地邮局，他害怕——害怕得也不无道理——那里的设备不够人性化，也不太有效率。

回头想想，当时我并不怎么介意做梦的同步性(想拥有梦的所有权是一种奇怪的虚荣心)。令我比较沮丧的是，在恩赖特的书里的某个地方，看到这样一句引语："如果死的过程不以死亡为终点，我真的不该对死反感。"但我觉得这是我先说的呀——我已说了好多年了，而且还写进了书里。看，就在我的第一本小说，那本并不叫《无关天气》的小说中："我一点也不在乎死去，只要这个过程的结束不是我生命的结束。"(重读一遍这句话，我想重复用了两次"结束"这个词是不是很好。不过，就算有人诘问我，我大可据理力争，说这是我刻意在强调"终结"。而当初到底是不是这么想的，我已不记得了。)那么，恩赖特引用的是谁的话呢？一个叫托马斯·内格尔[①]的人，出自一本叫《凡人问题》的书里。我在谷歌上搜索了一下他：他是纽约大学的哲学和法学教授。他的书出版于 1979 年，而我的书 1980 年问世。真该死。我可以反驳说我八九年前就开始写这本书了，但这样说就好像是在自杀旅馆里的梦中抗议一样不可信。毋庸置疑的是，会有人比我们两个先想到那一点。或许是我哥哥非常熟悉的某一位古希腊哲人。

---

① 美国哲学家。

你或许已注意到——甚至颇为同情——我在写到“可这是*我*先说的呀”这句话时的激动。*我*，这个急切、断然、斜体的我。这个我紧紧依附着的*我*，这个我必须与之告别的*我*。然而，这个*我*，甚至是在它平常未作斜体的时候，也不是我所认为的我。在我向学校牧师保证我是个快乐的无神论者时，有一句话很流行：人格的完整。这是我们，我们这些初经人生的新手们，所深信不疑的，不是吗？孩子有一天也会成为别人的父母；渐渐地不可避免地，我们会变成我们自己，而这些自我会有轮廓、清晰度、可辨识度和完整性。通过生活，我们会构建起独一无二的人格，一个我们希望死去时会具备的人格。

但是，看透了我们大脑秘密的脑电波检测仪，能把我们的思想和情感用彩色表现出来，能记录下我们思想与情感的波动，它告诉我们，家里没有人。机器里没有鬼魂。就如一位神经学家说的那样，大脑不过是“一块肉”（并不是我所说的肉——不过我对杂肉腐肉什么的并不在行）。我，甚至*我*并不产生思想；是思想产生我。脑电波检测仪再怎么仔细观察，也只能说“大脑里并没有什么‘自我’”。因此，认为我们具有一以贯之的自我或自己或我或*我*——更不要说是可定位的我——这不过是我们抱持的又一个幻觉而已。自我论——我们长久以来自然地赖以生存的理论——被捆束理论取代更好。我们是大脑潜艇的艇长，我们是人生事件的组织者和负责人，这一想法必须得让位了：我们不过是由某些随意串联在一起的大脑事件序列罢了。不妨用一句终极且令人沮丧的(或文绉绉的)话来说吧：那个我们如此喜欢的“我”实际上只存在于语法中而已。

在牛津大学，那个老派的“我”在放弃了现代语言之后，修了一两个学期的哲学，末了被告知我的大脑不够发达，不适合研习哲学。每周我学习某位哲学家的世界观，而下周则研习为何这些世界观是错误的。这至少是我的表面感受，于是我想直奔主题：那么，到底什么才是正确的呢？然而，哲学似乎关乎事物的哲理化，而并非我预先所想的那样：告诉我们世界是由什么组成的，怎么能够在这个世界里活得更好。毋庸置疑，这些都是很天真的期望。道德哲学完全没有即时的应用性，它在争论“善”和“黄”是否相似时，我本不该感到大失所望。故而，毫无疑问地，我明智地将哲学留给了我哥哥去研究，我自己则重回了文学之路，概因文学一如既往地向我们精妙诠释世界是由什么构成的。它还可以精辟地告诉我们怎样才能在这世界上活得精彩，尽管表面上它并非如此。

老师教了我许多正确性只能持续一周的世界观，其中之一便来自伯克利。他认为，由“房屋、山脉、河流等一切可感知物体”构成的世界全然是一个意念和感觉体验的世界。我们喜欢称之为真实世界，那个可感可触、在时间上线性存在的世界，其实不过是个人影像而已——如早期的电影——在脑海里回放。按逻辑推理，这样的世界观是无以反驳的。后来，我记得我欣喜地听到文学对哲学的回应：约翰逊博士踢到一块石头，大喊道："我就这样加以反驳！"你踢到一块石头，你感觉到它的坚硬、它的顽固、它的实在。你的脚痛了，这就是明证嘛。伯克利这个理论家就这样被我们引以为豪的英国常识给解决了。

我们现在都知道了约翰逊博士所踢到的那块石头根本不是实心的。大多数固体都有很多空隙。地球本身就不是实心的。实心的意思是不可渗透的：有很多细小的微粒，叫作中微子，它们完全可以从一头穿到另一头。中微子可以穿过——毫不费力地穿过了——约翰逊博士所踢的那块石头；哪怕是钻石（我们心目中坚硬性和不可穿透性的象征）其实也是易碎且洞孔连连的。然而，由于人类并非中微子，我们企图穿过石头显然是毫无意义的，所以我们的大脑告诉我们石头是固体。为我们自己着想，用我们自己的话来说，它是实心的。但这并非真理，只是我们所知道的一条有用的知识而已。常识使虚假但实用的现象更有用。常识告诉我们，我们是拥有（通常是整合性）人格的个体，我们周围的人也是。大概还要过很久才会把我们的父母视为一捆捆缺乏任何"自我性"的基因材料，而非我们将人生转化为一个个叙事中的人物，这些戏剧或喜剧人物（或残酷或无趣）充满了自我性。

* * *

我父亲在五十出头时被确诊罹患霍奇金淋巴瘤。他没有问医生自己的病况，也就没人告诉他。二十年来，他接受治疗、复诊，以及渐渐减少的定期检查，始终没有开口问自己的病情。我母亲倒是在父亲治疗最初的时候问过，所以她知道他患了什么病，但我无从得知她是否知道霍奇金淋巴瘤在那时可是绝症。我知道爸生病了，但想到他天性机敏，又不会多愁善感或者自怜自艾，也就没有太过担心，或是把病情想得多么严重。我想母亲曾告诉过我他的病情——并让我发誓要保密——大约是在我通过驾照考试的时候。父亲并没有因病去世，这出乎每个人的意料。他一直教书到退休，之后和母亲从伦敦外郊，搬到牛津郡一个声名赫赫的小区，直至去世。在那期间都是母亲开车载父亲去牛津体检，几年以后他的主治医生换了，新的医生翻着父亲的病历说，父亲那么聪明，又大难不死，一定是清楚自己的病情的。体检回家的路上，父亲淡定地对母亲说："显然这个什么霍奇金还是有点危险的哦。"母亲听到二十年来她在婚姻中拼命隐瞒的这三个字从父亲口中说出，惊得差点没把车开到沟里去。

父亲渐老，很少提及自己的健康问题，除非有些令人啼笑皆非的事情不得不提：比如说，他服用的华法林阻凝剂也被用作毒鼠强。母亲对于自己的健康问题就比较直言不讳，从来不否认自己瘫痪的胳膊"毫无用处"，虽然她最喜欢谈论的话题本来就是她自己，谈谈健康问题不过是多了个话题罢了。我觉得父亲似乎认为他的生活和工作没多大意思——对别人来说如此，或许对他自己来说甚至也是一样。以前很长一段时间我都认为，不过问自己的病情是胆怯和缺少人类应有的好奇心的表现，而现在我明白，当初不过问自己的病情——或许，这历来如此——乃是实用之计。

我一刻也不会把我父母看作徒有躯体而没有自我的一捆基因材料；有益的——从实用的角度来说即正确的——办法，就是用简单的常识去看待他们。但是，捆束论提供了另一种应对死亡的策略。与其准备哀叹那一老套的、经由人生构建的自我（这一自我即使不可爱，但至少对其拥有者不可或缺），不如考虑一下这一论点：如果我想象和感觉中的这个*我*其实并不存在，那么我，或者*我*，为什么在还活着的时候就提前哀悼它呢？这就像一种幻象在哀叹另一种幻象，一捆偶然的包裹毫无必要地对拆包感到心烦意乱一样。这样的论辩会有说服力吗？它最终能像中微子穿越岩石那样穿越死亡吗？我十分纳闷；这还要让时间来证明吧。不过我立刻想到了一个可以驳倒这一论证的反例："人们都告诉我那是陈词滥调，但我个人并不这么认为。"心物理论家或许会告诉我，虽然我的死并非完全是幻想，但至少失去了某些比我所假装和欲求的更不成熟、更少个性特征的东西。但即便这样，我还是怀疑*我*的临终所感是否真的如他所言。伯克利是怎么死的？理论安抚人们说，死亡不过是私人的种种臆想而已，但伯克利的死充满了宗教慰藉。

* * *

哥哥说，假如我当时锲而不舍地研习哲学，现在也许就知道捆束论“是一个叫大卫·休谟的人首创的”；进而知道“任何亚里士多德学派的人”都会说躯体中没有自我，机器中没有藏着鬼魂，“而且也没有机器”。不过，我也知道他所不知的东西：比如说父亲得了霍奇金病。我万万没有想到，我哥哥居然不知道，或至少不记得这事情了。“我告诉自己说(某种程度上是一种警示)他在七十还是七十二岁之前身体都健康得很，精神也很充沛，在江湖骗子盯上他后，他的健康状况才一落千丈。”

根据这个不同的版本——更确切地说，是完全新颖的再创作——遍游四海的亚里士多德学派的人与土生土长的克勒兹农民携手联袂。法国农村最古老的怪诞故事之一讲的是，有一天，一个身体特好的人从山上下来，误入一家医生诊所。不出几周——有的说是不出几天，甚至几小时，这就由讲故事的人定了——那个倒霉鬼只好进了坟墓。

哥哥在从英格兰搬去法国前到医院洗了耳。护士要给他量血压，他婉言拒绝了。护士说量血压是免费的，而他回答说，不管免费不免费，关键是他不想量。那个护士显然不了解眼前的这个病人的行事风格，她解释道，在他这个年龄是很容易得高血压的。我哥哥模仿一个广播里搞笑的声音说：“我才不想知道这个呢。”那个广播年代久远，当时，那位护士还没降世呢。

“我可不想知道，”他告诉我说，“如果我的血压正常，做那个检查就是白费时间；而如果血压不正常，我也不会采取什么措施(不会吃降压药，不会改变饮食)，反倒只会不时担心和焦虑。”我确信地回答他，“真不愧是哲学家”，他真应该考虑用帕斯卡利博弈来分析一下，就会得出三种可能的结果：1）你什么事儿都没有(好)。2）你的身体有点小毛病，但可以治好(好)。3）你的身体有问题，而且很遗憾，伙计，我们不能治(糟糕)。但是，我哥哥并不赞同这样乐观地解读这种种可能。“不对，不对。‘你的身体有点小毛病，但可以治好’＝糟糕(我才不想治呢)。而且，比起你知道自己身体有问题但是不愿治疗，‘有问题而且治不好’要糟糕得多。”正如我的朋友G所说，“真邪门儿了，这家伙(我哥哥)像知道会发生什么一样”。在佯装无知这一点上，我哥哥比我更像我们的父亲。

有一次，我在跟一个法国外交官聊天时极力向他解释我哥哥是怎样的人。没错，我说，他是哲学教授，在牛津一直教到五十岁，但现在住在法国中部，在日内瓦教书。“关键是，”我继续说，“他胸怀大志——一种哲学志向，你可以说——住在无地之地。他是无政府主义者，不是狭义的政治上的那种，而是在更为宽泛的哲学方面。所以，他住在法国，在海峡群岛[①]开设银行账户，在瑞士教书。他想住在无地

① 即诺曼底群岛，在英吉利海峡中，与法国相近。

之地。”“那他在法国住哪儿呢？”那个外交官问。我回答说：“克勒兹。”他发出几声巴黎式大笑，说：“这么说他已经实现他的志向了！克勒兹！无地之地！”

你现在该清楚我哥哥是怎样的人了吧？你还需要更多的事实和数据吗？他比我大三岁，已经结婚四十年了，育有两个女儿。他大女儿说的第一句完整的话是“伯特兰·罗素是一个蠢老头”。他告诉我他住在一个贵族的乡村住宅（我误以为是教师公寓：法语里房型的动词变位和旧时称呼水性杨花的女人一样复杂。）。他有六亩地，围场里养了六头美洲驼：在克勒兹应该是绝无仅有的。他的哲学研究领域是亚里士多德和前苏格拉底信徒。他曾告诉我，几十年以前他就“不再尴尬了”——这让我写到他时没什么顾虑了。哦，对了，他还喜欢穿一种18世纪的服饰，是他的小女儿为他量身打造的：马裤、长袜、鞋子的下半部分有金属扣；锦缎马甲，短袜，长发上端系了一个蝴蝶结。或许我应该早点说这些。

他收集大英帝国，我则收集世界其他各地；他喝牛奶长大，而我是母乳喂养——从中我得出了我们俩性格的迥异之处：他理性，我感性。中学时，我们家在米德尔赛克斯的北林区，而学校在伦敦中心。我们每天早上上学得坐一个小时一刻钟的地铁，倒三趟线，傍晚放学再原路返回。就这样跑来跑去四年（1957—1961），哥哥却从来不和我坐同一节车厢，甚至也不搭同一列车。开始我以为所有兄弟之间都是这样怪怪的，可后来觉得我和他之间不仅如此。

我讲这些有用吗？小说和生活毕竟是不同的。就小说而言，作家要为我们花大气力。有才的小说家所塑造的人物形象更容易“辨清”，这样就给我们省了大力气——如果读者也很有才的话。作者把小说人物安在特定的位置上，移来移去，推向舞台灯光来表现人物的意义和深度；具有讽刺意味的是，适用于夜景拍摄的红外线摄像仪记录着他们的一举一动，而他们并不知道别人在暗中观察自己。然而，生活与小说截然不同。你越了解一个人，就越难看清他(因此，也更难把他写进小说)。由于关系亲近，你都不会刻意去注意他的存在。这种模糊微妙的关系，小说家是不愿剖析、界定个一清二楚的。我们在谈论熟人的时候，往往聊起第一次见面的场景，那时他们恰恰处于最关键——最闪耀——的舞台灯光下。这或许有助于解释为何某些夫妇能够维持着旁人无法理解的关系。一些常见的因素——金钱、性、社会地位、害怕被抛弃——无疑是他们的关系得以维持的原因；然而，或许是这对夫妇只是忽略了对方而已，依然在以过时的眼光和方式行事。

记者们在撰写某个我所认识的人时偶尔会打电话给我。他们首先想要的是人物素描，其次是某些作为例证的奇闻逸事。“你认识他/她——那么他/她究竟是怎样的人？”这问题听上去很简单，我却越来越不知如何作答。要是记者问的是小说人物该多好啊。因此，比如说，你以一连串近义形容词开始，就像一位炮手在对进攻目标进行交叉射击；但你马上感觉到你在讲的这个人，这个朋友，开始从现实生活中消失，变成了寥寥数词。有些奇闻逸事很能说明问题，而另一些干瘪无趣，似乎和你讲的那个人毫不相干。几年前，一个想报道我的记者在克勒兹挖到我的哥哥，却只得到一句“我对我弟弟一无所知”。我觉得他那么说并不是出于兄长对胞弟的保护。也许是他恼怒了。又或者是出于哲学的真实性。不过，说我哥哥因为是“哲学家”才否认了解我，他可能不会苟同。

说一个我和哥哥的小故事吧。小时候，他时常蒙住我的眼，把我放在三轮自行车上，推着车飞快地往墙上撞去。这是我侄女C告诉我的，而她又是从她爸爸那里听来的。我对这事情根本没什么印象，也不知道可以从中得出什么结论。但这种游戏听起来挺有趣的，我都能想象车子前轮猛地撞在墙上时我激动的叫喊。说不定这个主意就是我出的，而且还央求哥哥“再玩一次，再玩一次吧”。

我问我哥哥，他怎么看待父母以及他们的关系。之前我从来没有问过他类似的问题，而他的第一反应也颇具他的风格:“爸妈是怎样的人？我实在不大清楚：小时候好像从未想过这样的问题，长大后再想已是太迟。”然而，他的确说过，他们是不错的家长，“挺宠我们的”，宽容大度，“道德特征极其传统——更准确地说，是他们所属的阶层和时代的典型”。但是，他继续说，“我认为他们最突出的特质——尽管在他们那个时代根本不算什么突出——是完全，或者几乎完全没有感情，无论怎样都不会公开表露感情。我从未见过他们中的谁愤怒、恐惧，或是狂喜。我看哪，母亲最强烈的情感表达就是恼怒，而父亲无疑懂得什么叫百无聊赖。”

如果有人要我们一一列出父母对我们的教导，我和哥哥可就不知所措了。他们从来没有教过我们任何人生之道，他们只是让我们遵从直觉。他们也从来没有与我们谈过性、政治或宗教，好像我们上学、考大学、找工作，或者结婚，再或者有孩子，都是再自然不过的事情，我们都能尽心尽责似的。当我搜索枯肠，想追忆母亲曾给我的具体教诲或吩咐——因为她是立家法的人——却只能想起她某些并非专门针对我的泛泛之论。比如：只有不务正业的人才衣冠楚楚；绝不要逆向拨动钟表或手表指针；不要把奶酪饼干和甜饼干放在同一个盒子里。我哥哥也记不起母亲说过什么明确直率的话，我们的行为都只是道德潜移默化的结果。想到父母都是教师，这种无为的教育方式或许就更显奇怪了。“当然，”哥哥补充说，“我觉得好父母的标志就是不给子女指导或建议。”

* * *

孩童时期，我们总觉得我们家是独一无二的，傻傻地自我感觉良好。后来，我们发现我们和其他家庭在阶级、种族、收入、兴趣爱好方面有不少相同点，在心理和家庭成员互动方面却鲜有共同之处。或许是因为哥哥就住在离儒勒·

雷纳尔长大的小乡村仅八十英里远的地方，他们之间有很多相似之处。雷纳尔的《父亲母亲》简直就是我父母的戏剧化再现。剧中的母亲总是絮絮叨叨、顽固不化，父亲则沉默寡言、了然无趣。弗朗索瓦·雷纳尔缄口苦修的功力非凡，如果他的妻子在他讲话时走进房间，他就立刻咽下嘴边的半句话，只有等她离开再继续讲；至于我父亲，他之所以沉默，十有八九是因为得不到机会讲话，是因为母亲实在过于健谈，总是紧紧抓住讲话权不放。

雷纳尔家的小儿子儒勒——和我的名字一样——几乎无法忍受和母亲共处。他可以和她打招呼，也不拒绝她亲吻自己(虽然他从不回吻她)，但是除了打招呼他也就没什么话好讲，而且搬出百种借口不去探访她。尽管我陪母亲的时间比起剧中的儒勒陪他母亲的多，但我和母亲在一起时也总是无话可说，沉默居多；父亲去世后，我很替她难过，可即使这样也从没能熬着陪她到隔天再走。我受不了那种枯燥和沉闷，好像所有精神和生命中宝贵的时间都要被她喋喋不休的唯我论一点一点吸干，而那些时间将无法倒流，生前身后都永远不再属于我了。

十多岁时的一件小事极大地触动了我，至今仍记忆犹新。有一天，母亲告诉我，医生要父亲戴老花镜，父亲对此很在意，所以如果我说些正面积极的话，可能会让他好受些。我按照吩咐，鼓起勇气，说他戴着新眼镜显得“气度非凡”。这话实在不中听，父亲讽刺地看了我一眼，懒得接话。

我立刻意识到他看穿了我的花招。我也感觉到在某种意义上自己已背叛了他，我这假惺惺的夸奖让他对戴老花镜这事儿更加在意了。另外，我还感到母亲利用了我。当然，与某些家庭生活的有毒药理相比，那不过是一种顺势疗法而已，而且就信息传递来说也和年幼的雷纳尔的遭遇不同。他的父亲即使在极端情况下也不愿开口讲话，竟让还是孩子的儒勒代表父亲去问母亲一个简单的问题：想不想离婚。

雷纳尔说："惧怕中产阶级就是中产阶级的典型表现。"他说："子孙后代！为什么今天的自己总要比明天的自己蠢笨一些？"他说："我的一生是欢乐的一生，带着丝丝绝望。"他记载，父亲对他写的第一本书只字不提，这让他甚是伤心。我的父母虽然沿袭了塔列朗"不要万事形于色"的信条，但多少比雷纳尔的父母强点。那部现在不叫《无关天气》的小说刚一出版，我就寄了一本给父母，但两周过去了他们竟没有一点回应。我打去电话，父亲甚至都没提及收到包裹的事情。一两天后，我去看望他们，闲聊了一个小时左右之后——其实就是母亲的独角戏——她让我开车带父亲去买点东西：这个要求实在是非同寻常。我开着车，他坐在副驾驶座，所以不可能有什么眼神交流的机会。他告诉我，尽管书中的语言"不甚高雅"，他觉得整体还是不错的，很有趣；他还指出了书中一个法语词性错误。我们的眼睛都没离开过路面，到了商店，买好东西就回去了。然后就轮到母亲对那本书发表评论：小说"有点意思"，她勉强地说，但是她不能容忍淫秽言语的“狂轰滥炸”（在这点上，她和南非书刊审查委员会的意见一致）。她会给朋友看看书的封面，但不让他们看内容。

“我大儿子写的书，我字都认得可是看不懂意思；我小儿子写的书，我能看懂意思可是看不下去。”总之我们写的东西都不是“她本希望看到的”。在我十岁左右，有一次和她坐在公交车的顶层，想着所有那个年龄段的孩子们都会有的奇思怪想，而她说我的“想象力过分发达”。不知那时的我是否知道“想象力”这个词的真意，但可以肯定的是，她所指的是一种劣行。几年后，当我开始运用那一遭受诋毁的才能时，故意写下了“好像我的父母已经过世一般”。然而，依然吊诡的是，在某种程度上，在大部分作品的背后，一位作家多多少少都想取悦其父母。他可能会忽视父母，甚至可能极力冒犯他们，故意写一些他们很不喜欢的书；然而，当他未能取悦他们时，内心免不了会有些许失落。（不过，倘若他真的得到父母的欢喜，另一个自己又会莫名其妙地失望了。）这是一种很普遍的情况，虽然作家不免大为诧异。也许这是老生常谈，但我并非如此感觉。

我想起一个鬈发男孩，名叫克里，和我们住在同一条路上。他绝对是那种“想象力过分发达”的孩子，行为有点古怪。大概在我六七岁的时候，有一天我走在放学回家的路上，他突然从一棵悬铃木后面跳了出来，把什么东西插在我后背中央，说：“不许动，不然我就打死你。”我吓得不敢动弹，乖乖地待在原地，不知背上插了什么玩意，也不知他会不会放我走，就那样待了不知道多久。还说了些什么？什么也没说。我也不是被抢劫：纯粹就是被劫持——除了劫持这个动作本身再没什么了。我惊出一身冷汗，几分钟后终于决定冒死一逃，转身看到他手里拿着的是一根电棍（老式、圆头、十五安培的那种）。比起我，倒是他更应该成为小说家吧？

雷纳尔在他的《日记》中写道，他曾有过很复杂的想法，希望母亲对父亲不忠。这复杂不仅是心理上的，还在于其分量。他是不是认为这样才能报复父亲可怕的沉默，才能让母亲和蔼可亲些，或是索性让他更加讨厌母亲？母亲守寡后，我以父母的小平房（后来我发现，房地产中介称之为“高级木屋”）为背景写了篇短篇小说，还把他们当作小说人物和情节互动的原型。老父亲（沉默、爱挖苦人）与附近村子一个医生的遗孀有染；母亲（言语刻薄、令人反感）发现后——虽然我们不能肯定，但也能猜个八九不离十——用厚重的平底锅把他痛打了一顿。这一情节——磨难——是从儿子的视角叙述的。虽然这个故事原本是道听途说来的，发生在一位七八十岁的老者身上，但我既然把它移花接木到我父母的家庭生活中，就不畏畏缩缩掩饰这么做的意图了。我回顾往事——事后追忆——给父亲的生平增添点乐趣和情调，也夸张地让母亲犯下了疯狂的罪行。不过，我觉得，即使父亲知道我借一篇小说送了他这份礼物，他也绝不会心怀感激的吧。

* * *

我最后一次见到父亲是在 1992 年 1 月 17 日，十三天后他就在惠特尼的一家医院去世了，那家医院距我父母的住所大约二十分钟的车程。原本我答应母亲那周我们轮流探望他：她周一、周三和周末去，我周五去。按照计划，我应该从伦敦出发，到了之后和她一起吃午饭，下午去探望父亲，然后再开车回到镇里。可等到我回家时(虽然我有自己的家了，还是继续这么叫他们住的地方)，母亲已经走了，好像是因为什么洗衣服的事情还有大雾天气的原因，但归根结底，那就是她典型的行事风格。成年以后，我不记得自己哪怕一小会儿——除了那次开车去买东西之外——是和父亲独处的。即使母亲不在房间里，也总有阴魂不散的感觉。恐怕是因为我害怕在她背后提到她(无论如何，我和父亲都不愿意提起和她有关的半个字)；房间里里外外，她无处不在。她无处不在，向来如此。

我们到了医院后，母亲的所作所为——果然又是她典型的行事风格——先是让我害怕，后又让我愤怒。我们快到父亲的病房时，她说要先进去。身为母亲，是应该在儿子进去探望前先帮着整理一下；身为妻子，或许要和丈夫交流点什么——我本是这样想的，然而，实际上并非如此。她解释说，她并没有告诉父亲我那天要去探望他(为什么？控制，控制——一切信息)，这样就会给他个惊喜。她说完进去了，我被挡在门外，但可以看到父亲瘦弱的身躯陷在椅子里，头无力地耷拉在胸前。她吻了他一下，说："抬起头，看我带谁来了。"她说的不是"看谁来探望你了"，而是"看*我带*谁来了"。我们待了差不多半个小时，我和父亲聊了两分钟电视上看过的足总杯(利兹零比一负于曼彻斯特——进球的是马克·休斯)。除此之外，就像我之前的四十六年一样：母亲喋喋不休地发牢骚，控制着一切话语权，我和父亲只有偶尔一瞬的眼神交流。

那天下午，当着我的面，她对他说的第一句话是："你比我上次见到的时候好多了，那次你的状态真不好，真不好啊。"然后她问他："你都做什么啦？"我觉得这个问题真是很蠢——父亲没理她，大概也有同感。然后她"顺便"聊起了电视节目和报纸新闻。但这当儿父亲心中的火气被点燃了，过了五分钟之后，他满腔恼怒——结巴的讲话让他显得倍加激愤——他回答她说："你老是问我做什么做什么。*什么也没有*。"口气充满了沮丧和绝望（"最真实、最确切、最充满意味的词就是'什么也没有'"）。母亲毫不理会父亲的话，好像他打断她是不可饶恕的劣行。

离开前，我像往常一样握着他的手，另一只手搭在他的肩上。他好像已不能正常发音，用颤抖而嘶哑的高音说："再见，再见。"后来回想起那一幕，我总觉得他知道，或者几乎肯定，那就是诀别，他再也见不到自己的小儿子了。从我记事以来，他从未对我讲过他爱我，我也没有对他说过同样的话。他去世后，母亲告诉我他对两个儿子“引以为傲”；但是就像他的其他感情一样，这些话都不由自主地压在了心底。她还说——这十分令我惊讶——他其实“形单影只”，因为他的朋友都变成了她的好友，而且到最后她跟他们的关系更加亲密。我不知道她说的是否属实，或许只是她的虚荣心和自我为中心在作祟而已。

父亲去世前的一两年，有一次问我有没有圣-西蒙的《回忆录》。我有——虽然从来没打开过——它多达二十册，深红色皮质封面，装帧相当精美。我给他带去了第一册，他不分昼夜地看，然后，按他吩咐，在随后的几次探望中，我又给他带去后面几册。他坐在轮椅里，趁着母亲忙着做饭短暂不在场的空隙，讲起了路易十四朝廷中一场惊心动魄的政治角力。他的健康每况愈下，又一次中风损害了他的部分智力：母亲告诉我，她三次发现他在浴室里冲着电动剃须刀小便。但他还是读圣-西蒙不辍，等他去世时，他已读了第十六卷的一半。一条红色丝带书签永远地夹在他读到的最后一页。

死亡证明说，父亲死于 1）中风；2）心脏病；3）肺气肿。但是这些都是他生命的最后八个月（及其此前的时间）所诊治的，而不是他的真实死因。他死于——用非医学用语说——精疲力竭和放弃希望。“放弃希望”并非是我的道德评判。或者，确切地说，它是而且是一种令人叹服的道德评判：他这位聪明人面对不可挽救的局面做出了正确回应。母亲说，还好我没有看到他临终的样子：他不言不语，不吃不喝，瘦得只剩下一把骨头。尽管如此，最后一次探望时当她问他是否认得她时，他答道:“我想，你是我的妻子吧。”或许，这是他在人世说的最后一句话了。

* * *

我父亲去世那天，嫂嫂从法国打来电话，说当天晚上绝不可让我母亲单独一人留在家中。其他亲友也提出了同样的要求，并建议我准备些安眠药(当然为安眠之用，而非自杀或谋杀)。当我赶到的时候——虽然有些不情愿——我母亲揶揄道:“整整八个星期了，我每天都一个人睡在这屋子里。”她说道：“现在又有何不同？难道他们以为我会……”她打住话头，想找一个合适的词填在句末。我顺着她的意思说:“结束自己？”她接受了这个词:“难道他们以为我会结束自己，恸哭不止，或者做些诸如此类的蠢事？”她进而表达了自己对于爱尔兰式葬礼旗帜鲜明的鄙视：浩浩荡荡的悼念者，呼天抢地的哭号，被人搀扶的丧偶人。(而实际上她从未去过爱尔兰，更不用提参加那儿的葬礼了。)“他们是不是以为我得有个人搀扶着才行啊？”她不无鄙夷地问道。然而，当殡仪员过来询问她有关葬礼的要求——一副最简单的棺木，仅一簇玫瑰即可，不需要任何绸带也绝对不要包装纸——时，她在某个点打断了他:“别以为我的悲恸比你们少，就因为……”这一次，她的句末并不需要填充。

寡居期间，她曾对我说:“我已有过最美好的岁月。”而对此进行反驳的时候几乎不用考虑客气的问题，比如回应道："是的，不过……"是毫无意义的。因为早几年的时候，她曾经当着父亲的面对我说："当然，你爸一向都偏爱狗，而不喜欢人。"闻此，受到挑战的父亲点了点头表示肯定，而在我看来——可能是误解了吧——这是对她的一击反抗。（我还记得，她虽明知如此，在马克西姆那条小狗消失后的四十余年间，却不愿再养一条狗。）而在那之前很多很多年，当我还是个少年的时候，她说："如果我能回到过去，我会亲自荡桨，划着独木舟。"我当时以为这仅仅是对父亲的一击，并没有认识到任何此类的改航将同时抹灭她的子女。或许我正在进行片面的引述和解读，把原本并不一定相关的事情凑到了一起。而以下事实，即我母亲并不是郁郁而终，而是在她最无力掌舵的时候被留在了自己的独木舟上整整五年，同样不能说明什么。

父亲去世后几个月的某一天，我和母亲在电话中聊天。我告诉她有几位朋友要来家里吃晚饭，于是出现了我和妻子轮流烧菜的情形，我一个她一个。母亲用几近怅惘的语气说道："你们两个人一起做饭真好。"然后，她便改用了惯用的口吻："我甚至不放心把摆餐具的活交给你爸。""真的吗？""是的，他会随便乱扔东西，和他妈一模一样。"他的妈妈！我爸的妈妈几乎在半个世纪之前就已经过世了，那时我爸还在印度战场上。巴恩斯奶奶在我们家中很少提及；我母亲的家族，无论生死，都具有优先权。"嗯，"我说，尽量压低声音中急切的好奇心，“她是那样一个人吗？”“是的，”我母亲一边回答，一边发掘自己内心积压了五十年的势利，“她经常把餐刀的刀柄刀刃摆反。”

我想我哥哥的精神生活应该是朝一条相互分离又内在相连的思路发展的，而我的总是从一件轶事晃荡到另一件轶事。不过呢，他是一位哲学家，而我是个小说家，但即便是结构最为精致的小说也必定现出晃晃荡荡的样子。生活在晃荡嘛。而这些轶事因为出自我，所以得疑心待之。如果另有一位轶事撰写者也在记录我父母的最后岁月，他也许会说我的母亲是如何悉心、利索地照顾我的父亲，在对付他的过程中她是怎样地身心俱疲，而在这样的情况下她竟仍能一丝不苟地照料好房舍和花园。而这确实可以是真的，即使我在无意间注意到了母亲料理花园时一个语法上的变化。在我父亲住院的最后几个月，番茄、豆类，乃至其他任何在暖房和院子里的东西，被重命名为“我的番茄”“我的豆豆”诸如此类，就好像我父亲在咽气之前就已经被剥夺了对它们的所有权。

那另一个轶事记录者可能还会抱怨这个儿子对他那完全无罪的母亲是何等的不公，在自己所写的一则短篇小说中把她塑造成了一个指手画脚的悍妇。（雷纳尔曾发现一个流传于希特里莱米内一带的《胡萝卜须》版本，上面的匿名题词这样写道：“书店中一个偶然的发现。一本作者通过讲述母亲的不是对她进行报复的书。”）甚而有之，作为一个儿子描述自己父亲的生理衰退这本身是多么地不妥当；这是怎样地有悖于他所声称的对于父亲的爱；而且这个儿子只能看到不快的事实，因为他总是这样百折不挠地寻找过去生活中那些有失体面或者滑稽可笑的事，恰如一个犯糊涂的老人想把尿撒在电动剃须刀上的故事。其中的某些说辞或许确实有它的道理，但有关电动剃须刀的那档事却不像表面上看起来那么简单，我想在这里为父亲辩护，他当时几乎是神志清醒的。在他的大半生中，他用剃须刀和毛刷刮胡子，而皂末则在十余年间从碗装到一支、一管再到罐装。母亲从来都不喜欢他每次刮完胡子留在水盆里的残渣——“邋遢小狗”一直是我们这个并不养狗的家中表达反对与谴责的专用语——因此当电动剃须刀上市的时候，她一再奉劝我的父亲去买一个。而他总是拒绝：这是唯一一个他绝对不愿被臣服的领域。我还记得，在他最开始住院的时候，有一回我和母亲去探望他，恰好看到他的胡子正刮到一半，但他已无计可施了：只是试着想用越发无力的手腕、磨钝的刀锋，还有不充足的皂末把自己收拾干净见我们。但是在他去世前几年的时候，她的作战必定是取得了最终的胜利——大概是因为他的双腿再也无法支撑他站在水盆前面。所以我大致可以想象他对于电动剃须刀的愤恨(我同时想象这是我母亲买给他的)。这电动剃须刀必定既象征他日渐衰退的生命力，又成为他在旷日持久的夫妻争执中最后败北的证据。你有什么理由不想在它上面尿一把？

“我想你是我的妻子吧。”是的，仍保持着自己的率性：当我们往前看，发现一切都在崩塌时，这是我们的希冀，这是我们的坚守。因此——但这本身就与答案之间有千万里的距离——我不认为在我的那一刻来临之际自己应追求理论上可行的安慰，即一个幻象告别另一个幻象，一捆扎牢的机会给自己松绑。我想要保持自己的率性，哪怕只是因为自己固执地认为它是。弗朗西斯·斯迪姆勒曾在威尼斯参加过斯特拉文斯基的葬礼，而他自己去世的时候和这位作曲家同岁。在他人生的最后几个星期，他问自己的妻子，即雪莉·赫扎德，一位小说家，自己究竟几岁。她告诉他是八十八岁。“噢，天哪，”他答道，“八十八岁。之前的我知道这回事吗？”这听上去真有他的风格——“之前知道”和“知道”完全不是一回事。

* * *

“如果我是一个靠肚子里那点儿墨水生活的小文人，”蒙田写道——尽管他的自我评估究竟高于还是低于这样一个定位仍是个未知之数——“我要编一本描写各色人等不同死亡方式的册子。(任何一个想要教会别人如何死亡的人同时也在教会他们如何生活。)狄西奥库斯就曾撰写过一部以此为题的书，却是为了另一个而且不那么有益的目的。”

狄西奥库斯是一个逍遥派哲学家，他的著作《人生的消亡》顺应时宜地散佚了。蒙田随笔选的精简版则是一部名人遗言集。黑格尔在弥留之际说:“只有一个人曾真正理解我,”然后又加了一句,“他也不理解我。”艾米莉·狄金森说:“我必须走进去了。雾在升腾。”语法大师布乌尔神父这样说:“Je vas, ou je vais mourir: l'un ou l'autre se dit.”(大致意思是,“不久后,我应该死去,或者,我将会死去:两者皆对。”)有时候,遗言则可能是生命的最后一举:莫扎特的遗言就是用嘴发出他那《安魂曲》中的定音鼓,而这部未完成的乐谱则摊在了他的床罩上。

这些临终时刻是否印证了率性而死?抑或它们有内在的可疑之处:比如新闻发布会、美联社的电报、事先准备好的即兴曲目那样的东西?我十六七岁时,我们的英语老师——不是之后结束自己生命的那位,而是我们跟他学《李尔王》并且知道了“成熟即一切”的那个——自鸣得意地告诉班里的同学,他已经为自己的临终告别语,或者更准确地说,临别词,写好了脚本。他打算干脆利落地说:“该死的!”

这位老师一直以来对我心怀疑虑。“巴恩斯,我希望,”他在一次不爽的课后责难我,“你并不是后排那些浑球愤世嫉俗者之一。”我,先生?愤世嫉俗者,先生?噢,不——我喜爱羊儿咩咩叫,相信树篱会开花而且人性本善,先生。但即使是我也觉得这一事先安排好的自我告别方式很时髦,就跟亚历克斯·布里连特所做的一样。我们1)首先被其中所蕴含的睿智震撼到了;2)其次惊讶于这位学校里混不出头的老教师居然有如此的自知之明;3)然后感到自己绝不可以跟他一样用这个词为自己的人生定论。我希望亚列克斯在十余年之后用药片结束自己的生命，倒在一个女人身上时已经忘记了这些。

几乎就在同时，在一个奇怪的社交场合，我恰好听说了这位老师的人生怎样走向了尽头。他先是遭受了一次中风，导致他全身瘫痪，无法开口。他时常会有一个酒鬼朋友过来看望——正如所有酗酒者一样，他认为任何其他人也会因为肚子里有酒而活得更好——这位酒友常常偷运一瓶威士忌到他的住地，然后当着老教师瞪着的眼把酒往他嘴里灌。那句想好的遗言在中风来袭之前有足够的时间酝酿并讲出来吗？或者，当他躺在那儿，看着烈酒向他倾倒并且溢出的时候，脑子里还能想起这句事先安排好的话吗？这足够在你身上塑造出一个后排浑球愤世嫉俗者了。

现代医药通过延长死亡期限的方式，俨然是为那些著名遗言量身定做，因为说出人生的最后一句话取决于说话者知道已到了该说之时。我猜想，那些决意用一句警言作为临别语的人，大概会在宣布之后刻意陷入颇具禅意的沉静之中，直到一切真正结束。然而，著名遗言本身总是带有某些英雄气度，但因我们已经不再生活于英雄时代，其时却往往不会造成过度的悲恸与哀挽。相反，我们应当推崇那些虽不张扬却依然风格卓异的遗言。弗朗西斯·斯迪姆勒在那不勒斯一家医院死前几小时，对一个正在为他摇床的男护士说(想必是用意大利语)："你有一双美丽的手。"即便在你马上要离世时，你注视着这世界，在愉悦的瞬间，最后款款地看了一眼。A. E. 豪斯曼的遗言是对那位正在给他注射最后一剂——而且大概是已知足量的——吗啡的医生讲："干得漂亮。"同样不需要庄严的仪式。雷纳尔在他的《日记》中记录了图卢兹·劳特累克之死。这位画家的父亲是一个出了名的怪人，他来看望自己的儿子时，并不是马上去关心和照顾病人，而是迅即把注意力转向了在病房里飞来飞去的苍蝇，一心想要抓住它们。画家坐在床上，破口大骂："你个老蠢货！"说罢身子往后一仰，一命呜呼。

* * *

历史上，法国当局在它的辖域内仅仅承认两种人：生者与死者。二者之间别无他者。如果你活着，你就有权流动、纳税。如果你死了，你就得被掩埋或火化。你可能觉得这是一个典型的官僚主义式分类，如果暂且不说它是不必要的话。但大约在二十年前，它的法律真实性却在法庭上受到了挑战。

这起诉讼起因于一个刚刚步入中年的妇女因患癌症即将去世，而她丈夫用人体冷冻的方法把妻子安置在了一个冰柜中。但法国当局拒绝承认这与一具已逝的尸体有任何区别，要求该男子将她下葬或火化。这位丈夫把这件事告到法庭，并且最终获得允许把他妻子存放在家里的地窖中。二十多年之后，在他弥留之际，这位丈夫也对自己采用了人体冷冻法，殷殷等待与妻子重聚。

死亡-自由主义者在自由市场即用即弃的人生态度与乌托邦式的一切永生这二者之间寻求中庸之道，对他们而言，人体冷冻法似乎提供了答案。你死了，但你又没有死。你的血排干了，身体冷冻了，但是你却保持着生命，或者至少并不完全死亡，直到某一天，你的疾病已经找到了药方，或者寿命得以延长，所以当你醒来的时候面前有许许多多新的岁月在等待你。科技重新诠释宗教——它兑现了人造的重生奇迹。

这个法国故事最近以一种冷酷而又熟悉的方式收场：电力出了故障，人体温度升高，于是回归生命了无可能，而这对夫妇的儿子也陷入了每一个人体冷冻柜持有者的噩梦当中。然而，比这一故事本身更让我震撼的是伴随报文的配图。照片拍摄于一个法式房屋的地窖中，画面中那位丈夫——当时已是一个独居多年的“鳏夫”——坐在一个破旧的机器旁边，里面装有他的妻子。那个冷冻柜上面是一罐鲜花与一张装在相框里的妻子盛年时的照片，魅力四射。而边上，就在这个携带了荒诞的希望的柜子旁边，坐着一位憔悴消沉的枯萎老人。

这是绝对行不通的，是吗？而我们应该为他们并未成功感到庆幸。停住时间？把时钟上的光阴倒回（或者把指针倒拨——我母亲是绝不会允许这样的）？想象一下，如果你是一个生气勃勃的年轻女人，在你三十几岁的时候“死去了”；再想象你醒来的时候发现你忠实的丈夫在被冷冻之前已经走过了他的自然人生，而你现在所嫁的是一个在你缺席的时候已经年长了二十、三十，乃至四十岁的人。然后你重拾自己离开之前的一切？哪怕想象一幅最佳情景：你们俩在相差无几的年岁“死去”，比如说五十几岁，然后在你们的疾病已经找到了救治之方的时候苏醒。那时候究竟会发生什么？你们被重新拉回到生命中，仅仅是为了再经历一次死亡，而这一次你们甚至不能重新体验自己的青春岁月。你早该记起，甚至效仿庞波尼乌斯·阿提格斯[①]的例子。

你重获青春，不止欺骗你的第二次死亡，还欺骗你的第一次——蒙田所谓的更艰难的那一次：这是真正意义上的幻想。居住在特·那·诺格，那个凯尔特传说中永葆青春之地。或者踏入不老泉：中世纪世界中广为人知、实实在在的进入天堂的捷径。当你把身体浸入泉水中时，你的皮肤瞬间变得粉嫩，身上的重负立减，一块块松弛的肌肉也重新紧致。完全没有神圣审判的官僚机构，没有首先掂量灵魂。回春之水这一技术神话意味着重回年轻岁月，而拙劣的人体冷冻术却只是一种延迟的老去。但这并不是说这些人体冷冻信奉者们行将放弃：这些当前正处于冷冻状态的人无疑寄望于干细胞技术的进步能够倒转生命之钟的运行时间，直到某一天他们能够听到一个与以往任何时候都不同的死亡唤醒之声：“哦，理性的生物/他渴望得到永生。”

① 希腊富翁、学者，长期旅居罗马，晚年因患不治之症而拒绝使用任何药物和进食，加快结束了自己的生命。

我曾经草率地对萨默塞特·毛姆下了定论。“人生的最大悲剧并不是人们终将消亡，而是他们停止了爱。”我的这一评语是一个年轻人的异议：是的，我爱这个人，而且相信这是永恒的爱，即使不是永恒的，我相信还会有其他适合我的人，对她亦然。我们俩还会有爱情，而且，在不幸的锤炼下，下次也许会做得更好。但其实毛姆并没有否认这一点；他甚至看得更远。我记得有这样一则寓言性故事(大概是托马斯·布朗爵士讲的)：有个人接二连三地参加朋友的葬礼，而悲恸的情感却一次次减少，直到某一回，他能够镇定自若地往地底下看，仿佛觉得那就是他自己的墓地。这故事的寓意并不在于凝视墓坑会行之有效，即作哲学沉思可教会我们如何面对死亡；它更像是哀叹感受力的消失，首先是对你的朋友，然后是自己，最后甚至对自身的消亡也不再在意了。

这无疑将成为我们的悲剧，而似乎只有死亡才能提供唯一的解脱。一直以来，我并不信任年纪越大越淡定这一说法。我怀疑很多老者其实在情感上和年轻人一样容易受到影响甚至折磨，但出于社会惯例却不能坦诚承认。(这也是我在那则故事中给父亲加上了一段七旬老人的风流韵事的客观理由。)可是，如果我看错了呢——加倍如此——这所谓出于社会要求的从容不迫背后所掩饰的并非情绪的激荡，而恰恰是它的反面：无动于衷？六十岁时，我仔细观察周边的朋友圈，发现其中好多友情已不再是记忆中那副样子了。(即便如此，回忆本身仍有其乐趣，仍值得回忆。)新的友谊关系当然也会建立起来，但却不足以转移对那即将到来的可怕冷却——星球消亡在情感上的对等物——的忧虑。当你的耳朵变大，当你的指甲开裂，你的心脏也收缩了。这里提供了几种你将如何选择的形式。你是希望在与一直所爱的人分开而造成的剧痛中死去，还是希望自己在业已完成了人生在世的情感使命，可以无动于衷地凝望这个世界，无论是于他于己的时候死去呢？“曾经的光辉岁月远不足以补偿晚年的无人问津/也绝不能让最后的时光好过点儿。”屠格涅夫在刚刚步入六十岁的时候寄书福楼拜：“人生的尾期开始了。有一句西班牙谚语说，尾巴是最难剥皮的一部分……人生变得完全以自我为中心——与死亡展开防御式的搏斗。而这种个性的夸大意味着它甚至对当事人都已不再重要。”

不仅只有凝视墓穴是艰难的，直面生命也是如此。我们很难静下心来好好想一想，生命可能仅仅是宇宙中一次机缘巧合的偶发事件，更不必提它的必然性。它的本质仅仅是人类自我种别的延续，它展开于虚无，而我们的星球总有一天会进入凝固的死寂当中，那时候人类这一种群，正如同它一路从狂热的诞生与复杂的进化试炼中走来一样，也会消失殆尽。而且到那时候我们并不会被怀念，因为世界上空空如也，什么人什么东西都没有了。这就是成长的真谛。而对于一个长期以来依赖于自造的神灵以求解释与慰藉的种族而言，这样的预设前景是极其可怕的。以下是某个信奉天主教的记者对理查德·道金斯毒害青年心灵所作的谴责：“学界的怪物们，比如厌神者道金斯四处散播他们令人绝望的信条：虚无主义、无意义、空虚、生命的虚空、时时处处意义的缺失，以及——如果你还未曾听过这个有用的词汇——floccinaucinihilipilification。”[1]在这一放肆，在这歪曲的攻击背后，你能嗅到恐惧的气息。相信我所相信的吧——信奉上帝，相信目的与意义，以及永生的许诺——因为另一个选项太过惊世骇俗。你会像那些孩子那样提心吊胆地穿行于奥地利夜间的丛林。然而，虽然没有善良的威特斯先生督促你只想念神灵，但是会有可恶的科学大师老道克们[2]用大熊星座和死亡的故事吓唬你，然后命令你放空脑袋，崇仰星星。

* * *

福楼拜问：“如果我们认真对待人生，这是卓尔不群，还是愚钝无知？”他认为我们理当“心怀绝望之情”，“知天命，也就是说，像命运那样漠然处之”。他知道自己如何看待死亡：“*自我*可以幸存吗？在我看来，任何肯定的回答都只是人们的胆大妄为与自尊自傲，是对永恒秩序的抗议！死亡并不会向我们揭示比生命本身更多的秘密。”但是，尽管否定宗教，他对精神冲动却有一份天然的温和与宽容之心，对激进的无神论深怀疑虑。“我对每一信条本身都极其反感，”他写道，“但是，我认为诱发它们的原初情感是对人性最自然、最

① 意为“把一切视为草芥”。

② 威特斯原文为 witters，有唠叨之意；道克原文为 dawks，有中间派之意。

富诗意的表达。我不喜欢那些诋毁它们的哲学家，他们将其贬斥为愚蠢和蒙骗。我在其中看到的是必然性和本能。所以，我尊重那位亲吻神物的黑人，我也同样崇敬那位在圣心面前下跪的天主教徒。”

福楼拜死于1880年，与左拉的母亲同年。而正是这一年左拉听到了它的*死亡闹铃*，这并非巧合。他当时正值四十岁(因此我可以天马行空地想象当时的情景)。记忆中，我老是想象他跟和我一样，突然从睡梦中惊醒，号哭起来。但这仅仅是因我产生的所有权同化效应。其实，他那时候醒着：他和他的妻子亚历山德琳娜，两个人都吓得要命，根本无法入睡，而彼此又都因为尴尬不好意思承认，他们并排躺着，只有夜灯的摇曳在驱逐沉沉的黑暗。后来，左拉看到自己从床上投射出的影子——这时僵局才被打破。

这位作家还对自己在梅塘的家中一扇特定的窗户沉迷不已。他们家的楼梯既窄又弯，当年他母亲去世时，她的棺木根本抬不过去，抬棺人只得从一扇窗户中将她慢慢放下。左拉每次经过那扇窗时都会盯着它看，心里想，下一次会是谁的尸体将经由这条路线下去——是他自己的呢，还是他妻子的?

1882年3月6日，星期一，左拉在与都德、屠格涅夫、埃德蒙·德·龚古尔一起聚餐的时候坦承了*死亡闹铃*给自己带来的种种影响，而龚古尔记录了谈话内容。那天晚上，他们四个——原来的五人会餐因为福楼拜的去世而少了一个——谈及了死亡。都德起了个头，他承认，于他而言，死亡已经近乎一种迫害，是他人生的一剂毒药，甚至到了他一搬入某个新的公寓，眼睛就会不自觉地搜寻自己大限来临时放置棺木位置的地步。紧接着左拉坦诚相告，然后轮到了屠格涅夫。这个温文尔雅的莫斯科人与在座其他人一样经常在脑中闪过死亡，但是他有一个小小的应对技巧：他会把它轻轻弹开，就像这样——他做了个小手势。俄国人，他解释道，懂得如何把一些事情放到“斯拉夫迷雾”当中，以此振奋精神，保护自己免遭某些有理可循但并不愉快的想法侵袭。因此，如果你被困在了一个漫天狂舞的暴风雪中，你会有意在思维中把寒意排除，否则你非冻死不可。同样的方法完全可以成功地运用于一些更大的课题当中：你只要像这样把它弹走。

二十年后，左拉死了。他并非如自己当年赞颂的那样美丽地死去——如同一个巨大的手指摁死昆虫。不同于此，他展示了对于一个作家而言，“率性而死”还包含另一种选择。你在大限之时表达的既可以是自己的个性，也可以是你笔下人物的个性。有些人在走向死亡的途中两样都做到了，比如海明威，他在自己最心爱的一支波士猎枪（英国制造，购于A&F）里装上两发子弹，然后把枪管顶进了嘴里。

左拉的死体现了他笔下文学人物的特征，如同某部不亚于他早期小说的惊魂情节剧中的一幕。他和亚历山德琳娜从那扇颇具威胁性的窗户所在的房子回到了巴黎。这一天是9

月末，天气寒冷，因此他们请人把卧室里的火炉生起来。在他们出门期间，这一工作已经在公寓大楼屋顶完成了，而正是在这个时间段，故事为读者们提供了诸多不同的解释空间。他们卧房通往屋顶的烟囱被堵住了，既有可能是由于工匠们的大意，也有可能——如果按照阴谋论的说法——是反德雷福斯[1]阵营的人的蓄意谋杀。左拉夫妇回到床上休息，迷信的他们习惯性地锁上了门；炉格里的无烟燃料放出了一氧化碳。第二天早上仆人们破门而入的时候，只见这位作家躺在地板上已经死了，亚历山德琳娜——离烟雾聚集致死只差几英尺——则无意识地躺在床上。

左拉的身体还残留体温，因此医生们尝试了五年前在都德身上也用过的节律性舌头牵引对他进行复苏急救。即使这一急救法用在左拉身上相对稍稍合理一些——这一技法本身是用来急救阴沟气中毒者的——它在此时也已经回天乏力了。亚历山德琳娜苏醒之后，谈起他们夫妇在当天半夜醒来过一次，当时以为是消化不良引起的不舒服。她本想要叫唤仆人，但他用一句现在看来是他（新颖而毫无英雄气概的）遗言的话否决了她："明早我们就会感觉好些了。"

左拉去世时享年六十二岁，与我完成这本书的写作并出版后的年龄正好一样。因此让我们重来一次。**伦敦某男子去世：伤心者寥寥**。一个伦敦人，六十二岁或以上，于昨日去世

[1] 德雷福斯当时是一名犹太裔法国军官，身陷冤案并在法国引起轩然大波，左拉作为极负盛名的小说家多次撰文公开声援他。

了。在他大部分的人生中，他身体健康，且在最后的疾病袭来之前从未住过院。在经历了缓慢且一文不名的职业起步后，他终于功成名就，超出了自己的预想。在经历了缓慢且风雨飘摇的情感起步后，他获得了他的天性所能允许的最大程度的幸福。（“我的人生是幸福中夹杂了丝丝绝望。”）尽管他含有自私基因，他却无法——或确切地说，拒绝——将它们遗传下去，进而笃信这一决绝是人在面对生物决定论时做出的一种自由意志之举。他写了几本书，然后离世了。虽然他某个喜好嘲讽的朋友认为他的人生可以划分为文学和柴米油盐（以及酒杯）两部分，但实际上除此之外还有别的方方面面：爱情、友谊、音乐、艺术、社交、旅行、运动、幽默。他自得其乐，知道这样的孤寂什么时候会结束。他挚爱妻子，惧怕死亡。

这听上去并不怎么糟，是不是？这世界造出了比这糟糕得多的生命（我仅仅是在这儿做个猜测），以及比这糟糕得多的死亡。那么为何对他的离去大惊小怪？也可以说，他干吗大惊小怪？这无疑是犯下了英国人习惯于把注意力吸引到自己身上的头等大罪。他难道未曾想过，其他人也和他一样那么怕死吗？

好吧，他——不，让我们重新回到我——我知道很多人并不那么喜欢去想它。而不去想它是不怕它的最可靠途径——直到它来临那一刻。“所谓恶魔，即知道这一切必会发生。”我有一位叫 H 的朋友常常责难我病态，他坦言：“我知道别人统统会死，但我从未想过有一天我也会死。”归结起来，即是那句老生常谈：“我们知道自己会死，但我们以为自己是永生的。”人们真的在脑中持有如此起伏的自相矛盾吗？他们着实如此，而弗洛伊德认为这很正常：“我们的潜意识，其实并不相信自己的既定之死；它表现得好像我们永远不会死一样。”因此我的朋友H，仅仅是让自己的潜意识凌驾于意识之上而已。

介于上述实用的战术性逃避与我之前所谈的直面坟墓所引起的毛骨悚然之间，必定有一块合理、成熟、科学、丰裕的中间地带。所以这里不妨来一段舍温·努兰博士的阐释（他是一位美国死亡学家，著有《死亡的脸》一书）：“一个合乎现实的期望，也要求我们接受自己在地球上所分配到的时间是有一定限额的，而这额度是与人类种群的延续相一致的……我们相继死去，从而世界得以继续生存。我们之所以获得了生命这一奇迹，是因为数万亿的生物为我们铺好了前路并且继而死去了——在某种意义上，是为了我们。该轮到我们死了，这样后代就可以生存。就自然界的生态平衡而言，某个单独个体的悲剧成了正在进行的生命之福。”

当然，这一切合情合理且十分睿智，并且深深根植于蒙田的骨髓里（“为他人让位，就如同他人为你让位一样”）；但是，于我而言，却十分不具说服力。把全人类的延续寄托在我的，或你的，乃至任何其他人的死亡上面，这并不是个符合逻辑的道理。地球或许确实变得有些拥挤，但宇宙仍广阔无际——**可用的空间无数**，正如墓地里的海报所提醒我们的。如果我们不死，那么世界也不会死——恰恰相反，更多的世人依然会活着。至于那所谓数万亿“在某种意义上”——一个自身底气不足的语词——为我们而死的生物：对不起，我甚至不觉得是因为我外公死了，所以“在某意义上”我才可以活下来，更不必说我的“华裔”曾祖父，那些已经忘却了姓氏的祖辈们、人猿祖先们、滑溜溜的两栖动物以及原始水游生物了。同样，我也不接受我死了是为了让他人能够存活，也不接受这对于正在进行的生命是一种福气。一种福气？那实在是太过自鸣得意了，简直是多愁善感，不过是为了淡化打击罢了。当我躺在医院病床上的时候，如果哪位医生告诉我我的死不仅会有助于他人生存，而且昭示了人类之福，那我可要特别注意他下回给我换点滴的时候了。

舍温·努兰那富于同情心的理智并不为我认可，而且他所来自的行业——出乎这位世俗之人的意料——甚至比我本人的行业更为惧怕死亡。研究表明，“在所有的行业当中，医学界最有可能吸引那些对死亡怀有高度焦虑的人群”。这在大方向上说是一个好消息——医生是死亡的劲敌；但是在某些方面就不是了，他们可能有意无意地把自己的恐惧转嫁到自己病人身上，过分执着于可治愈性，并且回避死亡，将其视为失败。我的朋友D曾经在伦敦一家教学医院学习，而这家医院历来兼做橄榄球场地。多年前，曾经有这样一位学生，他一而再，再而三地挂科，却因为自己球场上的高超技艺而没有被退学。但由于这一技艺开始日渐衰退，他最终被劝退——是的，我们必须为他人让位——离开了书桌和训练场。于是，他医生当不成了，只得更换行业，摇身一变，成了一名挖墓人，真是太离奇了，连小说也编不出来啊。又过了好些年，他回到了医院，这次是作为一个癌症患者。D告诉我他是怎样地被安置在医院的一个顶楼病房，无人问津。这不仅仅是由于他咽喉癌导致的坏死腐肉所发出的恶臭，更是失败所散发出的更大范围的难闻味道。

“不要温柔地走进那美好的夜晚。”狄兰·托马斯对他奄奄一息的父亲(以及我们)诉说道；然后，再次申明他的观点：“愤恨，怒斥那消弭的灯火。”这些广为流传的诗句讲述的更像是年少的悲伤(以及诗意的自得)，而非基于临床知识的睿智。努兰直陈道：“无论一个人可以说服自己到什么程度，即死亡的过程并不可怕，但他在走向绝症时仍然心怀畏惧。”安之若素——或者心平气和——不大可能是选项。而且，死亡“绝不可能”像我们希冀的那样来临(种植卷心菜的场景)：方式、地点、陪同者无一例外地会让我们失望。更有甚者，与伊丽莎白·库布勒-罗斯著名的五步论相反——根据该理论，死亡的发生经由否认、愤怒、不甘、绝望到最后的接受这样五步——努兰根据自己以及每一个他所认识的临床医生的经验断言：“某些病人从未——至少从未明显地——走过否认阶段。”

或许，这一切蒙田语录，这凝视坟墓，这一即使不能把死亡变成你的朋友但至少可变成你熟悉的敌人的企图——使死亡无聊透顶，甚或以你过分的关注让死亡本身腻烦得要死——或许，这一切根本不得法。如果我们在活着的时候忘记死亡，然后，当生命抵达尽头的时候矢口否认，这样我们大概会过得更好；借用尤金·欧凯利的古怪措辞，这也许有助于我们"'成功'死去"。不过，我所谓的"过得更好"，其含义当然指"有助于我们的日子过得更加容易"，而非"在我们离世之前发现尽可能多的真理"。哪一个对我们更为有益呢？到头来，直面坟墓者很可能会有像安妮塔·布鲁克娜笔下女主人公们那样的感受——这些恭顺、忧郁的真相追随者老是输给那些扬扬自得的俗人，这帮俗人不仅大肆地向人生攫取欢愉，而且到头来很少为自我错觉付出代价。

* * *

我明白(我认为)生命取决于死亡。我明白如果不是其他星球的先行毁灭，也就根本不会有地球的存在；而且，为了让像你我这样的复杂生命体能居住在这一星球上，为了能够产生自知自觉、自主复制的生命，数量庞大的生命体不得不进行了变异、选拔和淘汰。我明白这一切，而且当我发出"为什么死亡会发生在我身上？"这一诘问的时候，我赞赏神学家约翰·鲍克的明快回答："因为宇宙在召唤你。"然而，我对这一切的理解并不等于接受，更不用说欣慰了。而我也不记得曾把自己放置在宇宙的可选范围之内。

那些不怕死的朋友（他们已有孩子）偶或向我建议，或许我身为人父之后感觉会大不一样。也许吧；而且我明白小孩完全可能成为“值得关注的短期担忧”（也是长期担忧），即我朋友G所推荐的那种类型。但从另一个角度说，我对死亡的忧虑远在小孩成为我人生一大考虑之前就已经袭来了；而且，拥有自己的孩子也未能帮助左拉、都德、我父亲或怕死的G，他生育了人口份额的两倍。有时候，孩子甚至可能把事情搞得更糟：比如，子女离家后，母亲们或许会更深切地感受到死亡的来临——她们的生物学功能已经完成使命，现在宇宙需要她们做的只有一死了之了。

然而，主要的论点在于，你的孩子在你死后“延续你的存在”：你并不会完全消亡，而对此的先觉知识在显性认知或潜意识上为你带来慰藉。可是我和我哥哥是否在延续我们父母的存在？这是不是我们自认为正在做的呢？——倘若如此，这与“他们当初的期望”多多少少有一点点接近吗？我们无疑是坏榜样啊。因此，我们不妨假设，某两代之间的联系呈现出让所有人都满意的状态，而你是那互爱互敬的两代人中的一员，每一代人都力图传承上一辈的记忆、美德与基因。这所谓的“存在的延续”能走多远呢？一代、两代，还是三代？直到某一代人出生时，你已经离世，而他们对你别无记忆，仅仅把你当作一个传说，这时候又会怎样？你的存在会被他们延续吗？他们又是否知道这是自己正在进行的事呢？诚如伟大的爱尔兰短篇小说家弗兰克·奥康纳所言：传说“绝不能匡正任何事”。

我母亲在我出版第一部被称为“大轰炸”的小说时，其中充斥着粗鄙的描写，是否也质疑过我延续她的存在方式？我并不这么认为。接着，我用别名写了一部内容更为粗鄙污秽的惊悚小说，因此我建议爸妈千万别读。但母亲并不听从劝阻，而是及时向我报告，说她在读到某些内容时“眼珠都快要像教堂里的帽钉一样跳出来了”。于是我提醒她，万万注意健康。“好吧，”她回答道，“但你总不能老把书搁在书架上吧。”

我不相信她寄望于自己的两个儿子像运泥工一样，在将来一车一车传承家族的记忆。她自己倒偏爱回忆。她最爱的是我们——以及别的孩子——处于三到十岁的时候。大到已经不再是“脏兮兮的小狗狗”，但依然得习惯青春期那种种傲慢无礼的并发症，更不必说成年时期的平等乃至超越自己了。当然，我和哥哥面对成长带来的庸俗罪过——除了悲惨地夭折之外——着实别无他法。

* * *

我曾经在电台上听到一位意识方面的专家解释，人的大脑——无论是物理上还是计算上——并不存在中心，即没有自我的位置；而我们有关灵魂或心灵的概念必须由“分布性的神经元处理过程”这一观念取而代之。她进一步解释，我们之所以具有道德感，是因为我们属于一个已具有了互惠性的利他主义的种群；而自由意志这一概念，譬如“从小小的内部自我做出有意识的决定”，则必须予以摈弃；我们是复制以及传递文化单元的机器；而全盘接受这一切的后果则“真的很怪异”。如她所说，这首先意味着“此时此刻这张嘴里说出的这些话，并不是发自这里的一个小我，而是源于整个宇宙的自然运行”。

加缪认为人生是无意义的——更合适也更精准的说法是“荒谬”，这更丰富地展示了我们存在的孤独境地——“我们没有合理的理由存在”。但他相信，即便如此，既然身在此地，我们必须为自己创立规则。他进一步说明：“我唯一也最能确定的是，人在体育运动当中体现了自己的责任与道德。”——特别是足球运动，尤其是他在阿尔及尔竞技大学当守门员的经历。人生如同一场足球游戏，其规则有些武断但同时必不可少，因为没有规则，游戏便无法进行，我们也就绝不可能享受足球——以及人生——带来的美丽与欢愉。

第一次听到这个比喻的时候，我如同看台上的粉丝一样鼓掌激赏。和加缪一样，我也曾经是一名守门员，虽然不如他那样出色。我曾参加过的最后一场比赛是作为《新政治家》队的一员对抗斯劳工党队。那天天气很糟，球门是一块泥地，而我也缺双像样的靴子。在让对方射进了五个球之后，我因为羞愧难当而自觉没脸再去更衣室，于是浑身浸湿如同一条丧家犬径直回到了公寓。而那天下午我所学到的有关这个无神世界中社交与道德行为的领悟，来自两个在我的球门后面晃悠观察的小男孩。他们在看到我对抗斯劳工党队所表现出的无力之后，做了短暂的研究分析，几分钟之后，其中一个尖锐地指出："肯定是个替补守门员。”有时候，我们在自己的人生当中不仅仅充当外行，而且简直就觉得自己不过是个替代品。

如今，加缪的比喻已经过时了(而且不仅仅是因为体育已日益成了一块欺诈与耻辱之地)。所谓自由意志的轮胎已经漏气，而我们在人生这场美丽的游戏当中所获的乐趣也仅仅是文化复制的一个例子罢了。不再如此：那儿是一个无神的荒诞世界，让我们自己划出场地，给球打气。取而代之：在“我们”与宇宙之间已经不再存在分割线，而我们是与宇宙相对应的独立实体这一想法仅仅是个错觉。倘若果真如此，我从这一切中所能获取的唯一安慰，乃是我本不必为自己在对抗斯劳工党队的时候错失了五个球而感到羞愧。这仅仅是宇宙按自己的步调在运行而已。

这位意识专家同样也被问到她如何看待自己的死亡。以下是她的回答："你知道，我会平静地对待它，只当作又走了一步而已。‘嗯，这会儿在这——我在这个播音间，和你一起——这地方多么美好。嗯，这会儿我奄奄一息——这便是我所在的地方……’接受吧，我觉得这是思考一件事情所能做到的最佳方式。尽情地生活，活在当下——尽自己所能做到最好，而你若问为什么要这样——我不知道。而与此同时你击中了终极道德问题的要害——但无论如何，那就是这东西所要做的事。而我希望它在濒死的床榻上完成这件事。”

接受——库布勒-罗斯提出的死亡理论中第五步也是最后一个阶段——会应需而至，这一假定究竟是颇具哲理呢，还是奇异地令人欢愉？跳过否认、愤怒、不甘与绝望，而径直走向接受吗？此外，她把诸如“嗯，这会儿我奄奄一息——这便是我所在的地方”作为将来的遗言这一点也让我略感失望(我还是更喜欢比如我哥哥的那句“切记让本拿到我那部贝克编辑的亚里士多德全集”)。而且我也不知道自己能毫无保留地信任一个对播音间发出“这地方多么美好”的感叹的人。

“那就是这东西所要做的事。而我希望它在濒死的床榻上完成这件事。”请注意这里并没有用人称代词。“我”变成了“它”以及“这东西”，这一转换既触目惊心又富有教益。随着对人之个性特征的重新思考，人类语言也必须跟上步伐进行再造。在所有的用语范围中，报纸纪实作家在勾勒人物形象时所用的词汇——一个固定的形容词词库，再配以某些富有生活气息的趣闻轶事——占据了其中一头，而哲学家以及研究大脑的科学家——回转炮塔中根本没有潜水艇艇长，而且全都围绕一块联系松散的海域——占据了另一头。而介于二者之间的则是一个日常世界，怀疑常识，质疑有用性，而你发现小说家也置身那儿，他们是人生业余性的专业观察家。

在小说中(包括我自己的小说)，人物被描绘成本质上具有某种可感可触——有时圆滑不定——的性格特征，以及可辨认的行为动机——至少是对我们而言，而非他们自己。这是一个比纪实作家所作的描写更加微妙也更为真实的版本。可是，说实在的，如果根本不是这么回事，那又怎样呢？我想，我会提供一个自动防卫的A计划：既然人们想象自己具有自由意志、稳定性格以及基本上一以贯之的信仰，那么这也应该成为小说家塑造人物的方式。但几年之后，这也许看上去就像是某个上当受骗的人文主义者，由于无法应对现代思想与科学的逻辑后果观而做的天真的自我辩白。我尚未准备就绪，把自己——或者你，乃至我某部小说中的某个人物——视为一个分布性的神经元处理过程，更不必说用“它”或者“这东西”来替代“我”“他”或“她”；但我承认小说在当下已落在了或然现实的后面。

* * *

福楼拜说：“人的一切认知都须通过学习获得，从出生后牙牙学语开始，直到临终时面对死亡。”但有谁能教我们如何死亡呢？很显然，在这个问题上我们无法获得前人的建议或指引。不久前的某个星期，我去找我的家庭医生看病。约莫二十年来，我一直向她求医问药，不过比起在诊室里相见的时间，我们在剧院或音乐会上偶遇的次数更多。那次会面的主题是我肺部的情况；而上一次会面则在讨论普罗科菲耶夫的第六交响曲。她问我在忙些什么，我告诉她我正在写有关死亡的文章，她告诉我说她也是。她把关于这个话题的文章用邮件发给我时，开始我着实吃了一惊：满篇都是文学典故。慢着，这可是我的领地呀，她在抢我的地盘，我暗自思忖，轻声嘀咕，不免有点担心，不过马上忆起这很正常："面对死亡，我们都书生气十足。"所幸她引用的典故（贝克特、T. S. 艾略特、米沃什、泽巴尔德、希尼、约翰·伯格）和我的鲜有重叠。

她在文章的某一处讨论了法尤姆肖像[①]。在现代人看来，这些科普特人的形象用这种激烈的方式真实再现了个人存在。对此我们无须质疑，但古埃及人画下这些肖像，并非为了让我们用它们装饰世俗的墙壁。和那些基克拉迪雕像[②]一样，它们都是为陪葬这一现实目的服务的：将肖像画附在木乃伊化的尸身之上，以便死者的灵魂在来世复活时能认出自己的身体。只不过令人失望的是，所谓的来世和他们之前所处的世界并无二致，不过是多背负了几个世纪的时间，而来世的守护灵和肖像检阅者原来就是我们——永恒来生的低级版本。

那必然是一次不可思议的合作，一方端坐一旁做好了迎接死亡的准备，另一方（一位艺术家）为他（她）精心画下唯一的画像。这一过程究竟是务实高效的，还是夹杂了悲哀和惧

---

① 公元1世纪开始在埃及出现的一种胸像或肖像。由于这类肖像在埃及法尤姆地区发现最多，故名法尤姆肖像。

② 在青铜时代爱琴海中的基克拉迪群岛形成了基克拉迪文明，最为著名的就是大理石雕像系列。

怕(不止因为行将就木，还担心画像是否能让来世的灵魂准确认出自己的肉身)？而这在我的医生看来就如同现代医学交易。“这个交易，”她问，“是否就是医生和[临终]病人所需要的？如果是这样，那应该什么时候开始呢？”此刻，我忽然意识到一个也许会让我们双方都感到吃惊的事实，她和我之间的交易已经开始了：她把她自己对于死亡的感悟发给了我，而我则将以此书作为回应。如果将来她就是为我送终的医生，我们至少应该做一次初步畅谈，了解我们在哪些地方有争议。

她和我一样是无神论者；当今社会，人们对垂死之人进行过度治疗，科技的发达又让人们无法理智思考死亡，以至于病人和医生都将死亡视为可耻的失败——她像舍温·努兰一样，对此感到无比惊骇。她力主人们重新考虑何为痛苦，因为痛苦并不一定是纯粹的敌人，反而是病人能加以利用的东西。她想要争取更多机会让人们进行“非宗教性忏悔”，可以让人们在此时拟定所欠遗账，表示对他人的宽恕，同时——是的——表达自己的悔恨。

我十分赞赏她的文字，但是(只是为了早点开始我们的临终谈话)我们在其中一个重要议题上产生了分歧。和舍温·努兰一样，她把人生视为一则故事。垂死——作为生命的一部分而非死亡的一部分——就是这则故事的结局，死亡之前的这段时间就是我们在行将终结的故事中寻找意义的最后机会。也许，由于身为作家的我大部分时间都在思考什么是故事而什么不是，我十分抗拒她的这种想法。莱辛将历史描述为将各种偶然事件秩序化，而我觉得人的一生正是这一历史的缩减版：在人拥有意识的一段时间内发生某些事件，有些可以预测，有些则无法预测；在此过程中，某些模式一再重复，机缘与我们暂且称之为自由意志的东西相互作用；在此过程中，孩子们逐渐长大，为自己的双亲送终，同时自己也为人父母；在此过程中，我们若是得到幸运之神眷顾，会找到一个自己心爱的人并与之为伴，若不够幸运，就会找不到爱人而过上另一种生活；在此过程中，我们辛勤劳作，纵情娱乐，信奉神明(或不信奉任何神明)，借由一两个小小的齿轮窥视历史的进程。而这一切在我的字典里都不能称为故事。或者，不妨换个说法：也许它是一则故事，但我个人觉得并非如此。

母亲预约的勤杂工常常不是爽约就是干活不到位，她还总是遇到笨拙的售后维修工程师无法提供让她满意的服务，每逢此时，她都会生气地说要“写本书”，专门写一写她和工匠打交道的经历。要是写成了，那将是多么无聊的一本书啊。书中可能会包括一些趣闻琐事、琐碎场景、人物肖像、冷嘲热讽，甚至还有轻佻举止；但所有这些合起来并不能算故事。我们的人生也是如此：破事一件接一件——换换排水沟，修修洗衣机——可这些不能算是故事。又或许(既然我常在音乐厅遇见我的家庭医生)在展开、变奏、再现、尾声和解决之前，并没有可以明确宣告的主题。偶尔会听到点振奋人心的咏叹调，大多是乏味的宣叙调，而鲜有通谱体。“人生不长也不短——不过是些冗长而乏味的章节。”

所以，当我们临近死亡回望人生时，如果“我们明白自己的故事”并将人生的终极意义烙印其上，我怀疑我们所做的几乎等同于虚构：把奇怪难懂、费解矛盾的信息加工成某种，任何一种，可信的故事——但主要是让我们自己觉得可信。我并不反对这种对故事的原始需求——因为我正以此为生——我只是对此表示怀疑。我总觉得将死之人并非是可靠的叙事者，因为对我们有利的叙述往往和事实相冲突，而对我们临死之时有利的事物，莫过于认为自己所做的一切都遵循了某种情节设定，自己的一生都在为了某个目的而奋斗。

医生、神父和小说家相互勾结，企图将人的一生描绘成一则向某个意味深长的结局不断推进的故事。我们兢兢业业地将自己的人生分成若干阶段，一如历史学家的普遍做法，喜欢将一个世纪分成若干个十年，为每段时期附上各自的特点。当我年幼时，总觉得成为大人似乎是永远无法到达的境界——既拥有儿童高不可攀的能力，又混杂了不会让儿童羡慕的成人式焦虑(养老金、假牙、步履蹒跚)；然而成长还是如期而至，尽管真正成年后的感觉和小时候的观感并不同。同时，成年也不像获得了某种成就，而更像是一场阴谋：如果你假装我已经是大人，那我也假装你长大成人了。然后，作为公认(或者至少无争议)已经成年的人，我们朝更完美、更成熟的境界行进，当故事已然自证，人们总希望我们能大声宣告或羞答答地承认:“成熟才是一切！”但这暗含水果意象的隐喻能保持多久？我们也许能骄傲地膨胀至成熟期，但更大的可能是被风吹落到地上悄悄腐烂，或是被灼热的阳光逐渐烤干。

* * *

假设让一个人写一本关于死亡的书。从他在头脑中构思开场白开始——“让我们搞清楚什么是死亡”——到在键盘上实际敲下一句和最初构思相异的开场白为止，这个世界上大概已有近七点五亿人死去了。在他写书期间，又将有大约七千五百万人死亡。而从交稿给出版社到面世，又将有四千五百万人死亡。埃德蒙·德·龚古尔认为，如果上帝给予我们所有人更长寿命，那主的簿记员将不堪重负——若是看到这些数据，你也许会觉得此言不虚。

在我的某一部小说里，我让笔下的一位人物在某个“终极选择”问题上——“1. 上帝存在；2. 上帝不存在”——探讨其他可能性，因此产生了很多吸引人的异端邪说，例如：3. 上帝曾经存在，但现在不再存在；4. 上帝确实存在，但是抛弃了我们；5. 上帝过去存在，将来也会存在，只是此刻不存在——他只是在休假(这可以解释很多问题)；等等。我和笔下人物耗尽最后一丝想象力，最终定格在第 15 条(不存在上帝，但存在永生)。

有一种可能性是我们没有想到的：也许上帝是个终极讽

刺者。正如科学家把一片片奶酪放在迷宫正确的出口处，用老鼠做科学实验，上帝可能也在做他的实验，而我们正是迷宫中的老鼠。我们的任务就是确定永生藏在哪道门后。我们在某个可能是出口的附近听见远处缥缈的音乐，在另一处出口附近闻到丝丝焚香，而第三个出口处则金光闪闪。我们试图推开所有紧闭的大门，却徒劳无功。时间越来越紧——因为我们明白自己正身处一个名为死亡的精巧箱子之中——我们企图夺路而逃。但我们不知道，我们被困在箱子中无法逃脱，这正是这个实验的全部意义。虽然有许多看似是门的出口，但没有一扇是真的，因为这个世界上没有永恒的生命。上帝这个讽刺家想出的游戏是这样的：在卑微的生命中播下渴望永生的种子，然后静观其果。看着这些拥有思想和智力的人类像发疯的老鼠一样四处乱窜。看着其中一部分人是怎样指导他人并宣扬他们找到的才是唯一正确的那扇门(但即使是他们自己也无法打开)，然后也许开始杀害那些下注于其他门的人。那样不是很好玩吗？

一个热衷于实验、富有讽刺精神又沉迷于游戏的上帝。为什么不能这样想？如果上帝以自己的形象创造了人类，或者人类用自己的形象创造了上帝，那么《游戏的人》[①]也暗含着“游戏的上帝”。他最爱让我们玩的另一个游戏叫“上帝存在吗？”。他慷慨提供了各种线索和论据，留下诸多暗示，在

① 荷兰学者约翰·赫伊津哈的著作，该书讨论在文化和社会中游戏所起的重要作用。

两边都任命代理人相互挑战(那个伏尔泰不就做得很棒吗？)，然后气定神闲、面带微笑地看着我们使出浑身解数。别以为迅速而懦弱地接受这一切——是的，上帝，早在有人这么说之前，我们就知道你从一开始就在那里，你可真厉害！——会对这个家伙起作用。如果上帝真的顶呱呱，我怀疑他会赞同儒勒·雷纳尔。有些教友把雷纳尔典型的法国反教权主义与无神论混为一谈，对此他做了如下回答：

> 你告诉我说，我是无神论者：因为我们没有用相同的方式寻找上帝。或者，更确切地说，你相信自己已经找到了上帝。恭喜。我仍在寻找上帝的途中。如果他赐予我更多生命，我会再寻找十年或二十年。我担心自己会找不到他，但仍会一如既往地寻找。也许他会对我的努力表示感谢，而你那自以为是、头脑简单的懒惰信仰却只能让他心生怜悯。

当然，“上帝游戏”和“死亡迷宫”相得益彰。它们形成某种三维立体的谜团，吸引厌倦了下单调的国际象棋的人们。垂直的“上帝”游戏和水平的“死亡”游戏相交，构成了世间最大的谜团。我们如老鼠那样吱吱叫着在通往虚无半空的梯子上攀爬，在只通往死路的角落里奔跑。是不是感觉很熟悉？你几乎可以确信上帝——这种类型的上帝——正在读雷纳尔那天的日记：“如果他赐予我更多生命，我会再寻找十年或二十年。”自以为是的人啊！于是上帝赐予了他六年半的时间：既不小气，也不纵容：公平得很。即，在上帝眼里的公平。

如果作为一个人，我害怕死亡，如果作为小说家，我擅长寻找反论，那我应该学会为死亡辩解。办法之一就是让死亡的对立面——永恒的生命——显得无可留恋。当然，早已有前人尝试过这个方法。这就是死亡的麻烦之一：几乎一切都已有前人实践过了。斯威夫特让斯特鲁德布鲁格[①]额头上生来就长有红色胎记；萧伯纳在《千岁人》中描写了卵生的“古代人”，四岁就成年。这两个例子证明了永生的乏味，拥有无边的生命只会让人空虚；永生的主人——或者说忍受永生的人——渴求死亡的慰藉却被无情地拒绝。在我看来，这是为了宣传所做的曲解，显然是为了安慰将死之人。我的家庭医生为我指点了一个较为精妙的文本，兹比格涅夫·赫伯特的诗《我思先生与长寿》。我思先生“想唱歌/歌唱时间逝去的美丽”；他欢迎爬上面颊的皱纹，他拒绝长生不老的灵药，“他因记忆的流失而喜悦/他受到回忆的煎熬”——简而言之，“源自孩提时期的永生/令他心生恐惧，浑身颤抖”。人为何要艳羡神灵，赫伯特问，并做了辛辣的回答：“为了天国的牵引/为了烂政/为了难平的情欲/为了大大的哈欠。”

即使我们大多数人都能想象提升奥林匹斯山的管理效

① 原文为Struldbrugg，意指老而不死的人。斯威夫特所著《格列佛游记》中虚构的一种人。

能，并且不会对天国的牵引或稍稍多一点的情欲满足过分厌倦，这一姿态也颇为诱人。然而，侵袭永恒乃是——非如此不可——侵袭生命；或者，至少是对生命短暂的解脱的庆贺和表现。人生充满痛楚、苦难和恐惧，而死亡让我们从这一切之中解脱。赫伯特说，时间是永生向我们展示悲悯的方式。不妨想象，这一切将会永不休止地持续下去：谁不会祈求终结？儒勒·雷纳尔深有同感："想象没有死亡的生命吧。绝望的你每天都想自杀。"

搁置永生的永恒性这个问题(窃以为，假以时日，这一点是可以解决的)，有关上帝决定一个人的生死这一老派说法的吸引力之一——除了"不死之身"这样明显更吸引人的说法之外——就是我们内心深处对审判的需求和渴望。这无疑是宗教的本质诉求之一——也是对维特根斯坦的吸引力。我们只用生命的一部分观察自己和别人，而生命的另一部分被别人观察。恋爱时，我们希望——既是利己，又是利他——我们将最终得到真正的考察：受到评判，获得认可。当然，爱并非总是带来认可：即使经过观察，最后仍可能被拒绝，随后度过一段地狱般的日子(问题和悖论在于，一个爱人有足够的判断力去选择一个有对等判断力的对象来认可自己)。从前，我们也许能聊以自慰，人类的世俗之爱尽管既短暂又不完美，但它预示着奇妙完美的神性之爱。而现在，我们已拥有这一切了，我们必须硬着头皮应对我们的没落状态。然而，我们仍然渴求慰藉，渴求真理，渴求被人充分理解。这才能有个好结局，不是吗？

因此，也许我们可以只申请进行审判，跳过关于上天堂的那部分——但无论如何可能都会包含雷纳尔想象中那个高声谴责的上帝："你不是来这里玩乐的，你应该知道！"也许我们不需要完整的程序。因为——也许是上帝手中剧本的第16b号场景——试想一下上帝对我们的生命档案会产生怎样的理智反应吧。"你瞧，"他也许会这么说，"我看了你们的资料，也听了你们最著名的有神论者的请求；当然，你已经尽力了（顺便一提，不管那些挑衅者告诉过你什么，我的确赐予了你们自由意志）。你生前是个本分的孩子，也是一个尽责的家长，你向慈善机构捐款，你帮助一只盲狗过马路。你是一个我用泥巴捏成的人，你做到了你所能达到的极致。你希望自己被人理解、获得认可？很好，我这就把'理解且认可'这个印章敲在你的人生、你的档案，还有你的额头上。但说真的，让我们坦诚以待：你觉得你应该因你这一生而得到永生作为嘉赏吗？你不觉得这对你那微不足道的五十到一百年的投资来说简直就像中了头奖？恐怕萨默塞特·毛姆是对的，他说你们这种生物不适合当人类。"

要反驳这一点将会很难。如果关于永生的沉闷和人生的痛苦无法说服众人，那么人类配不上永生这一论证还是颇具说服力的。即使我们拥有一个慈悲的——甚至可以说是多愁善感的——天神，我们是否还能客观地宣称我们的永生是很有意义的？也许偶尔的例外多少充满了谄媚的意味——莎士比亚，莫扎特，亚里士多德，请站在那儿，请到天鹅绒后面去，你们这些剩下的人，给我到地板门下面去——但这也没多大意义，是不是？生命有一种放之四海而皆准的特点，并不会因每个人的不同特点而有所不同。

* * *

我父母的骨灰被大西洋风吹到法国海岸；我外公、外婆的骨灰就撒在火葬场里——除非他们的骨灰被错放到别人的骨灰盒里。我从未给任何家族成员扫过墓，而且我怀疑这辈子也不会这么干，除非我哥哥强迫我为他扫墓(他打算葬在自己的花园里，周围环绕着给美洲驼剪毛的声音)。相反，我倒是给各类毫无血缘关系的人扫过墓：福楼拜，乔治斯·布哈森，福特·马多克斯·福特，斯特拉文斯基，加缪，乔治·桑，图卢兹·劳特累克，伊夫林·沃，德加，简·奥斯丁，勃拉克……相当一部分人的墓很难找到，墓旁也少有鲜花或是前来吊唁的人群。要不是加缪妻子那打理得当的墓碑就在他本人的旁边，我是无法找到他的墓的。为了找福特的墓，我花了一个半小时在多维尔的崖顶公墓苦苦搜寻。最终找到他那低矮简陋的墓碑时，上面的名字和日期已经几乎难以辨认。我蹲下身来，用租车钥匙在长满青苔的刻字上又刮又擦，直到这个作家的名字再次清晰可辨。清晰是清晰了，却有点奇怪：不知是当年法国工匠没有在字符之间留出足够的空隙，还是我在清理过程中出了什么差错，总之这个三个词组成的名字好像跟以前的拼写有点不一样。“FORD”，开头没错，接下来却变成了“MAD OXFORD”[①]。想起洛威尔对这个英国小说家的评价是“疯狂迷恋写作的老人”，这可能影响了我的感知。

我很乐意成为一个疯狂迷恋写作的老人(尽管按照某些官僚机构的计算我已然是了)；我也不介意有人拜访我的墓。我喜欢这种想法(不管这是死者的未来愿望，还是未来死者的愿望，我哥哥都认为这种愿望不合情理)：有人读了我的书，然后慕名前来寻找埋葬我的坟墓。这基本上是一种文人的虚荣，但在这虚荣的下面藏匿着赤裸裸的迷信思想。正如完全摆脱对上帝的殷殷记忆和对审判的幻想(只要审判是公平的——它是宽宏大量的)，以及既充满希望又希望渺茫的梦想——这一切中有某种该死的天意——是很困难的，要时刻明白死亡是一劳永逸的也是很困难的。人的思维仍在死亡之匣中寻找出口，仍然会被永生这样的科幻想法所诱惑。如果上帝不再提供帮助，而所谓的人体冷藏就是一位悲伤的老人坐在漏风的冰箱旁希冀一场悲剧能以喜剧收场，那我们必须另寻他途。在我的第一部小说里(有时怎么看都像本人的自传)，叙述者曾考虑某种克隆的可能性。他很自然地联想到事情恶化的那一方面。“假如他们找到办法，即使在你死后也可以令你重生。如果他们挖开墓穴发现你腐烂得有些过头怎么

① 原名应该是 Ford Madox Ford，现在后两个词的拼法 MAD OXFORD 的意思是“牛津疯子”。

办……如果你已经被火化而他们无法找齐所有骨灰怎么办……如果国家重生委员会觉得你并没有重要到必须复活的地步怎么办……”诸如此类——甚至还有这样的情景：你总算获得重生的许可，结果在即将复活时，一个笨手笨脚的护士把一根重要的试管掉在了地上，结果你原本应该清晰的视力永远蒙上了阴霾。

“未来死者的愿望。”我的哥哥挖苦道，“哎，我们所有的愿望都是身为未来死者的愿望。”不过，就我个人来说，是的，我的愿望就是土葬。希望有人能为我扫墓，用出租车的钥匙清理我墓碑名字上的地衣；然后提议用我身上的一块DNA让我在这个俗世中重生——但不要——希望你不要介意我坚持这一点——不要在科技真正完善前这么做。然后，我们来查验一下我的意识是否和第一轮生命时一样，是否还记得前世的一切(比如认出这个句子是我自己写的)，我是否会坐在最近的打字机旁勤勤恳恳又兴奋不已地将我曾写过的书重新写出来——要真是这样，且不说别的，可能会产生某些有趣的版权问题。

不，这一切有点玩命了吧。我知道科学家已经从永冻层把猛犸象用来撕裂猎物的利器挖了出来，打算在实验室让那些獠牙再生。但据我猜想，请求再生的小说家在预备复活名单里的排名会相当靠后(或许在将来，作家们会像要求把自己的书印在无酸纸上那样，设法把复生也当作条件写进合同条款里)。也许最好同意法国人的话：或者生，或者死，没有中间地带。也许临死前最好明确地“告别”，而非万分之一概率的“再见”，而且和都德一样说着“别了，我的妻子……我的家人，我心中的牵挂”。他接着写道：“别了，自己，珍爱的自己，此刻的我如此惶惑不安，如此糊涂不清。”这样更明智，不是吗？

* * *

在某种程度上，人的智慧在于不再伪装，摒弃诡计。罗西尼在隐退三十八年后复出，创作了《小庄严弥撒》。他把自己的晚年作品称为“我的耄耋之罪”，又称这首弥撒曲为“罪孽的终曲”。在手稿末尾，他用法语写了这样的题词：“亲爱的上帝，至此我终于写完了这首《小庄严弥撒》。这究竟是一曲真正的宗教音乐，还是本人的又一平庸之作？如您所知，我生来就只会写喜歌剧。这首弥撒曲里也没有太多技巧，只是表达了本人的一点情感，如此而已。因此，荣耀归于我主，请准许我进天堂吧。G. 罗西尼——帕西，1863 年。”

这题词中洋溢的希望之情如孩子般天真烂漫。一个艺术家在年迈时崇尚简单，这本身就颇为动人心弦。这位艺术家想说的是：华丽的表演和炫技是年轻人热衷的把戏，没错，炫耀是雄心壮志的一部分；但既然我们已经老了，就让我们拥有朴素坦白的自信吧。对笃信宗教的人而言，这也许意味着为了进入天堂而再度变成孩子；对艺术家而言，这意味着要变得足够睿智，足够冷静，不再隐藏。是否一定有必要在乐谱上谱下复杂的音符，或是在画布上涂上瑰丽的色彩，抑或是在稿纸上写下华丽的辞藻？这并非只是在永生面前谦卑；这也意味着我们要用一生的时间才能让自己的所见所言都能如此单纯而天真。

有时候，我的同龄人用略带困惑的语气说："拥有足够的智慧。可有趣的是，我丝毫没感觉自己变老。"我显然感觉到自己变老了，而我若对此有任何怀疑，那是因为我心中自有盘算，譬如说，我遇见一位少年老成的十二岁孩子手里夹着支香烟在校门口外悠悠闲荡，转而想到自己在2006年时已进入花甲之年，这个岁数和依然在世的年纪最大的一战士兵相比已经相差无几，相对我和那孩子之间的年龄差来说要小得多。那么我是否感觉自己变得更有智慧了？是的，多少有点；当然啰，至少没有以前那么愚蠢(也许终于拥有足够的智慧来哀叹某种愚蠢的丧失)。但是否已经足够睿智进而达到单纯的境界？还差一点呢，我的主。

对于那些耐心查验人类心脏和大脑运行机制、把经验进行加工进而理解人生的人来说，智慧是对他们的善意回报：不是吗？好吧，舍温·努兰这位睿智的死亡学家在这个问题上有话要说。你想先听好消息还是坏消息？明智的做法永远是选前者——因为你很可能在听到坏消息前就已经死了。好消息是，有时候我们确实越老越聪明。然后来听听坏消息吧(比好消息长得多)。我们非常清楚人类的大脑会逐渐衰竭。不管大脑构件如何拼命地自我更新，脑细胞(和心脏肌肉一样)的寿命仍是有限的。五十岁以后，大脑的重量每十年减轻百分之二；同时大脑会呈现一种奶黄色——“即便是衰老也有自己的色号”。大脑前额叶皮层运动中枢内的神经元将会减少百分之二十到百分之五十，视觉区域的神经元将减少百分之五十，身体感官部分的情况也差不多。不，这还不算真正的坏消息。坏消息其实隐藏在相对美好的假象里——大脑的高等思维功能相对来说不太会受到此类广泛细胞病态化的影响。的确，“某些皮质神经元”在我们成年后似乎变得更为充沛，甚至有证据证明许多神经元的丝状分枝——树突——在没患老年痴呆症的老年人脑中继续生长(如果你得了老年痴呆，那就当我没说)。“我们总认为智慧会随着年龄的增长而累积，现在神经心理学家可能已经发现了这种智慧的来源。”仔细揣摩“总认为智慧会随着年龄的增长而累积”这句话，我们就会哀叹连连。有一个偶尔征询我意见的朋友给我起了个绰号叫“咨询中心”——即使这标签略带讽刺意味，还是给我带来了不可思议的快乐。然而，原来一切只不过是因为我的丝状分枝长得稍微茂密了一点——对此我无能为力。

智慧，哲学，宁静：如果将恐惧感分为一到十个等级，那么对于死亡的恐惧大概可以列为第十一级；我们如何才能拿这几个词堆砌成墙抗拒这样强烈的恐惧？不妨以歌德为例。他活了八十多岁，生理机能完好无损，身体健康，蜚声海外，是那个时代最睿智的人之一。他一直质疑人死后精神不灭的观点。依他之见，对永生的关注只是闲人的臆想，那些相信永生的人未免太沾沾自喜。而他本人的态度则诙谐而现实：如果在死后发现真的有来生，那他当然很高兴；但他同时殷切期望自己不会碰到那些在前生前世极力鼓吹永生存在论的讨厌鬼。要是到了来世还要听他们如公鸡打鸣一般扬扬得意地宣告“我们是对的！我们是对的！”，那可比在现世听到这些话更让人难以忍受。

有什么能比这番见解更英明理智？于是歌德继续工作直到晚年，于1831年夏天完成《浮士德》的第二部分。然而仅仅九个月后，他就因病卧床。歌德在生命的最后一天承受了极大的痛苦，当时他已丧失说话能力，但仍继续在膝盖上的毯子上描画字母(一如既往地注意标点符号——完美诠释了何谓率性而死)。他忠实的朋友们称他死得高贵，如基督徒般地死去。然而，歌德医生的日记揭示了真相：事实上歌德当时“被恐惧攫住了心灵，激动得无法自抑”。对医生来说，在生命终结之日产生“恐惧”的原因十分明显：歌德，那个睿智如斯、洞察一切的歌德，终究无法逃脱舍温·努兰向我们预示的恐惧。

* * *

屠格涅夫微微挥了挥手，那个无法承受的话题就消失在斯拉夫人的迷雾中。如今，无论是手势还是迷雾，在药学上均可资借鉴。母亲第一次中风时，医生按照医疗惯例——并且没有通知她的家人——给她开了大量抗抑郁药物。因此，尽管母亲感到恼火，十分沮丧，以至于时不时陷入“完全疯狂”的境地，但她十有八九并没有抑郁。而先于母亲这样一路走过的父亲，在我看来却被抑郁击垮了，常常双手抱头消沉地坐着。我认为父亲的这种反应相当自然且符合逻辑，原因如下：1）发生的事件；2）他本人的脾性；3）他是母亲的丈夫。也许将来医学会开发出一种功能，允许我们能自行控制大脑中认知死亡的那部分。就像病人自己操作吗啡点滴那样，也许用拇指咔嗒一按，我们就能控制自己临死前的心情和感受。否认咔嗒愤怒咔嗒咔嗒不甘——啊，终于好受多了。也许我们可以通过咔嗒咔嗒的按键让自己对死亡的态度从“接受”（“哎，我现在正躺在临终的病榻上——这就是我最后的所在”）升华到“认同”：认为这一切都是如此合理，自然，甚至是让人向往的。对于能量守恒定律，对于宇宙中物质不灭的真理，我们应该感到欣慰。这个世界上有无数的人未能降生，能够出生就已经够幸运的了，我们理当心怀感激。我们应该承认成熟就是一切，把自己想象成开心地从树枝上掉下来的水果，身为作物也能平静地看待丰收。我们应该自豪地为别人腾出位置，因为我们能出世也得益于别人的慷慨让位。中世纪的鸟儿飞进灯火通明的大厅，又从另一端飞走，对此我们应该深信不疑，倍感慰藉。身为垂死的动物，究竟什么才会对我们更有用？欢迎来到“开心病房”。

我们很可能死在医院里，你和我：现代的死亡，少有各种民俗相伴。在希特里莱米内，过去农民会焚烧死人床垫里的稻草，但保留外面的布料。斯特拉文斯基去世后，他的遗孀薇拉要求将房间里所有的镜子都遮住；她也不碰丈夫的尸体，相信他的灵魂可以在尸体内继续生存四十天。在许多文化中，人死后应该开着门窗，以便让灵魂自由逃逸，飞走。基于同样的原因，人们也不应俯身于奄奄一息的人之上，或站在将死之人面前。而现在，在医院送终让这些习俗日渐式微。而替代各种民间习俗的，则是各种官僚程序。

在惠特尼，出生和死亡登记处的门上写着“请敲门等候”。就在我和母亲等候时，一对从婚姻登记方向出来的夫妻，欢笑着穿过走廊，从我们身边走过。登记员是个三十多岁的女人，墙上用大头针别着两个卷心菜娃娃，手边放着一本厚厚的梅芙·宾奇的平装书。一看见有个爱阅读的人，母亲就提起她的儿子也是作家(我觉得自己小小地死了一下)：“朱利安·巴恩斯，你听说过吗？”可是登记员没听说过；而我们共同的文学领域只限于谈论梅尔文·布莱格原作的电视改编版《跳舞时光》。然后，大家问了几个问题，开始默默填表。最后，登记员在她自己不知情的情况下意外获得了母亲的认可。当母亲身体前倾，在她丈夫死亡证明上签字时，登记员失声叫道:“您的指甲保养得真好！”母亲的指甲向来如此：这就是她宁可耳聋也不愿失明的原因所在。

五年后，我前去登记母亲的死亡，接待我的是另一个女人，只会机械地说话，在和人打交道方面毫无技巧或天分。我给了她所有的资料，签了名，拿到复印件，然后站起来准备离开，这时她突然用死气沉沉的声音说了四个多余的字："登记完毕。"听起来就像足球协会老板在赛前抽完最后一组签后宣布结果的机械口吻:"英格兰足总杯四分之一决赛抽签完毕。"

我家的故事就此叙述完毕。请容我再多说点关于我自己的事。我不会介意你站在我的临终病榻前——友善的面孔总会受到欢迎，虽然我怀疑在凌晨两点人手不够的医院里会有笑脸。我不指望我死后门窗大开，让我的灵魂飘走，因为，那时要是万一失窃，保险公司肯定不会赔偿。但对墓碑我不会在意。在生命的最后一年，儒勒·雷纳尔知道自己病入膏肓，逐渐养成了去墓地的习惯。有一天，他去了龚古尔兄弟在蒙马特的墓地。龚古尔弟弟于 1870 年葬在那里；而 1896 年，哥哥埃德蒙去世，畏惧死亡的左拉在此墓前念完他的悼词后，将后者也葬在此地。雷纳尔在《日记》里提到，这两兄弟的文学自尊心十分强烈，甚至都不屑在墓碑上提及他们的职业。"两个名字，两组日期，他们觉得足够了。呵！呵！"雷纳尔用他古怪的法国式拟声词评论道。"那可不是什么你可以依赖的东西。"但龚古尔兄弟这样朴实的碑文象征虚荣吗？——认定每个人都理所当然地知道他们是谁——或者正好相反，是避免自吹自擂的最好方式？又或许是他们清醒地意识到，一旦置于历史洪流中，没有任何作家的名字可以保证流芳千古？我很好奇雷纳尔的墓碑上到底写了些什么。

* * *

“我们很可能死在医院里，我和你。”写这样的话是很蠢的，尽管从统计学角度来说概率相当大。所幸的是，我们无法知道自己死亡的进度和地点。你期待某一样东西，而结果却可能得到另一样东西。1908 年 2 月 21 日，雷纳尔写道:“明天我就四十四岁了。这个年龄没什么可多说的。四十五岁应该是开始思考的年龄。四十四岁是躺在天鹅绒上悠然自在的年龄。”而在他真正生日那天，他变得更阴郁了:“四十四岁——活到这个岁数，你就必须放弃再活四十四年的希望了。”

承认自己也许活不到八十八岁，这似乎是一种合理的计算，而不是轻蔑的宣言。即便如此，到了翌年，雷纳尔的健康状况急转直下，甚至当他从杜伊勒里花园的一端走到另一端时，中途都不得不坐下来与贩卖溪谷百合的老婆子们聊上一会。“等我老了，得开始记点笔记了，”他不无伤感地写信给一个朋友时说道，“我四十五了——如果我是棵树，这可一点也不算老。”他曾一度希望上帝不要让他死得太快，因为他不介意观察自己步入死亡的整个过程。现在他觉得自己需要多少时间来观察呢？最终用了四十六年零三个月。

当他的母亲失足跌落到井里时，在水面激起了“如淹死一只动物般的轻柔旋涡，”雷纳尔评论道，“死神不是艺术家。”其优点至多是手工艺方面的：勤奋，固执，某种矛盾感，有时会达到反讽的程度，却又不够微妙暧昧，比布鲁克纳的交响乐更加重复。诚然，死亡的发生地点灵活随机，被一系列风俗迷信包围——尽管这些都是我们的杰作，并非死亡自身所为。雷纳尔提到一个细节，我们这个对民俗一窍不通的家庭显然对此一无所知："随着死亡的临近，人会散发出鱼样的腥臭气。"这可是一件值得我们留心的事。

然而，如果我们同意雷纳尔以一种傲慢的态度把死亡排除在艺术家行列之外，死神又为何会介意这点呢？它何时需要艺术的认可了？死神跟它的同事"时间"一起，专注于自己的事，脸色阴沉，只知百分之百地忠实执行自己的任务。大多数艺术家都对死亡报以谨慎警惕的态度。有些人认为这是紧急召唤，而有些则乐观地相信后人会为他们昭雪沉冤。（不过"为什么人们明天一定会比今天聪明呢？"）；对于其他人来说，死亡是最好的事业转向。肖斯塔科维奇认为，怕死可能是我们最隐秘的感受，并进而指出："具有讽刺意味的是，正是因为怕死才让人们创造了诗、散文和音乐，也就是说，人们试图强化自己与生者的联系并增大自己对他们的影响。"

我们创造艺术，是为了挑衅或战胜死亡吗？为了超越死亡，将它置于相应的所在？你可以夺去我的身体，你可以将我头颅内隐藏了所有理性和想象力的黏湿物体带走，但你不能带走我已然用脑子创造出来的一切。这就是我们的潜台词和动机吗？很有可能——尽管按照永恒的观点来看（甚至一千或两千年的观点)相当愚蠢可笑。我曾经如此沉醉于戈蒂耶笔下得意的诗句——一切终将消逝，唯有强大的艺术永存；国君终将离世，但歌颂君主的诗句千古流传——现在读起来却像安慰年轻人的话语。品位改变了；真相成了陈腔滥调；完整的艺术形式消失了。即便是艺术战胜死亡的最伟大胜利也是可笑地短暂。小说家也许希望自己的书能有下一代读者——幸运的话可能有两三代——感觉这仿佛是对死亡的奚落；但其实这仅仅是在死囚牢房的墙上刮了一下而已。我们这样做只想表明：我也曾到过这里。

* * *

我们也许可以让死神像上帝一样，偶尔当当讽刺家，但也不应该把它们混为一谈。关键的区别在于：上帝可能死了，但是死神还活得好好的。

把死神看成讽刺家：关于这点，最常被人引用的例子是我读毛姆作品时初次接触到的一个一千多年前的小故事。一个巴格达商人让他的仆人去买些必需品。仆人在市集上被一个女人撞了一下，他转过身，认出眼前这个女人就是死神。仆人吓得脸色苍白，浑身颤抖地跑回家，乞求主人将马借给他：他得立刻赶往萨马拉并藏在死神永远找不到的地方。主人同意了，于是仆人骑马逃走了。之后，主人自己前往市集，跟死神攀谈，并责怪她威胁自己的仆人。噢，死神回答，但我没有做出威胁的姿态啊——我只是表示很惊讶。我很震惊今天上午在巴格达看到他，因为我今晚在萨马拉和他有约。

这里有一个更现代的故事。帕维尔·阿波斯托洛夫是一位音乐理论家，为铜管乐队作曲，终其一生都在迫害肖斯塔科维奇。苏联卫国战争时期，他身为陆军上校，曾指挥过一个军团，后来成了中央委员会音乐部的核心成员。肖斯塔科维奇这样评价他："他骑着白马前来，灭掉了音乐。"1948年，阿波斯托洛夫所在的委员会强迫这位作曲家为自己创作的音乐公开认罪，差点把他逼得自寻短见。

二十年后，肖斯塔科维奇那首被死亡萦绕的《第十四交响曲》在莫斯科音乐学院的小演奏厅里举行了一场"秘密首演"。这实际上是苏联音乐专家搞的一次秘密审查，以确保这部新作不会腐蚀广大观众。在音乐会前，肖斯塔科维奇向观众致辞。小提琴手马克·卢波斯基记得他说："死亡让人恐惧，死后一切都归于虚无。我不相信人死后还有来生。"随后他要求观众尽量保持安静，因为演出将会被录音。

卢波斯基当时坐在"作曲家之家"的一位女负责人旁边，她的另一边坐着一位上了年纪的秃头男子。交响乐刚演奏到非常安静的第五乐章时，这个男人突然跳了起来，让他的椅子发出巨响，然后冲出演奏厅。这位负责人小声说："这个混蛋！他在1948年就企图搞垮肖斯塔科维奇，却以失败告终。他至今还不善罢甘休，现在又来故意破坏演奏会录音。"此人不是别人，正是阿波斯托洛夫了。然而，观众不知情的是，这位迫害者自己也是一个受害者——他因突发心脏病而一命呜呼。卢波斯基口中那“不祥的死亡交响曲”最终冷酷地夺走了他的性命。

萨马拉的故事表明了我们过去是怎样看待死亡的：潜行徘徊的跟踪者，伺机给人致命一击；肩扛镰刀，手持沙漏的黑衣人；出没于我们身边的东西，具备人的形体。而莫斯科的故事则展现了死亡一贯的模样：那是我们一直具有的东西，潜藏于体内某条隐匿的狂暴基因里，潜藏于某个有瑕疵的器官里，潜藏于造就我们的计时机器里。当我们躺在临终病床上，我们很可能又会把死亡拟人化，认为自己正在和化作入侵者的病魔作战；但其实我们只要战胜自己就行，战胜我们体内企图灭掉健康细胞的那一部分。在临终之时——假如我们有足够长的寿命——我们体内衰退腐朽的部分往往会相互竞争，比比哪个才能在我们的死亡证明上占据头牌死因的地位。正如福楼拜所说，“我们刚来到这个世界上，体内的某些部分就开始逐渐消失”。

让儒勒·雷纳尔最终离世的那一部分就是他的心脏。他被确诊患有肺气肿和动脉硬化，开始了他最后一年与*床和牛奶*[①]相伴的日子——每天两升半牛奶。他说：“既然我病了，我忽然发现自己很想说些影响深远、名垂青史的话，可以让我的朋友们反复背诵；但之后我有些过于激动了。”他半开玩笑

① 原文为法语。

地交给自己姐姐一项任务，让她负责在希特里莱米内的小广场上给他建一座半身像。他说，相较于医生，作家对现实有更好、更真实的感受。他觉得自己的心脏就像是一位因塌方埋在地下的矿工，不定期地发出敲击声来传递自己依然活着的信号。他感到他的一部分大脑就像蒲公英一样被吹走了。他说:“别担心！我们中怕死的那些人总是千方百计地想以新奇的方式死去。”他说:“天堂并不存在，但是，尽管如此，我们必须奋发而为，无愧于天堂。”结局最终于1910年5月22日在巴黎降临。四天后他被葬在希特里，没有神职人员到场，和先他而去的父兄一样。而基于他作为作家的请求，也没有念追悼词。

太多法式死亡？好吧，这里有一个典型的英式死亡案例，主人公是极度恐惧死亡的国家级鉴赏家，菲利普·拉金。在他人生的前几十年，拉金还能时不时地说服自己，当死亡最终来临时，也许也是一种仁慈吧。但是，他的传主告诉我们，到他五十岁时，“对湮没的恐惧让一切暗淡无光”。——然后，“当他步入六旬时，他的恐惧感与日俱增”。我朋友G安慰说，人过六十，时来运转；此言不过尔尔。在拉金迎接死亡的那一年，他写信给一个诗人朋友:“我并非一直在思考死亡，尽管我不懂我们为何不这么做——正如死囚牢里的犯人一直想着自己的末日那样。为什么我竟然没有尖叫？”他甚是纳闷，又想起了自己那首名为《老傻瓜》的诗歌。

拉金死在赫尔的医院里。一位在他去世前一天看望他的朋友说："要不是有药物控制，菲利普早就发狂了。他是那么害怕。"凌晨1点24分，在这个经典的死亡时刻，他对握着他手的护士说了在这世上的最后一句话："我要走向不可避免的死亡了。"拉金几乎谈不上是个崇法人士（虽然比他假装的要见多识广）；但是，你不妨把这看成是对拉伯雷所设想的临终遗言的含沙射影与修正："我要去寻求'伟大的来世'了。"

拉金的死只能让人感到冷冽。凝视墓穴无法让人平静，只能徒增恐惧；而尽管他怕死，却并没有以一种新奇的方式死去。那么雷纳尔呢？法语版传记甚为慎重，没有提供什么具体细节；然而，雷纳尔的一位朋友，即都德的儿子里昂，曾撰文说他在最后患病期间展示了"非凡的勇气"。都德断言："优秀作家，就像好士兵一样，知道如何体面地死去，而政客和医生却畏惧死亡。大家只要看看周遭就可证实此言不虚。但是，当然也有例外。"

这里有个由来已久的观点，雷纳尔在他年轻健康时这样描述："死亡是甜蜜的；它使我们摆脱对死亡的恐惧。"这难道不是慰藉吗？不，这是诡辩。或者，更确切地说，这句话进一步证明，要想战胜死亡和对死亡的恐惧，我们需要的不仅仅是逻辑和合乎情理的论证。

* * *

我们死后，头发与指甲还会诡异地继续生长一段时间。

这点我们都知道。我一向相信，或者半信半疑，抑或臆想这里面必“有蹊跷”：倒不是说我们躺在棺材里会长出一头乱发以及吸血鬼那样的指甲，而是说，呃，我们的头发和指甲可能会增长一到两毫米。然而，“我们都知道”的东西往往或多或少是错误的。正如我那友好的死亡学家舍温·努兰指出的那样，这件事简单明了，毋庸置疑。我们死后，就停止了呼吸；没有空气，就没有血液；没有血液，就没有生长的可能。心脏停止跳动后，头脑也许会有瞬间的活动；但仅此而已。这一特定的迷思也许来自我们对于活埋的恐惧。又或许这只是我们错误的观察结果。如果身体在死后好像萎缩了——事实上确实萎缩了——手指上的肌肉就会被向后牵拉，造成了指甲生长的错觉；而当人的脸看起来比原来变小时，就好像头发变长了。

我们错了：我哥哥错了。我们的母亲死后，他把父母的骨灰带到法国的大西洋海岸，那里是他们经常度假的地方。在父母的法国密友 J 的帮助下，哥哥和嫂子一起把骨灰撒在岸边的沙丘上。他们念着《辛白林》[①]的挽歌“不用再怕骄阳晒蒸”（“才子娇娃同归泉壤/正像扫烟囱人一样”）以及雅克·普莱维尔的诗《参加葬礼的蜗牛》；我哥哥说他被这件事“不可思议地感动了”。之后，在席间，话题转向了我们的父母每年都会去法国的那个地方。“J 向我们描述每天晚上父亲

① 《辛白林》是莎士比亚后期的喜剧作品。

是如何用奇闻轶事和生动的话题让他们直到凌晨才恋恋不舍地去睡觉，”哥哥告诉我，“我记得我当时非常吃惊。我都记不起他们搬到那可怕的小屋后父亲是否开口说过话，我以为他早就忘记如何逗人发笑了。但很显然我搞错了。”对此我能想到最好的解释是，我父亲的法语比我母亲的好，这让他能在每年的那几周时间里在言语和社交中占据上风；若非如此，那就是我们的母亲在国外故意让自己成为一个善于聆听的传统妻子(虽然这听起来不太可能)。

我们错了：我自己也错了。我是母乳喂养的，而哥哥是奶瓶喂大的：我曾经以此推断我们俩天性分歧。然而，在我最后几次与母亲相处时，却有一种近似亲昵的时刻，这样的时刻是很难得的。据报载，母乳喂养的孩子比用奶瓶喂养的孩子要聪明一些。“我也看到这篇报道了，”母亲说，“真让人哈哈大笑。我想*我这两个孩子*可没什么问题。”之后——在我的追问下——她证实我喝的母乳并没比我哥哥多多少。我没有问她原因：也许她决意让我们以平等的方式开启人生，又或者只是因为喂奶这件事总有些麻烦脏乱(“脏兮兮的小狗狗！”)。不过我们的人生起点并非完全一样，因为母亲提到我们是喝不同配方奶长大的。她甚至告诉了我奶瓶的牌子，虽然我很快就忘了。难道这个理论是研究不同品牌的婴儿奶粉对于个人气质的影响？即使是我也必须承认这是带有相当偏见的。如今，我倒觉得哥哥给卧床的母亲端茶与我放纵自己(也许懒洋洋地)窝在毛毯里一样暖心。

这里有一个更复杂且同样经久的差错。告诉我们毕兹·威兹先生故事的法国**助理** P 从来没有回过英国；但他送给我父母的两幅小小的无框风景画总是让我们想起和他度过的那一年时光。这两幅画作颇具玄妙的荷兰风：一幅画了一座摇摇欲坠的小桥，横跨在河上，桥栏上满满的是倾泻而下的枝叶；另一幅画了一架风车，映衬着喧闹的天空，三个包着白头巾的女人在风车前野餐。画中的河流、天空以及草地浓墨重彩，可以看出很有艺术水准。在我童年和青少年时期，这两幅画一直都挂在起居室里；后来，在那“可怕的小屋”里，这些画则挂在餐桌上方。我定期看到这些画的时间，肯定已经有五十年了，甚至更久，却从来没有问过自己或父母，P 到底是在哪里架上画板画下这些风景的。法国——也许是他的出生地科西嘉岛——荷兰，还是英国？

母亲死后，我在打扫她的房间时，在抽屉里发现了两张明信片，上面印的正是画中的那两处风景。起初我以为这是 P 为了推销自己的作品而印制的：他总是有一套理论上能赚钱赢利的计策。后来我翻到背面，才明白这是为了商业用途特别印制的艺术卡片，画的是经典的布列塔尼风景：“**克莱登的老磨坊**”和“**开花的桥**”[①]。我这辈子以为是完美创意的东西原来仅仅是完美的复制。之后又出现了另一个曲折进展。卡片的右下角署有“伊冯”的名字，很像是画家的签名。但原

① 原文为法语。

来“伊冯”就是这个明信片公司的名字。所以这些画从一开始就是为了制作明信片而创作的—— P 却转而又将它们变成了从未问世的“原创”画作。法国理论家应该会为之欣忭吧。我急忙告诉了哥哥这个我们误会了五十年的事，本以为他也会一样开心。他却一点也不：原因很简单，他清楚地记得 P 作画的过程，“想想看，有东西可抄，比自己想破脑袋创作要聪明得多啊”。

这种纠错并不难，可能甚至令人神清气爽。而对于那些你已视为自身成就的看法和判断若是错了，则将让人难以面对。比如死亡。在我大部分可感知的人生中，我明白何谓鲜明的恐惧，而且感到自己完全可以——不管弗洛伊德坚持什么论断——想象自己永恒的消亡。但如果我是错的呢？毕竟弗洛伊德认为我们的无意识心理固执地相信我们能长生不老——一个本质上无法驳倒的论点。因此，也许我所想象的凝视墓穴也不过是检验真实的错觉，因为在心灵深处，我不相信——也无法相信——墓穴。如果库斯勒关于临终前我们的意识会分裂的理论是正确的话，那这种错觉甚至会持续到最后。

还有另外一种出错的方式：如果我们先前感到的恐惧——在我们看来是那么纯粹确凿——和死亡真正来临时的恐惧相比不值一提呢？如果我们空落落的想象对于临终的经历来说只是最苍白的预演呢——一如歌德发现的那样？更进一步说，如果死亡的来临压倒了一切已知的语言，导致我们甚至不能表达真相呢？一种永远都在犯错的感觉：好吧，福楼拜确实说过矛盾才能保持理智。

而超越死亡之上的，是上帝。如果真的存在一个热爱游戏的上帝，他一定会从让那些相信并宣扬“上帝不存在”的哲学家们失望中获取莫大的乐趣。A.J.艾耶尔让毛姆确信人死后什么都没有，一切都是虚无：于是他们发现自己均成了上帝娱乐项目的玩家，游戏的名称叫作“观看复兴无神论者的狂怒”。对那些否认上帝存在的哲学家来说，有一个很适合他们的“选择”问题：你宁愿选择死后什么都没有，以此证明你是对的，还是选择死后会有一个美妙的惊喜，但却因此毁了你的专业声誉？

“无神论具有贵族气质。”罗伯斯庇尔宣称。这句话在20世纪英国的伟大化身即是伯特兰·罗素——无疑正是得益于他贵族的身份。进入老年后，那一头随性的白发不仅让罗素看起来很睿智，也获得了世人的崇敬，认定他是最接近神性的智者：他一个人就能组成一个专家组，在给出解答后询问众人“还有问题吗？”。他的无神信仰从来未动摇过，一些友好的有神论者喜欢问他，如果在终其一生宣传无神论之后，发现自己错了，该怎么办？如果天堂的大门既不是隐喻也不是幻觉，而他不得不面对自己一直否定的神时，又该怎么办？“这个嘛，”罗素曾经这样回答，“我会到上帝面前，对他说：‘你没有给我们足够的证据证明你的存在。’”

* * *

心理学家说我们夸大了对自己过去信仰的坚定态度。也许这只是我们确立不坚定的自我的一种方式；而当我们再度思索这些信仰时——正如我们在大脑里长出更多树突后对自己智慧的增长而骄傲自得那样，这也是我们庆贺自己取得更大成就的方式。但如果没有监测，除了时常变化的自我或者人格之外，有时我们一直认为坚实地存在于我们周围的世界也会突然崩塌：有时，“误解”几乎不包括宇宙的变化。在我们第一次想到自己会死去的时刻；在我们明白别人也都会死去的时刻——这个别人并不一定指我们的同代人；我们意识到人类生命本身终将结束，正如太阳终有一日将煮沸海洋；而那之后，这个星球也将迎来自己的死亡。我们接受这一切，试图一如既往地保持平衡。

但还有些更让人目眩的事要考虑。我们作为一个物种，倾向于秉持历史唯我论。过去的一切成就了我们，而未来则由我们创造。我们扬扬得意地宣称自己拥有最好的时代，同时又自我哀怜地声称自己处于最糟的时代。我们往往将科技进步混同于道德与社会的进步。我们有些过于轻易地忘记了进化并非只是将人类这一物种推进到当下这样让人称道的状态的一个过程，而且，可想而知，那是一个暗示我们与进化背道而驰的过程。

然而，在现实基础上，我们到底应该回望多远，又该前瞻多远？我认为自己可以以一定的清晰度和广度回顾19世纪中叶(当然只限于我所属的西欧文化)。除此之外，涌现了很多天才，道德和艺术楷模，重要理论，思想运动，以及一些历史活动篇章，但分布较为零散，无法构成一个连续的整体；当我回顾之时，我也许至多能看到公元前3000年到前2000年的基克拉迪雕像。我展望未来时，定然不会超越基本的一百五十年左右；我对后代的期望值颇低，我持谨慎的态度，并没有明确的焦点。

契诃夫深悟我们的二维目光，且用生动的文字加以阐释。他最擅长描写那些失意的理想主义者，他们曾经梦想过上更好的生活，现在却安于现状并惧怕未来。契诃夫的戏剧在临近收尾时，笔下总会有一个人物胆怯地表达自己的希望，期待后代子孙会过上不那么痛苦的生活，并且充满怜悯地回顾祖辈们孤寂的一生。观看这些剧作的后代们有时会因此发出会意的窃笑和高傲的叹息：仁和宽恕的温柔之声被削弱，因为他们不无讽刺地意识到在间隔的那一世纪真正发生了什么——大规模屠杀，劳改营，野蛮的工业化，砍伐森林，毒化河流，面对这一切，阿斯特洛夫医生[1]和他的知音曾悲伤地大声疾呼，而音乐这样的艺术最终则落入帕维尔·阿波斯托洛夫之流的手里。

但是，当我们回顾当年那些见识狭隘、轻易受骗的人们

① 契诃夫名剧《万尼亚舅舅》中的人物。

时，我们往往忘记后人也会回看我们，判断我们终日为之营营役役的事是否真的有价值——对他们的价值，而非我们。对于我们，他们会给予怎样的理解，怎样的体谅，怎样的宽恕？而我们的后代又会怎样？如果全盘考虑这个问题，我们也许就会采用契诃夫式的时间尺度：一代或两代，也许是整整一个世纪。可以假定，想象中将要评判我们的人并不会和我们自身有多大不同，因为从现在开始，这个星球的未来将关乎对人类这一动物的微调：提升我们的道德感和社会意识，约束我们好斗的习性，打败贫穷和疾病，战胜气候变化，延长人类寿命等。

然而，从进化的角度来看，这仅仅是政客们的梦想，为时极其短暂。不久前，来自不同领域的科学家按照要求描述某一个他们希望被更广泛理解的概念。我忘了其他人是怎么说的，只记得剑桥大学宇宙天体物理学教授兼英国皇家天文学家马丁·里斯一番话带给我的影响：

> 我希望人们能更强烈地意识到我们身后还将有极为漫长的时间——不仅是我们的星球，还有生命本身。大部分受过教育的人都知道我们是经过几乎四十亿年达尔文所谓的自然选择的产物，但很多人往往以为人类就是进化的顶点了。然而，我们的太阳还没有走完自己寿命的一半。从现在开始往后推六十亿年，能够亲眼看到太阳死亡的绝不会是人

类。生存于那时的任何生物都将和我们大不相同，
一如我们与细菌以及变形虫迥然不同。

当然！**错了——完全错了——向来错了**。而没有将这样坦率而可怕的重要结论考虑在内，这是多么外行啊。“我们”不会在六十亿年后灭绝。某种远超过我们——或至少跟我们大为不同的生物——将会灭绝。首先，我们可能早就在这个星球的另一次生物大灭绝中消失。二叠纪大灭绝几乎消灭了地球上百分之九十九的动物，白垩纪大灭绝则消灭了所有物种的三分之二，包括恐龙，从而使哺乳动物得以成为主宰陆地的脊椎动物。也许第三次大灭绝来临时，灭绝的就是我们，而这个世界将留给……什么呢？甲壳虫？遗传学家 J. B. S. 霍尔丹曾经开玩笑说，如果真的存在上帝，他必定“对甲壳虫宠爱有加”，因为他所创造的这类生物竟然有三十五万种之多。

但是，即使没有新的大灭绝，进化也不会按照我们希望的方式——多愁善感又唯我独尊地——展开。自然选择的机制取决于谁能幸存，能幸存的不是最强者，也不是最智者，而是最能适应环境者。认定人类是最优秀和最聪明的，并将进化视为某种宏大客观而又能被社会接受的优生学——抛开这些想法吧。进化会带着我们朝它希望的方向前行——或者，更确切地说，不是带着“我们”，因为我们很快就会发现自己完全无法适应它前行的方向；它会把我们视为原始而无

法充分适应环境的原型那样摈弃，然后继续盲目地朝新的生命形式挺进，这些生命让“我们”——包括巴赫、莎士比亚和爱因斯坦——显得与细菌和变形虫一样渺茫飘摇。戈蒂耶和艺术战胜死亡的理论不过尔尔；那句可怜的呢喃“我也曾到过这里”不过尔尔。根本就没有“也”，因为我们根本无法辨别自己能求助于任何东西或任何人，同样也不会有任何东西能辨认我们。也许，那些未来的生命形式会保有并适应智力，由于好奇心以及对历史生物学的些许兴趣使然，将我们视为某种原始生物体。又或许它们是智力较低却具备强大身体适应力的生命形式。想象它们在地面上大口咀嚼着食物，而在它们身下的化石层中，长眠着地球上曾短暂存在过智人的证据。

在这种进化过程的某一时间点，怀念上帝会变得有如某种虚妄状态，就像我母亲想象我在网球场上放她鸽子那样。这并非表示将人类比作变形虫就必须得和上帝告别。这一说法和富有实验精神的上帝形象并不矛盾——因为如果真的存在这样一个上帝，他基本上不会对这样一组永远固定的研究样本感兴趣。在未来的六十亿年里，只和人类一起研究或是研究人类，将会是一件相当无聊的事：这可能会让上帝无聊得想要自杀。之后，如果我们没有把这个星球交给甲壳虫接管，并且成功地朝着更聪明更复杂的物种进化，也许关于上帝假说的72b场景会开始发挥作用：即，尽管我们现在没有不朽的灵魂，但未来应该会有。上帝只是在等待，直到源于无价值感的论证不再适用。

两个问题。意识到这个星球还将继续演化六十亿年，而我们不比变形虫高级多少，这样会让我们更容易接受自己没有自由意志的事实吗？如果是这样(即使不是这样)，会让死亡变得容易些吗？

* * *

当我回忆我的父亲，我常想起他的指甲拳曲地覆在他的指尖上。在父亲遗体火化后的几周里，我常常回想的，既不是他的脸，也不是火化炉里他的遗骸，而是那些我所熟悉的指甲。此外，我想到了他行将就木时身上的种种损伤。中风之后，他神志紊乱，口齿不清，手背上遍布输液扎针所留下的瘀青，一条长疤纵贯腹部，他曾经要给我看，但我没那个胆量。除非是幸运非常，否则我们的身体就会暴露我们死时的历程。人类对此的一个小小的报复大概是，安然死去，毫无征兆。比如儒勒·雷纳尔的母亲，她的遗体被人从井底拉上来时了无伤痕。死神——这个斤斤计较的最终判官——不会在乎如何死去。他也不会介意我们是否率性而死。

我生，我死，曾念我，终忘我。并非立刻应验，而是逐月逐日应验。我们记得父母，因其大部分的成年时光；记得祖父母，因其生命的最后三分之一；此外，也许还记得病榻上的曾祖父，一把乱糟糟的胡子，散发着刺鼻气味，闻起来大概像条鱼。再多呢？些许照片，和一点家谱琐记而已。将来，我得把我那个浅浅的抽屉拓深：一代又一代先祖，他们将存活在磁带和光盘里，他们行动、谈话、微笑，向我们证明他们也曾在此地。少时，我曾把一台录音机藏在桌下，为的是证明给母亲看，晚餐绝不是像她认定的那样是一件“社交大事”，无论谁说的话都跟“有趣”相差十万八千里，因而她应该原谅我缺席餐边絮叨，照我自己喜欢的去读本书。我没有解释这一私心的目的，因为我觉得只要把这些餐桌上的刀叉碰撞、陈词滥调、老生常谈都回放一遍，他们自然就懂了。可恼的是，妈妈竟迷上了这盘磁带，她宣布，我们的餐会听起来就像一出品特的戏剧(在我看来，这是个赞讽掺半的“褒奖”)。之后我们的晚餐和以前毫无二致，我未曾保留那盘磁带，所以，父母的声音除了在我的脑海中复现，不再存于世间。

我看到(也听到)母亲住院了，她穿着一条绿色裙子，歪坐在病床边的一个轮椅上。那天她生了我的气：倒不是为了网球，而是因为院方通知我来跟医生讨论她的治疗方案。她憎恶自己的无能为力，就像她憎恶理疗师天真的乐观。当医生要她讲出手表指针的名称时，她拒绝了；当医生示意她睁开或闭上眼睛时，她也无动于衷。医生无法确定她到底是不能还是不愿，我觉得是不愿——用法律术语说，她是“恶意缄默”——因为我陪着她的时候，她能完整地讲出一个个句子来。让人痛苦的是——这些句子本身就充满痛苦。比如，“你不明白，让一个一向能掌控自己人生的女人，受到这样的拘禁，这是多么艰难啊。”

那个下午我尴尬地陪了她几分钟后，就去找了医生。他给的病情预测十分悲观。我一边走回病房，一边告诉自己，我的表情绝对不能泄露出医生的专业诊断：要是再来一次中风，她几乎必死无疑。但母亲远比我有先见之明。一转过转角，我就在二十码或更远点的地方看到了她，在一个拥挤的病房的对面，她闪着亮亮的眼睛机警地等着我回来。我挪向她，一边完善着我要告诉她的半成型谎话。她伸出唯一能动的前臂，做了个拇指朝下的手势。这是我见过的她做的最惊人的事，但也是最让我钦佩的事；这一刻，我心如刀绞。

她觉得医院应该把她的“废”肢截掉。有段时间，她觉得自己在法国，想不通我怎么找着她的。她觉得，一名西班牙护士来自她的牛津郡小镇，其他则来自英格兰各地，在那儿她曾生活了八十年。她觉得死神没有一步到位真是很“蠢”。有时候她会问：“你是不是很难理解我？”她把动词的每个音节都发得很谨严。“没，妈。”我答道，“我能理解你说的每句话，但你没有完全说对。”“哈，”她反驳道，就好像我是个满面笑容的理疗师，“不过是轻描淡写。我是犯*老糊*涂了。”

她既无中生有又透彻洞悉，每每让我措手不及。总体来说，不管有没有人来看望她，她都显得很平静，还不时提醒我“你该走了”。这一点跟数十年来的她完全相反。有一天，我低头看她的指甲，五年前惠特尼的出生和死亡登记员曾夸赞过它们。你可以看到她已经好久无法修剪它们了。这些曾经涂着厚厚指甲油、形状很可爱的指甲还在继续生长，露出了表皮下大概八分之一英寸没有抛光过的苍白的甲质。曾几何时，她想象自己即使耳聋了也要照料她的这些指甲啊。我从甲质往上看，发现她那条瘫痪的手臂现在已萎缩成胡萝卜样，粗细和外表都像。

我驱车回伦敦，后视镜中映着落日，电台正播放《哈夫纳交响曲》。我思忖：如果这就是一个用大脑工作了一生的人最后的结局，即使付得起体面的照顾，我也不想要。然后我怀疑，我是不是在自欺欺人，而假如有这样一天的话，我是否会接受；或者我是否会有勇气，或曰花招，去规避它。或者这样的事情是否真的会发生，而一旦发生了你是否被迫看穿它，发狂也好，恐惧也罢。你平生无论怎么逃离你的父母，他们都会在死时将你收回。小说家玛丽·卫斯理写道：“我的家人有一种癖好——这肯定是缘于我们的基因——就是猝死。短短一分钟，一个人就去了。真干脆。我祈祷我继承了这一基因。我一点也不恋世，我不想成为一个卧床不起的讨厌鬼。我希望，我死了，我心爱的人只是受到短暂的打击：这对他们更好，对我也很妙。”

很多人都表达过这样的希望，但我的全科医生却不以为然。她援引了这段短文，称之为“也许是当代否认死亡的另一体现”，她说这是一种态度，它“忽视绝症所提供的种种机会”。我觉得无论我父亲或母亲都没想到过他们的绝症给了他们“种种机会”：共同回忆往事、相互道别、表达懊悔或宽恕；而葬礼的筹划——也就是说，他们只期望一场不铺张、几乎没有送葬者的火葬——他们早先的时候已经申明。假如我父母当时感情用事，坦舒胸怀，多愁善感，他们能在“死时达到圆满”吗？他们会觉得这就是他们一直想要的吗？我非常怀疑。虽然我很遗憾父亲从未亲口说过他爱我，但我肯定他是一直爱我的，而且，他对此以及其他重大事情黯然地保持沉默，至少表明他是率性而死的。

母亲第一次住进医院时，隔床是个昏迷的老太太。她仰面躺着，长久不动。一天下午，母亲心情迷乱，隔床的老伴来了。他是个瘦小、利索、体面的男人，大概已年近古稀。“哈罗，杜尔西，我是阿尔伯特。”他用能大得把整个病房塞满的嗓门招呼道，这大嗓门中透出纯粹、浓厚的牛津郡口音，这口音已经少见到不录下来就要绝迹了，“哈罗，亲爱的，哈罗，我的爱人，你会不会为我醒过来呀？”他啧啧地吻着她。“我是阿尔伯特，亲爱的，你是不是要为我醒过来了？”然后：“我要给你翻一下身，好把助听器给你戴上。”这时来了一位护士。“我要把助听器装入她的耳朵。她今早没有醒过来。哦，又掉出来了，那我可要给你再翻过去一点了。哈罗，我亲爱的，哈罗，杜尔西，哈罗，我的美人，我是阿尔伯特呀，你会为我醒过来吗？”诸如此类，接下来的一刻钟，间或传来悲伤的问话：“你说了什么是不是，我知道你说了，你说了什么？”然后又回到“哈罗，亲爱的，我是阿尔伯特，你是不是要为我醒过来了？”其间他时不时地反复亲吻她。这场面刺痛人心(和头颅)，概因它是一出凛冽的黑色戏剧才可忍受。我和母亲自然是假装什么都没有发生，或者即使发生了什么事儿，我们也假装听不到；尽管事实上我父亲也叫阿尔伯特，我想母亲心里很清楚。

母亲瘫痪的那只手的指甲仍然在生长，与她跟我倒竖拇指的那只手的指甲长得一样快；然后她溘然长逝，随即她的十个指甲全停止了生长，这与通常的观念背道而驰。我父亲的曾经也是那样，他的指甲拳曲地覆盖在他指垫的肉上。我哥哥的指甲(和牙齿)一向比我的要坚硬，以前我常说这是因为他个子比我矮，因此他的钙质比我的要集中。这也许完全不科学(而答案就在于不同品牌的商品化婴儿牛奶)。不管怎么说，因为我多年来用指甲抓挠门牙的习惯，我的指甲已经薄了很多，当我在看书、写作、焦虑以及修改我正在写的这个句子时，我都会自动这样做。也许我应该改掉这个习惯，当我大限将至而父亲来接我的时候，看看我的指甲是不是会像他的一样长得弯弯的。

* * *

蒙马特公墓是一个绿意盎然、猫儿频频出没的地方，即使在巴黎酷热难耐时，这里也微风习习，凉凉爽爽。此地私密温舒，地势起伏，让人安心。与空旷寂寥的拉雪兹神父公墓迥然不同，它给人们幻觉——少数墓地确实如此——只有埋葬在这里的人才已死去；而且，这些人曾经住得很近，也许就住在墓地边的那些房子里；再则，或许死亡根本不是一件坏事。儒勒·雷纳尔在他死前五个月写道："只要你直面它，就能平静地理解死亡了。"

这里长眠着一些我的故人。他们中大多数是作家，静卧在低处也就是较便宜的地块。司汤达在圣克罗切城外"被猛烈的心悸攫住"大约三十年后安葬于此，他当时觉得仿佛"生命之泉在我心中枯竭，我踉跄前行，生怕摔倒在地"。我们希望不仅仅率性而死，而且像自己希望的那样从容地赴死吗？司汤达有幸如此。在第一次中风之后，他写道："我觉得在大街上倒地猝死一点也不荒谬可笑，只要那不是刻意为之。"1842 年 3 月 22 日，在外交部用完餐后，他终于得偿所愿，不那么荒唐地倒在卡普西纳街的人行道上。他以"阿明戈·贝尔，米兰人"的名义下葬，这是对不读其作品的法国人的讽诫，也是向这个城市，这个马粪的气味让他感动得几乎流泪的城市的致敬。并且，作为一个对死并非毫无准备的人(他立过二十一次遗嘱)，司汤达自撰墓志铭：Scrisse. Amo. Visse. 写过，爱过，活过。

几步开外，埋葬着龚古尔兄弟。"两个名字，两组日期，他们觉得足够了。呵！呵！"但这不是他们的墓让我震惊之处。首先，这是一家人的合墓：两个儿子和他们的父母。他们首先是儿子，其次才是作家。也许，家庭合墓就像家庭晚餐一样，是一个"社交场合"，就如同我母亲一直坚称的那样。它有某些适用的规则：譬如，不能吹嘘炫耀。所以，唯一表明这对兄弟盛名的只是一对铜质半浮雕肖像，就在墓体向上的一面。埃德蒙和儒勒在死后面对面，就像他们在共同度过、不可分离的一生中一样。

龚古尔兄弟在2004年迎来了一位新邻居。一座旧墓的租用期满，于是被另一座装饰着黑色晶莹大理石的新墓取代，上方刻着墓中人的半身肖像。这位新来的叫玛格丽特·凯利-莱布维克，圈中人称“风信子小姐”，这位英国女人训练了一代又一代饰以羽毛、身高六英尺的健硕舞女旋转踢跳，旋转踢跳以取悦那些戴单片眼镜的淫亵绅士。要是你怀疑她的重要性，这儿有她获得的四块奖牌——包括法国荣誉勋章——都以实物大小被刻画在黑色大理石上，虽然看上去画得很业余。你问这个来自丽都夜总会的舞蹈训练女暴发户(她一直觉得自己名声“不够响”)旁边的那些挑剔、顽固保守、痛恨波西米亚的审美家们？那必定降低这片区域的格调了：呵！呵！也许吧。但我们绝不应该轻而易举地让死亡成了讽刺家(或让雷纳尔的饶舌得逞)。龚古尔兄弟在他们的《日记》中谈到了性，其坦率至今仍然惊世骇俗。那么，比之于同那位风信子小姐来场冥间的巫山云雨——即使是晚了一个世纪——还有更合适的吗？

当埃德蒙·德·龚古尔长眠于此，他的家族线便断了，左拉在葬礼上念了悼词。六年以后，左拉自己也回到此地，葬于一座远比龚古尔兄弟之墓豪华的陵墓中。这个来自埃克斯的穷苦男孩，让他的意大利裔移民家庭之名响彻欧洲，他被安葬于一个华丽的棕红色大理石新艺术旋涡之下。顶端是作家的半身浮雕，看上去勇猛无比，仿佛不仅在守卫他的棺椁与他的作品，而且是整个墓园。然而，左拉的声名如此之盛，使他没法得到死后的安宁。仅仅在六年之后，法国政府像盗墓般将他的遗体供入先贤祠。在此，我们务必赋予死亡几分嘲弄的意味。不妨想想亚历山德琳娜：那天晚上，烟囱被堵，毒烟倒灌，她躲过一劫。她的寡居生活将持续二十三载。开头六年，她去苍翠悦目的蒙马特墓园祭拜亡夫，而其后的十七年，她却向着寒冷、声音回荡的先贤祠跋涉。然后，亚历山德琳娜也魂归西天了。但先贤祠只供名人，不祭遗孀，所以她被葬于——她其实早已知道——原本的那个空墓。随后，轮到他们了，亚历山德琳娜的孩子们也来陪伴她，最后她的孙儿辈都来了，都葬在这个缺了家祖的墓园，而这只是因为家祖声名过盛。

我们生活，我们死去，曾念我们——“正确地记错我”，我们应该这样教导后辈——终忘我们。对于作家来说，被遗忘的过程并不是清晰可辨的。“一位作家在被遗忘前去世好呢，还是在去世前被遗忘好？”然而，“遗忘”在这里只是一个相对的词语，意为：过时，耗竭，被看穿，被取而代之，被视为太肤浅——或者，就此而言，对新时代来说，太乏味，太*严肃*。但*真正的*遗忘，那可就有趣得多了。首先，你的作品不会再印，只得退守二手书店和卖家网站。然后，如果你有幸的话，来一次短暂的复兴，其中的一两本书会重印；随之是另一次沉寂，或许有段时日，某些研究生为某个课题焦头烂额时，会懒洋洋地翻翻你的书，不明白你为何写了这么多。最后，出版社忘了这码事，学术界兴趣大减，社会剧变，人文稍衍，就像进化带着它漫无目的的目的，把我们与细菌或变形虫等而视之。这是无法避免的。到了某一天——逻辑上它必然发生——一个作家最后将只剩下一位读者。我不是讨要同情；一个作家的生生死死是上帝安排的。在这个星球自今日至六十亿年后灭亡的某一天，每个作家都将只剩下最后一位读者。司汤达，他一生为那些懂他的“少数快乐的人”写作，会发现其读者逐渐缩回到少数不一样的变异的也许不大快乐的几人，到最后只剩下快乐的——抑或无聊的——一人。而对我们每个人来说，读者与作者之间唯一留存的这一奇怪、无人见证却又十分亲密的纽带最终必将断裂。到了某一天，我也会只剩下最后一位读者，然后那位读者也终将死去。虽然在读者民主下一切读者在理论上是平等的，但某些读者却比其他读者更平等。

我的最后一位读者：我会情不自禁地对他或她非常伤感（假如，当进化带走我们人类后，“他”和“她”仍然适用于那个世界）。的确，正当作为作家的我要向这最后一双眼睛——假如眼睛没有一同被进化改变太多——表达我的感谢和赞美，感谢它们阅读了这本书，这一页，这一行，但就在这时逻辑踢门而入：顾名思义，你的最后一位读者是某个不向任何其他人推荐你的书的人。你这个蠢货！不够好啊，嗯哼？你更喜欢鸡毛蒜皮的东西(以及/或者那种让你觉得我很浅薄的蹩脚货)？在你那个肤浅的世纪那种玩意儿竟然风靡一时。我正想哀叹你的路过，但我很快就会释怀的。你真的不会向其他人推荐我的书？你真的如此心胸狭窄，如此空虚无聊，如此缺乏判断力？那么你就不配读我的书。得了，滚蛋，去死吧！没错，你。

到那会儿，我自己早就滚蛋，早就呜呼哀哉了，虽然我现在还无法知道——或者，像司汤达那样，无法预知——死因。我曾假设，我的父母会决定我的结局，那是他们对我最后的管教。但是，你不能总依赖自己的父母，尤其是在他们作古之后。虽然我的全科医生并不以为然，但玛丽·卫斯理就指望自己家族出了名的才干一命呜呼——在听肖斯塔科维奇的《第十五弦乐四重奏》时像一只苍蝇一样猝然倒毙。然而，当这一时刻来临时，她却发现家人忘了传给她这项祖传的天赋，或者说屡现的幸运。她死于癌症，去得比她原本想要的慢——不过她的坚忍克己依然值得称道。一个亲历者讲述“她从不抱怨她那张不舒适的床、冷硬的食物和又痛又瘦的身子，除了偶尔说了句——‘浑球’”。所以，从中可知，她是率性地去了，至少还能够破口咒骂，而不像我那饱受中风之苦、张口结舌的英文老师，他未能像说好的那样，用“该死的”作为他最后的名言。

* * *

如今，花五欧元就能参观佛罗伦萨的圣克罗切教堂——或者就像票上的说法，“一个纪念碑综合体”。你不会跟司汤达一样从西前门进去，而是走北边的门，并且马上就面临路线和目的的选择：左边的门，为那些前来祈祷的人而开，右边的则是为游客、无神论者、美学家、闲人们所开。这个布道教堂广阔又通气的正厅里，仍留存着众多名人之墓，他们让司汤达显得不那么突兀。他们之中现在有一位相对较新的住户：罗西尼，1863 年他曾上祷天父，求赐天堂。这位作曲家五年后卒于巴黎，葬于拉雪兹神父公墓；但是，就像对待左拉一样，一个傲慢的政府把他尸身盗去了先贤祠。上帝是否决定赐罗西尼以天堂，取决于他是否读过龚古尔日记。“我的耄耋之罪？”这是 1876 年 1 月 20 日《日记》中的记载：“昨晚，在马蒂尔德公主府上的吸烟室，大家转而聊起了罗西尼。我们聊到他的阴茎异常勃起症，以及他在情事上的不良癖好，然后又聊到老作曲家晚年那些怪异又无伤大雅的乐趣。他叫年轻女孩把衣裳褪至腰际，他的双手淫亵地在她们玉体上流连，同时让她们吸吮他的小指尖。”

司汤达 1824 年首次为罗西尼作传。两年后，他出版了《罗马、那不勒斯和佛罗伦萨》，在这本书里他描述了 1811 年亨利，或者说阿明戈·贝尔是怎样来到佛罗伦萨的。1 月的某个早晨，他自亚平宁山脉而下，“大老远就看到了”布鲁内莱斯基设计的教堂穹隆立于城市上空。他走下长途马车，像朝圣者一样步入教堂，站在画前，激动不已，竟至昏厥。假如他当初记得去做这一件事的话，或许我们至今仍然会相信他讲的每一个字：销毁他记载了那次最初拜访的日记。

斯特拉文斯基老年时回忆道："我寻思记忆是否真实，我知道它不可能是真实的，然而，人们是靠记忆，而不是靠真相生活的。"司汤达靠着 1826 年的记忆生活，而贝尔记载了 1811 年的真相。从这本日记中，我们得知他的确坐长途马车穿过亚平宁山脉到达城里，但记忆走上了一条歧路，而真相却在别处。1811 年，他根本不可能从远处看到布鲁内莱斯基教堂的穹顶，原因很简单，因为天还暗着。他是在早上五点到达佛罗伦萨的，"精疲力竭，浑身湿透，颠散了架，还得在邮车前辕占住一个立足点，坐在一个狭窄的位置上睡觉"。不出所料，他下车就直奔旅店"英国客栈"，倒床就睡。他让人两个小时之后叫醒他，但不是为了游山玩水：他径直去了驿站，想在下一趟去罗马的长途马车订个座。但那天的马车已经满员，次日的也一样——这就是他在佛罗伦萨待了三天的唯一缘由，也就在这三天里，他为审美反应史增添了浓重的一笔。另一矛盾之处：这本书说这次参访是在 1 月，而日记上的日期则是 9 月。

不过，他的确去了圣克罗切：记忆和真相在此吻合。但他看到了什么呢？大概是乔托的画作吧。那是每个人去那儿的目的：正如《佛罗伦萨风景》提示我们的那样，乔托画作在尼科里尼小教堂里。然而，在贝尔/司汤达的叙述中均未提到乔托，也未提及现代旅游指南所推荐的其他任何星光灿灿的杰作：多纳泰罗的耶稣受难像，多纳泰罗的天使传报，加迪的壁画，帕奇的小教堂。我们断言，几个世纪以来欣赏口味已经改变。不过贝尔倒是提到了尼科里尼小教堂。唯一的问题是，那儿没有乔托画作。站在圣坛之前，他会——他应该——右转去巴迪小教堂和佩鲁齐小教堂。然而，他却向左转了，走向了十字形教堂耳堂最西北角落的尼科里尼小教堂。这里，四幅绘着女先知的画让他“狂喜不已”，那是沃尔泰拉的画作。你也许要问是谁，就像我一样。（答案是：1611年出生于沃特拉城，1690年卒于佛罗伦萨，彼得罗·达·科尔托纳的追随者，美第奇家族的受惠人，皮蒂宫的装潢者。）

在司汤达1826年的记忆里，这个小教堂是由一个修道士打开的，司汤达坐在跪拜台的台阶上，把头向后仰靠在一张桌上，看着饰以壁画的天花板。在1811年的真相里，没有修道士，也没有跪拜台；而且，在1811年和1826年，或者任何之前或之后的日期，先知之画则高挂于小教堂墙上，而不在天花板上。实际上，在1811年的日记里，在赞美了沃尔泰拉之后，他接着写道：“这个小教堂的天花板也一样动人，但我的视力不够好，看不清天花板。我只是模模糊糊地觉得挺不错的。”

今天，尼科里尼小教堂没有上锁，但这个有名的地方，这个艺术开始取代宗教的地方，却不无讽刺地栖身于用绳子隔开的祈祷者区域。你不需要修道士，而需要一位穿着制服的官员；你也不需要一个跪拜台，而要一副双筒望远镜。我向一位穿西装的男士讲了我那世俗的目的；也许，“我是一位作家”这句话在意大利比在英国稍有分量吧。他好心地嘱咐我把旅游指南塞进口袋里，在祈祷时不要拿出来，然后就解开了隔绳。

我穿着休闲服，走过教堂的这块保留角落，一边试图摆出令人信服的庄重神情。然而，在某个星期四下午的两点半，在所有这些神圣的地方，连半个信徒都没有——更不要说牧师或修道士了。尼科里尼小教堂也很冷清。四幅沃尔泰拉画作仍然高悬于墙上，近期做了清洁后，更为鲜明地展现出巴洛克张扬而惯常的风格。但彼时我更希望它们能够简单点：画作越普通，故事就越精彩。然则，对我们当代品位的含蓄告诫也就越强烈。只要给它些时日即可，这些先知仿佛告诫道。时间也许不会改乔托而复沃尔泰拉，但它注定要让你显得愚蠢、时尚、外行。既然上帝已经放弃了审判的职责，那就是时间的营生了。

除了沃尔泰拉，在圣克罗切还有另外一幅画，也让司汤达兴奋不已。此画描绘耶稣降临地狱边界时的情景——那块地方最近被梵蒂冈遗弃了——这让司汤达“亢奋了两个小时”。贝尔在撰写意大利绘画史时，有人告诉他这幅画出自圭尔奇诺之手，圭尔奇诺是他“从心底崇拜的”人。两个小时以后，另一位权威人士做了更正，称这幅画是布隆奇诺的作品，“我对这个名字一无所知。这一发现让我非常恼火”。但此画有无比的震撼力。“我感动得几欲流泪。”他在日记里写道，“此刻我在行文时，仍觉炫目。我从未见过如此美轮美奂的东西……没有一幅画给过我如斯愉悦。”

愉悦到让他眩晕了吗？如果没有在乔托的作品前眩晕(他从未这样声言，但后来有人一厢情愿地强加于他)，那么至少在沃尔泰拉和布隆奇诺两人的作品前昏厥了吧？好了，还有最后一个问题。1826 年被大肆夸示和取得专利的司汤达综合征——即使没有这么命名——显然不是发生在 1811 年。在圣克罗切门廊中的那著名的一幕——猛烈的心悸，生命之泉顿然枯竭——其主人当时并不认为值得载入日记。最接近的情形可能发生在“没有一幅画给过我如斯愉悦”这句话之后。贝尔继续道:“我疲惫欲死，双脚肿胀，被新靴子勒着——这有点耸人听闻，因为它妨碍人瞻仰上帝的全部荣光，但我站在这幅地狱边界的画作前俯瞰过它。我的天哪，美哉如斯！”

故而，所有针对司汤达综合征的可靠证据，实际上都从我们眼前消失了。但关键不是司汤达夸大其词，虚构情节，是个健忘艺术家(而贝尔是个真相告知者)。故事变得更有趣了，而非相反。现在，这反倒是个关于叙述和记忆的故事了。叙述：一个小说家的故事，其真相是最终形式的真相，而不是最初版本的真相。记忆：我们应该相信，无论是在事件过后才几个小时还是在整整十五年后写作，贝尔都同样真诚。也请注意，虽然贝尔在布隆奇诺的画前“感动得几欲流泪”，但当他几个小时后写到那些先知时，他“仍觉炫目”。时间带给我们的不仅是叙述的变化，还有情感的酝酿累积。而且，虽然法医检验似乎会削弱这个圣克罗切的故事，但即便是这个原始的、未经改写的版本关涉的仍然是美学愉悦胜于宗教狂喜这一问题。即使贝尔当时走进教堂祈祷，疲劳和过紧的靴子也会让他分心，从而感受不到上帝的荣光；但艺术的力量却战胜了勒紧的脚趾和擦痛的脚跟。

* * *

我的外公伯特·斯科尔托克所有的看家本领只有两个笑话。第一个说的是他和外婆举行婚礼那天，即 1914 年 8 月 4 日，从那时起反反复复说（而不是咕哝）了半个世纪：“我们是在战争爆发那天结婚的，”（狠狠地停顿）“自此之后打得不可开交！！！”第二个笑话是说一个小伙子走进一家小餐馆，点了一份香肠卷。他咬了一口，抱怨道：“这里面压根没有香肠！”“你还没咬到呢！”餐厅老板说。这小伙子接着又咬了一大口，还是抱怨。“你已经咬过头了！”老板回应道——这一笑点外公会一遍遍重复。

我哥哥深有同感，觉得外公缺乏幽默感；可是当我说他“无趣又有点儿吓人”时，他就不以为然了。不过外公确实偏爱他的长外孙，还教过他磨凿子。诚然，外公从未因为我拔了他的洋葱而打我，但他在家中就是一个校长式的人物，并且我特别容易触犯他的规矩。比如，每年他都会和外婆一起来度圣诞。有一次，60年代初的某一年，外公想找点东西读，于是来到我卧室的书架前，擅自拿了我的那本《洛丽塔》。我现在都能看到那本柯基平装本，看到外公那双干木工和园艺活儿的手是怎样一点一点地边读边弄坏了书脊。这件事亚历克斯·布里连特也曾干过——尽管亚历克斯美其名曰自己与书在精神上契合；但外公（同样的动作）的行为似乎表现出他对小说及其作者的大为不敬。每读一页——从"欲火烧身"到"少年/玩拼装玩具的年纪"——我原以为他会厌恶地掷之于地，但令我惊讶的是，他并没有这么做。他一旦翻开第一页，就一定要读到结尾：英国清教主义使得他锲而不舍地读完这一描述美国式堕落的俄罗斯寓言。当我紧张地看他时，我仿佛感觉自己是小说作者，此刻站在这儿，原形毕露，是个偷偷猥亵少女之徒。他会对此书作何理解呢？最终，他把书递还给我，书脊已成几片脱落的白胶，说道："这或许是一部不错的文学作品，不过我原来以为它是本淫书。"

那时的我，如同任何一个考进牛津的勤学者一样，自鸣得意地笑了。但我着实伤害到了外公，因为他当时分明察觉到了《洛丽塔》对我的吸引力：这部小说集文学与淫秽于一体。（书里基本没有性描写——更不用说性体验——不妨改写一下雷纳尔的名言：当我们面对性时，才书生气十足。）在这之前，我已伤害过外公一次，我叫他别在遗嘱里给我留任何东西。又错了。哥哥纠正我说："外公去世时，把他那张仿制的齐本德尔式书桌（我根本不喜欢它）留给了我，并把他那块金半猎表(我一直觊觎它)留给了你。”

我档案抽屉里的一张旧剪报，证实了那张书桌确是1949年外公退休时的赠礼，当年，六旬的伯特·斯科尔托克在什罗普郡各地做了三十六年的校长后离开了梅德利现代中学。他还得到了一把扶手椅——很可能就是那把派克诺尔，还有一支自来水笔，一个打火机，还有一套金色衬衣袖扣。家政学部的女孩们给他烘烤了一个双层蛋糕；而艾瑞克·福若斯特“代表全体木工学部”的小伙子送给他“一个坚果碗和一把木槌”。我清清楚楚地记得这最后一件物品，因为它一直摆放在我外公外婆的小木屋里，却从未使用过。在它最终落入我手之后，我才明白缘由：它是那么滑稽又不实用，木槌在把坚果敲成粉末时，简直就是在四处发射榴霰弹。我向来认为它肯定是外公自己做的，因为房子和花园里的每一件木制品——从牛奶盆到架书槽再到外婆的钟盒，都是外公亲手削锯、打磨、倒棱、接合的。他对木头深怀敬意，自始至终恭敬有加。一想到上乘橡木和榆木做成的棺材后一两天就会化为灰烬，他就惊骇不已，明确提出自己的棺材一定要用松木来做。

再说那块金半猎表，它几十年来一直躺在我书桌的顶层抽屉里。一根金色短链配上马甲，而如果你想把它从翻领的纽扣眼荡到上衣口袋，那就系一根皮带子。我打开表的背面：“校董、教师、学生和朋友们赠予斯科尔托克先生，他在贝斯顿希尔CE中学担任18年校长后离任。1931年6月30日。”

我之前一点儿也不知道哥哥觊觎已久，于是，在背负了四十多年的罪恶感后，我现在告诉哥哥这表是他的了。他说："至于这块半猎表嘛，我想外公希望由你留着。"外公有这么想过？我哥哥是想用死者的这一假想愿望来诓骗我。他继续道："更确切地说，我现在要你来保管。"是的，这倒是的，我们只能做我们想要做的事。

我跟哥哥提起关于外公和悔恨的话题。他有两种解释，"第一个或许太过琐碎"：一直以来对因为拔洋葱打过自己外孙心生愧疚。第二个，更为沉重一些："外公讲起一战的故事时，总是直接跳到乘船驶往法国的部分，然后又回到英国的医院里，而对打仗的经过只字不提。我猜想他一直待在战壕里。他肯定没有获得任何奖章，也没负过伤(甚至连可以送回英国老家医治的轻伤都没有)。所以他肯定是患了战壕足痛而伤残退役？还是炮弹休克症？反正不是什么英雄事迹。他是否辜负了战友们的期望？我一度想搞清楚外公究竟在战争期间干了些什么——无疑会留有军团档案，等等；可是，当然，我根本抽不出时间来做这事。"

我的档案抽屉里还有外公的出生证、结婚证以及他的相册——那本红色布面的册子上写着："沿途风景"。有一张是1912年的外公叉腿跨在摩托车上，外婆坐在后边；翌年的一张，外公顽皮地将脑袋枕在外婆的胸前，手抓住她的膝盖。这一张是在他的结婚大喜日子，一手搂过新娘的肩膀，他那白色的马甲前竖着一根烟斗，一如当时的欧洲准备把自己炸得四分五裂。这是他们的蜜月照(照相馆里拍的，颜色褪得不多)；还有和“芭布斯”——妈妈叫作凯瑟琳·梅布尔之前的名字——的合影，她在婚礼后十个月诞生。还有几张他休探亲假的照片，1916 年 8 月，在普利斯坦丁[①]先是肩上有两道杠，后来终于成了三道。此时，斯科尔托克中士住在伯恩茅斯市外的格拉塔静休医院里，他和病友们穿着演唱会派对的奇装异服，对着镜头摆酷，看上去神气极了。外公抹黑脸扮黑人，先是和某个叫德克尔(男扮女装成护士)，然后是和福尔伍德(扮成白脸丑角)的合影。这儿又出现了那张照片，一个女人的头像，也用铅笔标注了 1915 年 9 月，但名字(或许还有地点)已经被抹去，那张脸疤痕累累，千疮百孔，仅剩嘴唇和小麦色的头发尚能识别。这一抹除使得她比“格林护士”甚或“于 1915 年 10 月阵亡的 P. 海德中士”更加令人迷惑。于我而言，比起那无处不在的骷髅，这一抹除似乎更能象征死亡。随着时间的流逝，你渐渐腐烂，仅剩下白骨，就与其他任何一具骷髅相差无几了。骷髅或许是个不错的长久标志，但就死亡本身的行为性而言，不妨观照一下这样一张千疮百孔的照片：它好像既有私密性又有瞬间彻底的毁灭性，眼中之光荡然无存，脸颊恹恹无气。

由于不知外公所在的军团和入伍日期，因此对他服役情况的正式调查从一开始就受阻了。查到的第一个斯科尔托克

---

① 北威尔士登比郡的海滨城市。

是一名做箱子的工人，他因伤残退伍，医疗诊断书上简简单单地写着“智障”二字。(天哪，家族里竟有一位被权威认定的傻子。)不过，接着便查到了伯特·斯科尔托克二等兵，隶属兰开夏郡燧发枪团第17营，1915年11月20日入伍，两个月后随第35师104步兵旅乘船前往法国。

外公入伍竟如此之晚，我和哥哥都很惊讶。我一直想象，就在他穿上卡其色陆军装的那一刻，外婆怀孕了。但那定是我基于我父母生平的一种推想：我父亲于1942年参军后被派遣到印度，留下身怀六甲的母亲，肚子里怀的是我哥哥。外公是不是因为自己的女儿即将出世，才于1915年11月报名入伍？正如半猎表上的题词所证实的那样，当时外公是一所圣公会学校的校长，所以或许他从事的是一份免于征兵的职业。抑或这样的范畴还不存在，因为募兵到1916年1月才开始推行？或许他看到征兵势在必行，就自愿报了名。如果当时外婆已经是一名社会主义者，他恐怕就想表明，尽管妻子在政治上满腹狐疑，但自己无疑是爱国的。是否那些自鸣得意的女人在大街上向他走来递给他一片白色的羽毛？是否他的一个铁哥们儿入了伍？或许他陷入了新婚男人怕被婚姻套牢的恐惧？难道这一切都是荒谬的臆想？也许，将外公的悔恨说法追溯至一战是不对头的，因为根本没有任何日期可以稽查。我曾问母亲为何外公从不提起战争，她说:“或许他觉得那没什么意思吧。”

外公的个人记载(和许许多多人的一样)在第二次世界大

战期间的战斗中被毁。他在步兵旅时写的日记表明，他们于1916年的1月下旬到达西部前线；当时暴雨如注；基奇纳[①]于1916年2月11日视察了该旅。到了7月，他们终于投入战斗(19日至27日伤亡人数：八名军官受伤；士兵：三十四死，一百七十二伤)。随后的一个月，军旅驻扎在沃镇，而前线则在蒙托邦；外公大概先在都柏林战壕，此战壕被自己旅那台瞄准过低的大炮给击中了；之后又待在位于安格尔伍德南端的黑猩猩战壕。9月和10月，他们又投入了战斗(9月4日至10月31日士兵伤亡人数：一死十四伤——其中三人意外受伤，三人在岗，四人中枪榴弹，两人被炸，一人中空投鱼雷，一人中弹)。旅长被作为一位“上尉，B. L. 蒙哥马利[②]副旅长(后来阿拉曼)”而记录在案。

阿拉曼战役的蒙哥马利！我们以前常常在小矮人的衣橱上看他，“苍白的小蒙蒂穿着黑白条到处招摇”，我哥哥是这样解释他如何打赢二战的。我和哥哥经常模仿他不会发 r 的音。“于是我就给了隆美尔一记右勾拳”[③]就成了我们对沙漠战役[④]的模拟总结。外公从未向我们提及他在蒙蒂手下打过仗——甚至从未告诉过自己的女儿，否则后者一定会在每次我们想听家族史时提及。

---

① 一战时英国高级将领。

② 英国陆军元帅，二战中盟军杰出指挥官。

③ 原文为“I then gave Wommel a wight hook.”其中“Wommel”“wight”分别应为“Rommel”“right”。指模仿蒙哥马利的发音。

④ 二战北非战场的最初阶段，盟军大获全胜。

1916年11月17日的军旅日志中记载:“最近，军长分别在两个步兵营发现一名深度近视和一名耳聋的士兵。这对前线来说十分危险。”(有个很新奇的选择题：你是宁愿在一战中聋了呢还是瞎了？)另一份日志声称:“从1916年12月1日至今，我师已有多人被送上军事法庭，这说明我师的军纪不尽如人意。”在那段时间中，兰开夏郡燧发枪团17营有一起擅离职守、六起在岗睡觉、两起“意外”(假定为自残)伤残。

没有证据——也不可能有证据——表明，外公就位列这些统计数据之中。他只是一名普普通通、自愿入伍的士兵，在战争中期乘船到了法国，从二等兵晋升为中士，因患战壕足病(我一直这么理解)而致伤退伍。战壕足病，即“一种因长期浸泡于水或泥里造成的疼痛病症，主要表现为肿胀、起水泡以及某种程度的骨疽”。他回英国的日期没有明确记载，在1917年11月13日，以“身体状况不再适合服役”的缘由，和团里的其他二十几人一起退役。他当时二十八岁，而且很蹊跷地——我推测这是个错误——作为二等兵载入退役人员档案。而且，尽管哥哥不曾记得，外公还是获过勋章的，恐怕是最低级别的勋章——那种仅仅奖励参战的勋章：英国战争勋章，颁给所有进入战区的人；胜利勋章，颁给所有军事行动区服役的合格人员。后一枚的背面写着:“文明大战1914—1919。”

到这儿，所有的记忆和能搜寻到的资料就全说完了。这都是些七零八落的碎片，没有更多可知的了。不过，既然我的动机并非是为了孝顺，我也就不会失望了。我把外公的服役，其中的秘密以及他对此的沉默作为一个例子。首先，这是一个谬误的例子：我因此发现，在约克郡德里菲尔德登记处中“以此名接受洗礼、火化入殓的伯特·斯科尔托克”于1889年4月出生时其实名叫伯蒂，直到1901年的人口普查时还叫伯蒂。其次，这是一个说明你能探究多少、留给你多少揣测的例子。因为你无法获知的东西，才是小说家的着手之处。我们(我的意思是说“我”)所需甚微，无须太多；多了则过。我们以沉默、迷惑、缺失和矛盾着手。假如我发觉，外公就是六名站岗睡觉的士兵中的一员，在他打盹的当儿敌军匍匐前进，杀害了几名战友，而这给他带来了毕生的悔恨，这懊悔随他入葬不可磨灭(而且，如果我在清理旧银行保险箱时从一张手写的宣誓书——请注意那饱含悔意、颤颤巍巍的签名——中发现这一切)，那么，作为他的外孙，我或许就心满意足了，但作为小说家绝非如此。故事，或者说潜在的故事，就被糟蹋了。我认识一位作家，他喜欢长坐在公园长椅上，倾听他人交谈，但一旦他的窃听威胁到他职业需求之外的他人隐私，他就起身离开，再前往下一处故事。不，是缺失，是迷惑，才是我们(我和他)需要去解决的。

所以，在“沿途风景”相册中，我的注意力并没有停留在布莱克浦的伯祖父珀西、格林护士或是于1915年12月阵亡的P.海德中士身上，而是关注到那嘴唇、头发、白衬衣，还有“1915年9月”这一日期旁的擦痕。为什么偏偏是这张照片受损，边缘惨遭狂怒的指甲的抠挖？还有，为什么它没有被整个儿地剔除出相册，或者至少用另一张照片糊在其上？或许有这么几种可能性：一、这是外婆的照片，外公很喜欢它，但后来她无缘无故地讨厌起来。然而，这无法解释袭击的暴力性，几乎把相册的一页都抠穿了，殃及到了下一页。除非，这是在外婆年事已高，无法辨认出自己后发生的。这个女人是谁？这个第三者，狐狸精？于是她把自己狠狠地挖破了。可是，倘若如此，为何偏偏是这张照片？为什么要擦除日期旁边的零星信息？二、如果她的确是另一个女人，这张照片是外婆抠挖的吗？如果的确如此，大约在什么时候？在她刚刚入住这本相册之后不久，一次婚后大吵大闹中？还是若干年后，外公仍然在世时？又或是外公去世后的积蓄已久的报复？三、她会不会只是一位“名叫梅布尔的善良美丽的姑娘”，母亲就是随她取的名。外婆曾经对母亲说过什么来着——世界上如果没有坏女人，那也就不会有坏男人了。四、损坏可能出自外公自己之手。但这好像十分说不通。1. 这是他自己的相册。2. 他擅长各种手工艺、皮革制作、装订活儿，所以就是撕肯定也会撕得美观一些。3. 诸如撕扯照片之类行为，我猜测一般多为女人所为。五、无论如何，注意那日期。伯特(他在 1914 年已经这么叫)和内尔是大战爆发的那天结的婚，他们的女儿是在婚后的一个月内怀上的，生于 1915 年 6 月。而那张神秘的照片上标注的日期为 1915 年 9 月。外公在 1915 年 11 月自愿入伍，尽管募兵差不多是在几个月后才施行。难道这就是他所悔恨的原因？我母亲，当然，是他们的独养女。

一个后来成为伯特的伯蒂；一个迟来的自愿入伍者；一个无声的见证人；一位以二等兵军衔退伍的中士；一张被损毁的照片；一桩可能的恨事。这就是我们的工作之地，在无知的间隙，在矛盾与静默的领地，试图用貌似已知的东西让你相信，来解决矛盾——或者使矛盾鲜活生动——让静默振振有词。

* * *

外公说："周五。在花园里忙活。种土豆。"外婆反驳道："瞎扯，"并坚持认为："一整天都在下雨。太湿了，花园里干不了活。"外公看到他的《每日快讯》上说"一场阴谋要统治整个世界"时无奈摇头；外婆看到她的《工人日报》报道"美帝国主义的战争贩子企图破坏人民民主"时不禁唏嘘。我们所有人——他们的外孙(我)，读者(你)，甚至我的最后一位读者(对，还是你，你这混蛋)——都相信事实居于那二者之间。但小说家(又是我)并非痴迷于那事实真相，而是对真相的信众、他们坚定自己信条的方式以及你争我夺的叙述之间的领域更感兴趣。

小说是在完全放任与完全操控相结合中酝酿而生，在精准观察与驰骋想象间平衡，它能用谎言揭示事实，也能用事实捏造谎言。它兼具向心力与离心力。它希望讲述所有自相矛盾、互相冲突、无法解决的故事；与此同时，它又只想讲唯一的一个真实的故事，一个能熔炼、精化并溶解其他所有故事的故事。小说家既是讨人厌的愤世嫉俗者，又是浪漫的抒情诗人，既吸收维特根斯坦的朴素坚持——只谈论那些你真正了解的东西——又借鉴司汤达愚蠢的恬不知耻。

一个男孩一头扎到一个裂纹累累的坐垫上，透过裂缝，将父母那撕成碎片的情书喷湿。但他永远无法把秘密的碎片拼回原来的模样，还原他父母间惊世骇俗抑或平淡无味的爱情(人们常说这是句陈词滥调，但对我而言并非如此)。半个世纪过后，那个咀嚼着故事的意义和生成、与故事一起度过成年时光的男孩现已迈入老年。如今的他将之视作我们人生的一个隐喻：充满动感的镜头、破碎的线索、不愿意也不可能被还原的支离破碎的故事。所剩的只有蓝蓝的碎纸、被揭去邮票——以及邮戳——的明信片，还有瑞士牛铃傻乎乎的叮叮咚咚。

我丝毫不记得那个小男孩被他哥哥蒙住眼睛，推向墙边。在没有我所猜疑的那种精神疗法的干预，我也发现不了自己的失忆究竟源于故意压制那件事情(对哥哥的恐慌！畏惧！心灵创伤！对哥哥的爱！二者兼具！)，还是源于这一事件太过平凡。是我的大侄女C最初向我提起这件事，当时我们一起照料我临终的母亲。她说她和妹妹小时候把这故事当“笑话”听的。不过她也记得故事的结论：“这样做不是特别好，因此，或许他(她的爸爸，也就是我哥哥)把它作为对女儿的一种告诫。”如果是这样，那故事的寓意是什么呢？要对自己的弟弟妹妹好一些？还是要懂得人生就像是被蒙住眼睛推向墙边？

我向哥哥询问他这个故事的版本。“哦，那个三轮车故事，”他说，“我把它(或者说它的某些个版本)讲给小C和小C听，逗她们开心——恐怕也确实奏效了。(我不记得用来教育她们什么道理……)”如今，她们的爸爸成了一名哲学家。“在我印象里，那是我们还住在阿克顿时在后花园里玩的一个游戏。草坪上设了一条布满障碍的路线——木棍啊，铁罐啊，砖块啊什么的。游戏就是要骑着三轮脚踏车沿路线绕一圈而不受重伤。我们其中一人掌控三轮车的方向盘，另一人在后面推。(我觉得这三轮车已掉了链子，不过那么一推也许增添了游戏施虐的快感。)掌控方向盘的人是被蒙上眼睛的。我确信我们是轮流推和掌舵的，但我认为我推你比你推我要快得多。我并不记得发生了什么重大事故(包括有人被推向墙角——考虑到花园的布局，这其实并非容易做到)。我不记得你曾被吓着，我倒似乎认为当时我们都觉得那很好玩，很刺激。”

我侄女对这游戏的起初概述——我哥哥蒙住我的眼睛把我推向墙边——也许是小孩的速写式记忆，突出强调了她自己觉得最为恐怖刺激的部分；也有可能是后来基于她和她爸爸之间的玩耍进行的再创作。更令人惊奇的是，我自己关于此事的记忆也像被蒙住了似的，特别是这些详尽的细节也未能唤醒我的记忆。真不明白，我和哥哥是怎么从那又小又整洁的郊外花园里找到那些木棍、铁罐和砖块的，更别说在没被大人发现、允许或禁止的情况下布置成一条通道。但侄女对我说:“我可以肯定地说，你的爸爸妈妈从来没有给我讲起过这件事；事实上，我觉得他们压根就不知道。”

我问了问她妹妹，她也记得布满障碍的通道，经常玩的蒙眼睛游戏。“你当时被以脖子都要断了的飞速推着在障碍物中穿梭，最后猛地撞向花园的墙。你们俩都觉得爽极了，一种暗暗地做妈妈绝不允许的事情的那种快乐。我觉得你妈妈不准许并不是因为你受了伤害，而是因为你们乱用了园艺工具，还弄脏了那些晾着的衣服。我也不知道爸爸为什么讲这个故事给我们听(或者是我为什么记得它)。我记得这是唯一一个和你有关的故事，甚至是唯一和家庭有关的，除了你外婆一次在船上向好多酸奶罐里呕吐的故事之外。我觉得这个故事告诉了我们小孩子应该做自己喜欢做的事，特别是那些大人们不喜欢并觉得很傻的事……故事讲得特别好笑，这整件事儿可了不得了，我们当然都大笑鼓掌，完全没有质疑过它的真实性。”

你明白(再一次)为什么我(在某种程度上)是个小说家了吧？同一个事件的三种相互矛盾的叙述，一个是参与者的版本，另两个是听当事人三十年后的复述而留下的记忆(其中许多细节也许叙述者本人都早已忘记了)；还有突然间插入的新材料——“乱用园艺工具”“弄脏那些晾着的衣服”；在我两个侄女的版本里，重点在于这个游戏仪式性的高潮——我被推向墙边——却恰是我哥哥否认的部分。这整个事件却被第二个参与者几乎完全遗忘，尽管他像农奴一样滚木头和收集砖块。我侄女的版本中，在第二回合中我也没有机会做推三轮的人。最重要的是：我哥哥说他讲故事时想传达的寓意（纯粹逗乐）和他的两个女儿分别告诉我她们听完后的感受。我的这三个消息提供者的回答几乎可以编成剧本，来质疑这段口述历史的可靠性。而最后他们留给我一个新定义：小说家乃是什么都不记得的人，但他却记载和操纵自己并不记得的事情的不同版本。

在现在这个例子中，小说家需要提供以下信息：是谁发明了这个游戏；三轮车是怎么掉了链子；推车的人是怎么指挥的，看不见东西的驾驶员又是如何掌控方向的；妈妈究竟是否知道；我们用的是哪些园艺工具；衣服是怎么被弄脏的；究竟有些什么样的施虐以及（或者）性前快感；还有为什么这是一位哲学家所提起的主要的、几乎是唯一的童年往事。除此之外，如果说这部小说需要跨越多世代，两姐妹是否会相继一遍遍地讲给自己的女儿听（以及达到怎样的诙谐目的或道德旨意）——这个故事是否会渐渐消亡，或是在世代口口相传和头脑激荡中又变了样。

对年轻人——尤其是年轻作家——来说，记忆和想象区别显著，并且属于不同类别。在一部典型的处女作中，一般会有些纯记忆时刻（最典型的是尴尬而难忘的性经历），有用想象来美化记忆的时刻(或许是那一章节，其中主人公悟得了什么人生道理，而其实未来的小说家并没有悟出什么)，也有一些令作者很惊异的时刻，此时，想象捕捉住了急遽上涌的思绪，缥缈而奇妙的翱翔——构成小说的基础欣然开启。

对年轻作家而言，这些不同种类是一目了然的，而将它们聚拢在一起则是一件颇为焦灼的事情。对于资深一些的作家来说，记忆和想象似乎愈发无法分辨。这并非因为想象的世界真的比作家自己乐于承认的更贴近生活(这是那些喜欢解剖小说的人常犯的错误)，其实恰恰相反：记忆本身似乎越来越如同想象出来的一般。我哥哥不相信大部分的记忆。我呢，不是不相信，而是相信它们是想象的机制，它们具有想象性的真实，与自然主义的真实相对。福特·马多克斯·福特或许是个天大的说谎家，但同时也是一个说大实话的人，哪怕就在同一个句子中。

* * *

希特里莱米内坐落于韦兹莱南部大约二十英里处。一块褪色的蓝色锡牌标示这条主干道右转弯就到了儒勒·雷纳尔故居。这正是那个男孩在父母的冷战中长大的地方，也是几年后那个男人冲破了卧室的门发现父亲已自杀的地方。第二块指示牌，再一个右转弯，把你带到了儒勒·雷纳尔纪念碑，是他临死前的几个月调侃似的托付妹妹竖立起来的:“今天早晨，我们在想，谁会来负责将我的半身塑像竖立在希特里的小广场上。我们立马想到就指望你了……”所说的“小广场”，指的是教堂前面的石灰铺成的三角形区域，后来理所当然地成了儒勒·雷纳尔广场。作家的半身铜像由石柱支撑，石柱的基座处坐着沉思中的胡萝卜须，神色忧郁，比他的年纪看上去更为老成。一棵石生悬钩子攀缘在石柱的另一端，在作家的双肩处绽放出枝叶：大自然环绕着他，护佑着他，在他死后一如生前一样。这是一件杰作，当1913年10月被安德烈·雷纳尔——药剂师、前社会党议员，同时也是远房表兄——第一次揭帷亮相时，简直就是这座无名村庄唯一所需的纪念碑。雕像的大小也与广场相符，使得几码外的一战纪念碑相形见绌。它上面刻着的那些名字，似乎都不及希特里莱米内这位动脉硬化的编年史家来得重要。

在这个破落的村庄里，没有一家商店、咖啡馆，甚至没有一个沾满油污的加油泵；对一个外村人来说，在这里停留的唯一原因只能是儒勒·雷纳尔。几乎在一个世纪前要了雷纳尔夫人性命的那口井一定就在附近某处，此井无疑在很久前就已淤塞了。插在教堂对面的建筑上的法兰西三色旗标志此地乃是*市政厅*[①]，就在这儿，弗朗索瓦·雷纳尔和他的儿子曾行使他们的公民义务，就在这儿，儒勒刚刚迈进婚姻的殿堂时曾被一位新娘亲吻过（“花了我20法郎”）。在*市政厅*和

① 原文为法语。

教堂[1]之间的沥青小道，通向村庄外面几百码的公墓，到现在还是荒芜的郊外。

这是七月酷暑的一天，山坡上方方正正的墓园如同练兵场一般萧瑟而灰尘弥漫。大门上张贴着一长列的姓名和墓冢编号。我起先并没有意识到这代表这片租借地即将到期。我先在一个错误的地方找到了另一位儒勒。公墓唯一的另一位(活着的)拥有者，一位提着洒水壶的女人，缓缓地穿梭于她偏爱的那几座坟墓间。我向她询问哪儿可以找到这位作家。她说:“顺着走左手边，就在水龙头的旁边。”

这村子里最有名的居民就隐匿在墓园的角落。我记得雷纳尔的父亲是第一位没有举行任何宗教仪式就下葬于此的人。或许这正是为什么这个家族的墓冢位于这样一个比较差的位置，水龙头(如果它当时就存在的话)旁边。这是一个方形的墓冢，背靠着公墓的围墙，四周护着低矮的绿漆铁围栏。中间的一扇小门由于反复粉刷而变得卡涩，得用把劲才能推开。两个石头花架就立在刚进门的地方。这低矮的坟茔横在这片区域的后部，上面放着一本硕大的石书，翻开的两页上镌刻着底下躺着的那些名字。

他们全都在这儿，共有六位。四十年的婚姻中有三十年都不搭理妻子的那位父亲，曾嘲笑自己也许会用手枪结束自己的生命，最后却用了一支猎枪了断自己。那位哥哥，幻想自己的

① 原文为法语。

致命敌人是办公室里的中央供暖系统，躺在长沙发上，用一本巴黎市电话号码簿撑着他那傻乎乎的脑袋，他的结局让儒勒对“死亡那愚蠢的把戏”感到愤懑。那位母亲，在走过喋喋不休的一生后因“令人费解的”死而终于安静了下来。那位写过所有这些人的作家，他的妻子，成为寡妇后烧了丈夫三分之一的《日记》。他们终身未嫁的女儿，1945 年以乳名贝依葬于此。那是他们最后一次打开这个深穴，他的哥哥莫里斯下葬的那天，儒勒曾看到一条肥虫在边缘大摇大摆地扭动。

看看这坟墓，想想他们所有人都挤在一起——只有作家的妹妹艾米丽和儿子梵特克逃脱了——再想想他们充斥着争吵、仇恨与冷战的家族史，我觉得龚古尔完全有理由把呵！呵！送还给他年轻的同事：基于他所结识的朋友，基于那本翻开的石书那令人尴尬的陈腐雕塑，还有那土得掉渣的花架子。再说雷纳尔葬身之处上方的铭文。不出所料，它以“作家[1]”打头，随后，你或许期望，以子女的口吻，是“希特里镇镇长”。然而，这位作家的附属身份却是“龚古尔学院”[2]的一员。感觉好像是对那则日记“……他们觉得这已经够了！”的一丝报复。

我再次将目光投向那石质的花架。一个是空空的，另一个里面长着一株矮矮的黄色针叶植物，黄黄的颜色仿佛是在讥笑：想要永葆回忆的常青是徒劳的。这座坟茔不及龚古尔家族的坟来访者多，不过那个离得很近的水龙头倒肯定会招

①② 原为法语。

来一些来来往往的车辆。我注意到石书上还为将要入住的人留有一些空当，于是，我回到提着喷水壶的女人那儿，问她村子以及附近是否还住着雷纳尔的后裔。她说似乎没有了。我说，自 1945 年起就再也没有人加入过这座家族坟墓中。她有些答非所问地说："啊，那时候我在巴黎。"

人家在你的墓上写了什么并不重要。在死人的等级制度中，扫墓者的多少才是顶顶重要的。难道还有比一座无人问津的坟墓更令人伤感的吗？在莫里斯逝世一周年祭日上，希特里莱米内为他做了弥撒。村子里只有三位老太太到场；儒勒和他妻子献了一个上了釉的陶瓷花圈。他在《日记》中写道："我们把金属花送给死者，那是永不凋零的花。"他继续写道："过了某些时日后就再也不去扫墓，这甚至比从来不去还要残忍。"这儿，我们所关注的并非"他们原本想要的是什么"，而是"倘若他们能够知道的话，会做出怎样的反应？"如果我那躺在花园坟墓里的哥哥得知他的寡妇还有那些啃草的美洲驼也死了，家里的房子变卖了，他会作何感想？谁愿意看到一位腐烂了的亚里士多德学家渐渐成了土壤里植物的护根？

其实，还有比不去祭拜死者更残忍的。你可以赖在一个你付过钱的**永久租借地**[1]里，但即使没有人来看你，也不会有人雇律师来为你辩护，只要自治市政府决定说"永久"并不

① 原文为法语。

一定或是并不一直意味着“永久”。(所以，龚古尔的老邻居被一位“风信子小姐”所取代。)那么，即使是在这儿，你也将被逼腾出地方给后来者，被逼最后断然放弃对这块地球空间的占领，被逼停止嚷嚷“我曾经也来过这儿！”

故而，这里还有一个逻辑的必然性。正如每一位作家都会有最后一位读者，每一具遗体也都会有最后一位祭拜者。我这里指的不是当墓园改建为郊区住房时开着挖土机剜出你的遗骸的那位。我指的是远房的后裔，或者，就我本人而言，是那位愚蠢又令人满意(或者，更确切地说，是可爱又聪明)的研究生——在阅读早已被更智能的传达故事、思想和情感的方式所取代的时代，他依旧爱好藏书——他对遥远的印刷时代那些被久久遗忘的小说家们情有独钟，颇具寂寥古雅(或者，更确切地说，可敬可佩)之风。但最后一名祭拜者与我责令滚开的最后一位读者截然不同。扫墓并非一项竞争性的消遣；你也无法像交换邮票一般交流意见。所以，这里我得预先感谢我的学生出行，我不会问他(或她)究竟如何评价我写的书，或某一本书，或是选集的某个片段，甚或是目前这一句子。或许，就像当年雷纳尔去蒙马特祭拜龚古尔家族的墓地时一样，我的最后一位访客也将会是在医生下了最后死亡通牒后选择寻访公墓。若是这样，我实在深表同情。

假若我本人收到了这样的诊断结果，我想我是不会开始拜访逝者的。我已经拜访得足够多了，应该会在他们的陪伴下获得永生(或者，至少在永恒不再代表永恒之前)。我宁愿将时间花在与活着的人、与音乐，而不是与书籍为伴。而且，在那些最后的日子里，我必须设法核实若干事情。首先，我是否会闻上去像鱼一样；我是否会被恐惧所攫住；知觉是否会分裂——如果会，我又是否能够意识到；我和我的全科医生是否会一起踏上旅程；我是否想要宽恕、唤起记忆、筹划葬礼。悔恨是否会涌上心头，又是否能够得以消除；我是否会被下列想法所诱惑或欺骗：人生，归根结底是一个故事，它包含了一部像样的小说所具有的种种满足。勇气是否意味着不去恐吓别人，或者是某些更伟大而且或许无法企及的东西。我是否已弄明白死这件事——或者，甚至弄得有点过于明白了；是否依照迟到的信息，这本书需要一篇后记——后记中的这个“后”字比平时更需强调。

好吧，如果我足够幸运，如果我的父母堪称是我的向导，这就是我在走过了人生四分之三的路程后所持的死亡观；不过我们知道，死亡是充满矛盾的；我们理当有思想准备：任何火车站、人行道、暖气过足的办公室或人行横道都可称为萨马拉。我希望，写下“别了，自己”还为时过早；我希望，涂抹监牢墙上的那句话“我曾经也来过这儿”也为时过早。但是，写下列两个字并非仓促之举，我明白这两个字以前我从未放入书中。至少放在这儿，放在最后一页：

THE END

这是不是有点哗众取宠？也许分大小写看起来要好一些。

The End

不，那显得不够……决断。最后一道选择题，但却是一道可以回答的选择题。

印刷工注意：请用小号大写字母。

THE END

嗯，我觉得这才差不多了。你不觉得吗？

J. B.

2005—2007 年于伦敦